中国诗人诗想录

陈卫 著

GUANGXI NORMAL UNIVERSITY PRESS
广西师范大学出版社
·桂林·

图书在版编目（CIP）数据

中国诗人诗想录 / 陈卫著. —桂林：广西师范大学出版社，2018.1

ISBN 978-7-5598-0600-0

Ⅰ. ①中… Ⅱ. ①陈… Ⅲ. ①诗歌研究—中国—现代②诗歌研究—中国—当代 Ⅳ. ①I207.22

中国版本图书馆 CIP 数据核字（2018）第 004211 号

广西师范大学出版社出版发行

（广西桂林市中华路 22 号 邮政编码：541001
网址：http://www.bbtpress.com）

出版人：张艺兵

全国新华书店经销

湖南省众鑫印务有限公司印刷

（长沙县榔梨镇保家村 邮政编码：410000）

开本：880 mm × 1 240 mm 1/32

印张：8.125 字数：182 千字

2018 年 1 月第 1 版 2018 年 1 月第 1 次印刷

定价：48.00 元

出版说明

2017年，中国新诗迎来百岁诞辰。无论是兴盛期的群星璀璨，还是边缘化中的“野草”疯长，诗歌都以其独特的价值而葆有奇异的生命力，诗学理论也伴随诗歌发展而发展。百年回首，诗歌发展现状以及社会经济文化发展对诗歌创作和诗学构建都提出了更多、更高的要求。南方诗歌传播中心“诗想者”品牌着力推出“学人文库”，拟为改良当下诗歌生态提供一种参照。

中国新诗萌生之后，从早期呈现“百花齐放”的样态，到20世纪70年代受到压抑而蓄积能量，80年代得到爆发，90年代转向注重语言技艺的自我关注，到21世纪初期则呈现为活跃的多种诗歌活动和网络诗歌现象。诗歌的发展将何去何从？这就要整体性地对百年新诗进行历史发展与现实处境的梳理，由问题意识出发把握当代诗歌所面临的难题与困境，同时注重哲学思想转型和美学流变对新诗的写作技艺、思想与风格变化的影响，并通过研究代表性诗人、诗作来透视个体写作的历史意识、精神观照和语言表达技艺发展路径，为中国诗歌更好地发展提供营养。诗学被要求保持对当下诗歌问题的敏感和思考，不仅要有能力为巩固诗歌地位而进行自我辩护，还要与社会、时代保持反思性关联，并拥有更宽广的视野和更多样的理论向度。

“诗想者·学人文库”推出国内6位“70后”诗歌批评家的诗学论文集或专著，包括陈卫的《中国诗人诗想录》、刘波的《重绘诗歌的精神光谱》、熊辉的《隐形的力量——翻译诗歌与中国新诗文体地位的确立》、易彬的《记忆之书》、张立群的《心态史的研究与进路》和王士强的《消费时代的诗意与自由——新世纪诗歌勘察》。他们既注重从总体上对中国百年新诗发展问题和现象进行宏观观照，关注时代思潮演变和中西方文化对诗歌发展的影响，又着力于诗人的个案研究，并对单首的诗歌进行文本细读品鉴。更有意思的是，本辑6位青年学者对这三个层面的研究还大致提供了一种诗学研究的对比，可以给诗人、学者和普通读者提供良好的参考。当然，本辑著作不免有疏漏和不足之处，还请诗人、学者和广大普通读者提出批评和建议。我们愿共同期待更丰赡的中国诗歌、诗学景观。

南方诗歌传播中心
2017年2月

目　录

上篇　诗与人

下篇　诗与思

上篇

诗与人

含混与现代汉诗写作

——以卞之琳20世纪30年代诗歌为例[①]

如果从传统的技巧论，卞之琳的诗歌不乏对比、借代、拟物、省略、暗示等传统的修辞技巧，戏剧性处境[②]亦是他的诗艺追求。然而含混作为现代诗歌技巧的新探索，在卞之琳的诗歌中也显示出中国特色。

含混（ambiguity）是现代诗学中诞生的理论术语，它来源于英国诗歌理论家威廉·燕卜荪的研究。1937年燕卜荪在专著*Seven types of Ambiguity*（一译为《朦胧七义》）中曾将含混分为七种：参照系的含混（ambiguity of reference）、所指含混（ambiguity of referent）、意味含混（ambiguity of sense）、意图含混（ambiguity of intent）、过渡式含混（ambiguity of transition）、矛盾式含混（ambiguity of contradiction）、意义含混（ambiguity of meaning）[③]。

---

① 本论文参与了两个课题，一为“2008年福建省教育厅A类社会科学研究项目”，课题名为“中国现代诗歌转型的审美接受研究”，编号：JA08055S；二为“2006年福建省社科规划项目”，课题名为“新诗的合法性研究”，编号为：2006B2038。

② 卞之琳：《雕虫纪历·自序》，载《卞之琳文集》中卷，安徽教育出版社，2002，第446页。

③［英］燕卜荪的*Seven types of Ambiguity*在中国有多种译本。此处译文参考殷企平的《含混》。（载赵一凡等主编《西方现代文论关键词》，外语教学与研究出版社，2006，第156页。）

在研究者看来，含混“既被用来表示一种文学创作的策略，又被用来指涉一种复杂的文学现象；既可以表示作者故意或无意造成的歧义，又可以表示读者心中的困惑”①。

在中国现代诗歌理论中，由于翻译的缘故，“含混”与“朦胧”“晦涩”“歧义”几乎同义。在日常用语中，这些词语还是有一定的差别的。“含混”一般用来指语焉不详，表达不清楚。“朦胧”指视野中的景物看不清，进而引申为人的态度或言行不明确。“歧义”一般是说一个字或词意思多解，让人产生误解。“晦涩”用来指表述语言难懂，难解，令人无法接受。因为燕卜荪之说，这些词都成为 ambiguity 的中文译词了。

含混诗学概念被引进中国，但是在汉诗写作中并不完全与英诗写作相同。因为中英语言文字和思维方式会在创作上表现出一定的差别。燕卜荪在序言中也说过，自己不过只提出英文诗歌和戏剧中的七种普遍情形。

我们将借用含混这一概念，并不拘泥于西方诗学理论，对 20 世纪 30 年代卞之琳的诗歌进行文本分析，尝试将其中含混策略的采用及其转向予以明确展示。

一　含混与多解

从心理学角度来分析，含混是指一种复杂的心理状态，是一种无意识的反应，无严密逻辑，非理性的思维，容易导致含混心

---

① 殷企平：《含混》，载赵一凡等主编《西方现代文论关键词》，第 156 页。

理现象。将含混作为美学特征的时候，写作者却是有意识地隐藏逻辑，主动潜入潜意识层。对于读者来说，如果不能随作者进入的话，读者就成了一个只能观看外部风景的人。

通过联想、想象，诗歌得以进入心理创造的过程当中。在卞之琳的诗歌中，联想与想象就成为他的诗歌制造含混的直接方式。如《断章》：

你站在桥上看风景
看风景人在楼上看你

明月装饰了你的窗子
你装饰了别人的梦

这首诗的解释有多种①。一种如卞之琳所说，表现人与人、人与世界之间的相对关系②。另一种观点认为作品表现暗恋③的状态，读者把“你”和“看风景人”，“你”和“别人”设想成一对假想的恋人。还有李健吾的说法，他认为此诗表现了“无限的悲哀”，着重在“装饰”两个字。尽管他承认“一首诗唤起的经验是繁复的，所以在认识上，便是最明白清楚的诗，也容易把读者引入殊途”④。

---

① 江弱水编《断章取义》，安徽教育出版社，1999。

② 多数评论者持卞之琳的观点。

③ 秀实《也来演绎卞之琳的〈断章〉》，转引自江弱水《断章取义》，第104—105页。

④ 李健吾：《咀华集·咀华二集》，复旦大学出版社，2005，第76页。

这首文字朴素的诗看上去简简单单，正是在这种简单中，作者制造了含混。除了让读者产生联想与想象，这首诗至少还有两处技巧导致了含混。

其一，说话人省略导致的含混。在这首诗中，可以看作诗人在说，或者导演在说，甚至可以看作某人内心的独白。如果是诗人在说话，那么诗人应该是对一个密友说，甚至诗人就是“看风景人”，这是一个具有交流活动的情境。如果是导演在说话，那么，“你”和看风景人（别人）该是一对准恋人的角色。如果是人物的内心独白，那么“你”就应该是“我”，那么，“我”就知道看风景人的存在，知道他人的那份感情。正因为人称的省略，导致说话人身份的混乱，产生诗歌的多种意义。

其二，互文性写作引发意义的含混。意义的含混与诗歌的情感遮蔽有关系。诗歌中，意象的抽象化导致诗歌意义具有多变性。风景、楼、窗子、梦，是诗歌中出现的四个意象。如果把四个意象结合起来看，我们会发现这是具有古典诗词意蕴的诗：临窗而思，枕衣而梦，明月寄相思，唯美而婉约，意境至性至情。卞之琳在此运用的是互文性的写作方式，把古诗词景象切入现代诗中。我们知道，互文性诗歌会有多重解读，特别是置于现代语境中，会使诗歌产生新的意义。如果我们去掉诗歌的传统文化特色，那么诗歌可以是表达人与景、景与人、人与人之间的一种互动关系，进而认识到世界万物相连。另外，我们也可以看到，人与景、人与物、人与人缺少沟通，互相不过是“装饰”而已，这样我们就会认识到人在世界当中的孤独。

诗美阐释的权力一部分归属读者，通过联想和想象感受到含混诗美，我们甚至可以在想象与联想中进行情景还原，或是创造性模拟。笔者依据个人对《断章》的理解，进行诗性解读，至少衍生三首诗①：

1.

姑娘，你站在桥上看什么？
看风景？
看江南绿柳莺飞？
姑娘，你可知道
也有一个人在看风景，
在楼上看你这出风景。

明月是不是在你的窗前？
如此明亮
就像你在我的梦中，
如明月般
明亮。

解：一是增加了人称对象，将“你”定义为姑娘。二是对风景进行具体化描写，在意象信息聚合中凸显它的意义。情景发生的地域在江南，暗示江南女子多情。绿柳莺飞，暗示春天生命复苏，少女怀春。三是以独白式的方式出现，不说“我”，而是说“一个人”，表现出说话者的性格相对含蓄，暗示暗恋的情境。第一节烘托出前提，第二节就顺理成章地抒情了：在假想当中问姑

① 由卞之琳《断章》衍生的三首诗为笔者的再创作。

娘，以此表现暗恋者的心思。姑娘在他心中的形象，如皎洁明亮的月光。这一解可以说揭示了恋爱者的心理活动。

2.

你在那个破败的桥上，看落叶
看流水吗？
我，就在你身后的古楼
看你的身影。

明月是个装饰品。
浮华在旧屋窗前，
你如此悠悠，跟短暂的时间一样，
留下一个短暂的印象
在我梦中

解：对原诗中的风景进行象征派风格的处理，意义相应发生变化。破败的桥象征生命的衰亡，落叶和流水同样表明生命的流逝，古楼象征时间当中有生命的东西总是匆匆而去，而楼的生命要远远长于人。那么在这种情形下，“我”眼中的“你”，不过惺惺相惜，我们都只有短暂的生命，短暂的爱。第二节将明月说成是装饰品，对于认为生命短暂的人来说，明月是长久的，人却不可能拥有它，也不能像它那样长久，所以，认为它只不过是人世的浮华物，晚上才让人一见。进而，“我”印象中的“你”，也是短暂的。一瞥，不过就像梦中的一个影像，刹那间流失。

3.

你站在历史之桥上看
历史这出风景
观看历史的人在未来的时间之河上看你，
你是历史
过往的风景

像明月投映在窗口一般
历史这一存在的庞然大物
投映在你小小的记忆中，
你于他人
就像历史，
某一天，以梦的形式。

解：此为笔者个人理解。既然卞之琳诗歌中的意象并非描绘实景，我们也就可以将景象抽象化。如对桥、风景、明月等都进行抽象化处理，让它们作为历史的替代物。强调历史对实在的人来说，都是过去，都是非真实的过去，此种改编突出宇宙意识与历史感。

从三首衍生的诗再回头对比燕卜荪所谓的含混七义，可以看到《断章》其实皆有涉及。《断章》由于意象的多义性导致参照系和过渡的多重性，人物的不确定性而使所指含混，意味、意义和意图出现了多重性含义，甚至出现互相矛盾的意蕴。《断章》可谓中国现代诗歌中含混的典范之作。

二　含混策略举隅

本文中定义的含混并非是指心理学中的思维混乱，而是在审美当中通过文字表达或复杂的意象意蕴而呈现的美学效果，说不清道不明的一种感受。在卞之琳的诗中，大致有以下几种含混策略：

第一种是利用汉字的多义性来营造含混的效果。

燕卜荪在《朦胧的七种类型》中谈及英语的混乱："英语过去一直就以丰富而混乱著称，现在正迅速变得更丰富更混乱了……越来越勇于把一切可能的意思一揽子包括进去。"对英语诗歌喜爱并且翻译过不少英语诗歌的卞之琳对此深有体会。在中国的古汉语词汇中，有的字含义多样。如钱钟书在《管锥编》中谈到"易"字有三易，"易简""变易""不易"，即有容易、变化、不容易等含义。往往一个汉字，"并行分训"或"背出或歧出分训"①，需要放在上下文当中才能明白其中含义。

如卞之琳的《投》：

独自在山坡上，
小孩儿，我见你
一边走一边唱，
都厌了，随地
捡一块小石头
向山谷一投。

① 钱钟书：《管锥编》第一卷，中华书局，1979，第2页。

说不定有人，
小孩儿，曾把你
（也不爱也不憎）
好玩地捡起，
像一块小石头
向尘世一投。

诗歌中的动词“投”可以有两种解释：一为“投掷”，投石头，日常性的行为；二为“投缘”，人来到尘世，就算是一种缘分，具有宗教感的认识。诗歌第一节描述小孩子投石头，第二节采用类比的方式，写人投“你”（或是“神”投人）。人就像一块石头一样，无缘由、偶然地被抛向了尘世。正是这种递进式关系的存在，使诗歌的意义由游戏上升到形而上的思考。诗行中间浸润着生命无常感。

卞之琳的《无题》在题目上沿用了中国古诗的《无题》诗名。在古诗中，“无题”相当于寄内诗或欲说还休的爱情诗。众所周知，卞之琳的《无题》是“敏感”之作①，也可以说“无题”就是情感上的暧昧或含混。借无说有，满纸是不方便道出的暗示与玄机。此诗不少诗句具备含混的意味，如“水有愁，水自哀，水愿意载你/你的船呢？船呢？下楼去！/南村外一夜里开齐了杏花”。水是什么？船是什么？“窗子在等待嵌你的凭倚。/穿衣镜也怅望，何以安慰？”人在何处？诗句并不明白诉说。我们想说的是：组诗里的第五首中有两处“空”字。

① 卞之琳：《雕虫纪历·自序》，载《卞之琳文集》中卷，第446页。

我在散步中感谢
襟眼是有用的，
因为是空的，
因为可以簪一朵水花。

我在簪花中恍然
世界是空的，
因为是有用的，
因为它容了你的款步。

第一个“空”字做形容词用，它是制造诗歌含混意义的一个关键性词语。“襟眼”有用，因为“襟眼”上有一个空空的眼，可以插入一朵花。诗歌中写的却是“水花”，一朵看似有，实际上又是空的“无”的“花”。这一“空”字里面包含了“我”的短暂的获得感和永久的失落感。在第二节中，由“襟眼”簪花感悟到世界的“空”，这一“空”可以看作“我”的世界之“空洞”，一方面说失去了“你”之后内心所出现的空洞，再就是心中有了空间留给“你”。此处“空”字显示矛盾性的两种不同结局。

第二种是意象本身清晰，然而置于前后文中，充满了含混色彩。

中国古代诗歌中，意象与自然有着对应的关系，如鸳鸯象征爱情，残月喻示悲伤。卞之琳的诗歌中，用“尺八”来象征思乡之情，也可视作是中国文化的象征。他试图赋予意象更多的内容，如《无题》中的“船”，非现实的船，可以看作沟通的手段。

在卞之琳的诗歌中，有些物象是现代生活中的新鲜产物，在诗歌中常常呈现多元性面目。

如《寂寞》一诗写到的夜明表。诗人对这一意象既没有形状的描绘，也没有色彩线条的勾画，诗歌突出的是它的功能。主人公幼小怕寂寞，蝈蝈这种小小的昆虫，成为他最密切的伙伴。长大后，劳作使人成为时间的奴隶，夜明表既提醒人的劳动时间，又成为一无所有的人的唯一的陪伴者，一个孤苦劳作者的陪伴物。等到人去世了，遗物夜明表是否感觉到独处的寂寞？诗歌于夜明表意象当中赋予巨大的情感张力，表达出人由小到大，由生至死而产生无穷的人生寂寞。尽管诗歌的意象缺少形象性的描绘，意象功能却启发读者进行更深入的思考。这是卞之琳诗歌的一个特色。

可以看到，意象的丰富性指向增添了诗意的含混。又如《圆宝盒》中的圆宝盒，是“我”于幻想里、在天河中得到的宝盒，它是圆圆的宝盒还是圆宝形状的盒子？诗人不阐明反而让读者一起想象①。诗人只提到它映射着世间万象：“一颗晶莹的水银/掩有全世界的色相，/一颗金黄的灯火/笼罩有一场华宴，/一颗新鲜的雨点/含有你昨夜的叹气……”三个意象分别具有三种意义：圆宝盒反射出世界的面目（掩有色相），还是高贵的象征（金黄的灯火、华宴），并且里面还有着私人性的情感（叹气）。三个比喻性意象使诗歌包蕴着世界、阶级、个人的三重意义。诗歌的最后一句还强调，圆宝盒在人们的眼中也许只是一颗“珍珠——宝

① 李健吾在《答〈鱼目集〉作者》中谈及：要不是作者如今把“圆”和“宝盒”分开，我总把“圆宝”看作一个名词，把“你”字解作诗人或者读者。（李健吾：《咀华集·咀华二集》，第77页。）

石？——星?”意象的多样与反问号的结合，反而使诗歌的意象模糊不清。是，或者不是。这使此诗产生含混美感。如果从哲学角度分析，这首诗表现了现实世界与想象世界、微观与宏观、有与无的种种关联。

第三种为时空的混乱引发诗歌含混，这是卞之琳擅长的技巧。

卞之琳在很长一段时间里迷恋西方意识流小说。他说：“远在 30 年代初期，我曾译过普鲁斯特《思年华》长篇小说开场白的第一段。30 年代中期起，我已经开始更欣赏安德雷・纪德后期明朗、陡峭的小说文体和海明威以及其后各家现代化的小说文体。特别是克里斯托弗・衣修午德的行云流水而明澈剔透的小说文体。”①

在弗洛伊德的潜意识理论中，潜意识世界是一个混沌复杂的世界，弗洛伊德认为“人们的幻想比儿童的游戏难于观察”，因为成年人总是要“把引起他幻想的一些愿望隐藏起来”②。卞之琳是内向型的作者，他尽可能地在创作中隐藏自己，在他的诗歌中，我们很难判断诗人明确的指向性，反而从诗歌所体现的时空更换与跳跃，看到一种类似梦境的画面。意识流动使诗歌呈现出意义含混的美学特征。

《距离的组织》中存在空间的混乱。这首诗有多层空间的更替，这些空间概念都出现在诗歌讲述者的可观时空与心理时空当

① 卞之琳：《山山水水・卷头赘语》，载《卞之琳文集》上卷，安徽教育出版社，2002，第 268 页。

②［奥地利］弗洛伊德：《弗洛伊德论美文选》，知识出版社，1987，第 31 页。

中：一是高楼，二是罗马，三是友人所在的远方，四是一千重门外。因为空间的不断转换，诗歌主人公突然发生空间的迷失感，不由问道“哪儿了”。人的意识的自由性与行动的约束性从而体现，进而展示历史的悠久与现世的短暂，宇宙之辽远与人际之渺小，拓宽了诗歌的发生领域，使诗歌出现辐射性的意义扩展。

第四种是省略关联词带来意义含混。

如《第一盏灯》中四行诗所写的：鸟通过吞石头磨食品来换取生存的营养，获得一种能力。自然界中，火让人从兽中提升。有了人类文明的人，掌握了时间规律，与太阳同起同睡。为什么要赞美人间第一盏灯，而不是赞美太阳呢？因为灯的发明，使人们能够从自然的被动存在中脱离开来。人有了灯，才有了把握自己时间的能力。歌颂人类的第一盏灯，不仅歌颂了人类的智慧，更是让人看到了人类的伟大。在四行诗中，需要我们补充一些关联词，以使诗歌得到多重意义的阐发。

第五种是从修辞上看，有的诗因多种技巧的使用而出现多处含混。

如卞之琳的《鱼化石》，其中有多处含混。一为人称含混。“你”和“我”是不确定的，再加上注释上“鱼”或“女子”的身份，增加了人物关系的复杂性。二是“镜子”含义的含混。三是形容词“远”的含混。初看这是一首描写两情相悦的诗歌，“鱼”和“石”的情感是历久弥新的，当琢磨到“镜子”时，可能就会发生意义的模糊感，“镜子”本为投射之物，可以影射“你”的爱，“我”就像“你”爱“我”那样爱“你”。同时“镜子”还是一个无感情的物体，而作品中赋予了一种感情——“像镜子一样爱我”，这样，可能就会让读者产生冷冰冰如镜子般的爱。然而还有一个“远”字，当理解成时间的远时，可以认为是感情经住了考验，二人情感合二为一。如果是指空间远，那么这是一份没有修成正果的爱情，却让读者读出时间变化之下，情感发生变异的感慨：问世间情为何物？

根据以上对卞诗的文本解读，我们可以从两个角度进行诗歌分类。如从写作的角度看，我们可以认为卞诗的含混美学建立在汉语多义性、意象的丰富性、互文性写作、留白省略上；从接受的角度来看，含混美学与接受者进行的文化阐释、逻辑推理相关。

那么，含混的美学效应到底该如何描述？燕卜荪的话可做解释：每当一首诗的读者被一行貌似简单的诗深深打动时，打动他的便是他自己过去的经验、他以往的判断方式。真正欣赏一首诗歌时，必须在欣赏者心中激起一种深沉的激动和广阔的宁静①。我们可以说，含混美学所体现的不仅仅是“一千个读者就有一千个哈姆雷特”，还可能是“一千个读者有无数个哈姆雷特”。

三　含混的来去

中国现代诗歌的滥觞以胡适的《尝试集》出版作为标志性事件。胡适在《文学改良刍议》② 中提及的“八事”中有三事是须言之有物，务去滥调套语，不用典。他提倡明白的文学，对“五四”时期的文学界产生了很大的效力。郭沫若的《女神》、康白

---

①［英］燕卜荪：《朦胧的七种类型·第二版序言》，载《朦胧的七种类型》，周邦宪等译，中国美术学院出版社，1996，第11页。

② 胡适：《文学改良刍议》，《新青年》1917年2卷5号。

情的《草儿》、俞平伯的《冬夜》等都是白话文学的早期尝试之作。20世纪20年代民间歌谣的整理与刘半农、刘大白、朱湘等诗人对民歌风的借鉴，使明白晓畅成为“五四”诗歌的美学规范。

含混美学的现代生成与中国20世纪中期的象征派诗歌风格有关。朱自清在《中国新文学大系·诗集》的导言中谈到李金发的诗歌“不将那些比喻放在明白的间架里”，导致他的诗歌“一部分一部分可以懂，合起来却没有意思”①。在笔者看来，李金发的诗歌不是没有意思，朱自清其实也写出了李金发诗歌的意思——“对于生命欲揶揄的神秘及悲哀的美丽”，但他可能认为这意思本身不让人“明白”。象征派诗歌的特点就是采用暗示的方式，借助外在的世界的景象来对应内在世界，从不直接描述。作为接受者，不能及时与作者的意念沟通，不免会感到联络上的奇怪，因而可以看出，含混中的一种就发生于作者的设计与读者理解的差异上。

由李金发带来的象征主义诗风，使中国现代诗歌逐渐明白了诗歌意象（包括造型、色彩、音乐性）与人物情绪的某种关联，认识到诗歌除了传达乡愁、爱国、爱民的传统公众化情感之外，还有私人化隐秘情绪的曲折表达。如李金发的《题自写像》《弃妇》等诗，确立了中国现代象征诗歌的初始特征：意象的个人性与情感的尽可能隐晦；借意象表现个人于社会中的生存状态，并非传达对家与国的高尚情感。象征诗歌避开了诗歌道德化取向，更多地揭示出潜意识世界中的复杂情绪。

---

① 朱自清：《中国新文学大系·诗集》，载杨匡汉、刘福春编《中国现代诗论》上编，花城出版社，1985，第246页。

涉及中国的含混诗学传统，我们可以往前追溯到《诗经》与《楚辞》。中国古代诗歌中，比喻性意象的存在就是含混诗学的最初起源。在中国传统诗歌的写作中，最早是从一些意象的指代性功能上出现含混的踪迹。如一个侵占他人财富的人被指为“硕鼠”；“窈窕淑女”亦可视作美好理想。《楚辞》中用东君代指太阳，山鬼的形象化身美丽的少女。由中国传统诗学提出的“诗无达诂”中还可以看出接受时允许诗歌意义有说不清道不明的现象。陶渊明在“悠然见南山”的自然状态当中，发现“此中有真意，欲辨已忘言”等都揭示了诗歌意义在接受中会引发多样性理解。严羽在《沧浪诗话·诗辨》中提及：“盛唐诸人，唯在兴趣，羚羊挂角，无迹可求。故其妙处，透彻玲珑，不可凑泊。”其中昭示文字明白、含义蕴藉是中国诗歌的一个美学特征。刘勰在《文心雕龙》中提到“隐秀”这一对美学概念，王国维在《人间词话》中论诗时则涉及“隔”与“不隔”，与含混近似的是“隐”，是“隔”①。

卞之琳在20世纪30年代选择含混，应该与他的阅读接受、个人经历、性格和心境有关。在《开讲英国诗想到的一些体验》中，他谈到自己在1929年阅读英诗时，丁尼生、白朗宁、史文朋、阿诺德等人处理现实的材料，“就不出肤浅，含混，凄凉或悲观”，恰巧这时又“读起了法国波德莱尔、高蹈派诗人、魏尔伦、马拉梅以及其他象征派诗人”的诗，因为觉得他们的诗“更

① 刘勰《文心雕龙·隐秀》认为“隐以复意为工，秀以卓绝为巧”“夫隐之为体，义生文外，秘响旁通，伏采潜发”。王国维的《人间词话》中谈及“问‘隔’与‘不隔’之别，曰：陶、谢之诗不隔，延年则稍隔矣；东坡之诗不隔，山谷则稍隔矣”。

深沉、更亲切”，而后兴趣又转向受过法国象征诗派影响的英国现代诗人T. S. 艾略特等①。卞之琳在学习的过程中，坚持“诗歌始终以口语为主，适当吸收欧化句法和文言遣词”，其目的就是为了“字少意多”和“精练”②。卞之琳于1981年再一次谈到西方诗歌语言对汉语诗歌的影响：“西方来的影响使我们用白话写诗的语言多一点丰富性、伸缩性和精确性。西方句法有的倒是和我国文言相合，使用到我们今天的白话里，有的还能融合，站住了，有的始终行不通。引用外来语、外来句法，不一定要损害我国语言的纯洁性。”③ 由此可见，发掘汉语的多义性，人称的变换、时空的转变等种种技巧，不过是卞之琳在尝试中西诗歌长处的结合。

20世纪30年代文学形态复杂，卞之琳对含混的欣赏也与个人兴趣相关。卞之琳曾在《雕虫纪历·自序》中说，30年代流行英美文学，也有所谓的“粉红色十年”，而自己对西方现代主义一见如故④，并且由于方向不明，“小处敏感，大处茫然”，又怕公开自己的私人感情，于是“借景抒情，借物抒情，借人抒情，借事抒情”⑤。就在卞之琳的“借”当中，景、物、人、事都复杂化了。

含混是卞之琳20世纪30年代前半期的美学趣味。到了30年

---

① 卞之琳：《开讲英国诗想到的一些体验》，载《卞之琳文集》中卷，第418—419页。

② 卞之琳：《雕虫纪历·自序》，载《雕虫纪历》，第447页。

③ 卞之琳：《新诗和西方诗》，载《卡之琳文集》中卷，第501页。

④ 这时期的卞之琳，接受的西方著名作家作品有意识流派。参见P35注释①。

⑤ 卞之琳：《雕虫纪历·自序》，载《卞之琳文集》中卷，第446页。

代末，因为战争的影响，社会思潮发生转型，文学大众化观念的积极提倡，戴望舒、何其芳等诗人都不约而同地从个人沉思与想象的内心世界转向现实，转向民众。写作对象的转向，相应的也使提倡诗歌技巧成为诗人们的忌讳。就曾有人说卞之琳的师辈闻一多的诗歌长于技巧，大为抱怨。1943 年闻一多在致臧克家的信中说："我真看不出我的技巧在哪里。……不说戴望舒、卞之琳是技巧专家而说我是，这样的颠倒黑白，人们说，你也说，那就让你们说去。"① 可以推测当时诗歌美学趋向明白可懂，技巧显得不合时宜。虽然此事在后，但是就是在这种大环境的影响下，卞之琳于 1939 年亲历太行山区一带，以无党无派的身份写下了《慰劳信集》即为明证。

1988 年，卞之琳在《十年诗草·重印弁言》中谈起过《慰劳信集》的写作原因：1938 年，文艺界发起"慰劳信"活动，自己响应号召用诗体写了两封。在报刊上发表给大家读。以后，继续用这种体式，"公开给自己耳闻目睹的各方各界为抗战出力的个人或集体。都是写真事真人"②。作者这时注意到诗歌的读者都是普通的官兵和老百姓，诗歌作品只要发表出来就都是宣传，于是他开始了为大众为时政的公共性写作。他不再遮蔽个人情感，放弃了含混的写作策略，"写人及其事，率多从侧面发挥其一点，不及其余（面），也许正可以辉耀其余，也可能不涉其余而只是这一点本身在有限中蕴含无限的意义，引发绵延不绝的感情，鼓舞人心"。尽管卞之琳早期的诗歌并不乏写人，如闲人、

① 1943 年闻一多致臧克家的信。载《闻一多全集　十二》，湖北人民出版社，1993，第 381 页。

② 卡之琳：《卞之琳文集》上卷，第 4—5 页。

小孩、提鸟笼的人、买萝卜的人、矮叫花子等，但他并不是写人的社会身份，而是着重在个人内心的感悟中揭示人类的生存状态，进而展开对宇宙、命运的思索。至《慰劳信集》，诗歌的描写对象转向前方神枪手、修筑飞机场的工人、地方武装的新战士、一位政治部主任、放哨的儿童、抬钢轨的群众、刺车的姑娘、夺马的勇士、煤窑工人、实行空室清野了的农民、《论持久战》的著者、修筑公路和铁路的工人、集团军总司令、空军战士、一位用手指探电网的连长、西北的青年拓荒者、一切劳苦者、死难的同学等人，多是对具体环境中的现实人物进行速写或宣传。诗歌的功能实现了转换，美学策略上也就由含混转向清楚了。

《慰劳信集》中也有“你”的存在，一般为诗歌的倾听者，又是行动者。诗歌的潜在读者并非诗人自己，也非同行，而是广大的群众，因为他的选材决定了诗歌内容的公众化。

这些诗歌在明白的叙写中，偶尔也会产生歧义，但并非作者有意而为的含混。在卞之琳看来就是误解①，如《给委员长》一首诗的第一句：“你老了！朝生暮死的画刊/如何拱出你一副霜容！/忧患者看了不禁要感叹，/像顿惊岁晚于一树丹枫。”按照诗歌的上下文看来，诗人的意思应该是感叹人的岁月的老去，因为生活在“五千载传统，四万万意向”的中国，有着历史的重负，这位老了的委员长却像“喷泉”，“一对眼睛照旧奕奕，夜半开窗无愧于北极星”。诗歌从突然老去、作用伟大、工作勤劳等方面进行描写，明显是为了对委员长的职责与个人行为进行肯

① 卞之琳：《卞之琳文集》上卷，第5页。

定。读者对“你老了”会产生歧义是因为他们在理解上断章取义，实与含混无关。

正是此时，含混策略在卞之琳诗歌中渐行渐远。虽然在以后的穆旦、顾城的作品，乃至海外华文诗歌中我们仍然能看到含混的存在，但是这一美学现象，就像一朵昙花，一度绽放在20世纪30年代前半期的卞之琳的诗歌中。辉煌了卞之琳之后，暗香余存，明艳不再。

（原载于《中国现代文学丛刊》2010年第4期）

美文与雅诗
——论何其芳20世纪30年代早期的诗文写作

20世纪30年代初登文坛的何其芳，以别具一格的诗文崭露头角，新鲜的修辞、哀婉多变的情调为读者所喜欢。在充满战斗气息与宣传主义的潮流中，它们与世隔绝并独树一帜，艺术化表达所彰显出的唯美特质成为诗文奇葩，也成为何其芳一生文学创作之亮点。本文从文类研究出发，品读何其芳20世纪30年代早期的诗与文，以期透过微观角度具体探析其文体意识与艺术追求的差异。

一、诗与文的文体差异

何其芳创作于20世纪30年代早期的诗歌，含《燕泥集》①《预言》② 的部分诗歌，及《何其芳诗全编》③ 中收录的轶诗《莺

---

① 何其芳、李广田、卞之琳：《汉园集》，商务印书馆，1936。其中何其芳的《燕泥集》被收入诗16首。

② 何其芳的个人诗集《预言》收录了《燕泥集》中的部分诗歌，此集中的诗歌基本写于1931—1937年；参见文化生活出版社1945年2月的初版。

③ 蓝棣之编《何其芳诗全编》，浙江文艺出版社，1995。

莺》①《古意》《细语》《暮雨》《我的乡土》《箜篌引》《给我梦中的人》《诅咒与祝福》《梦歌》《初夏》《砌虫》《枕与其钥匙》等写于1930—1935年的诗篇。其中，《莺莺》用流畅的现代汉语讲述了一个爱情悲剧；《昨夜》《我不曾》《当春》《青春怨》《你若是》《无题》《初夏》等诗篇采用了闻一多提倡的整齐匀称的格律体；《预言》《脚步》《爱情》《圆月夜》《古意》等诗多与爱情想象相关；《柏林》《岁暮怀人》《古城》等诗，表达青春、友谊和自我的失落。从1937年开始，《送葬》《于犹烈先生》《声音》中可以看到诗人写作的变化，不再是内心独白式的抒情，而是用稍带幽默的语言调侃个人与生存环境的关系。至于后来的《夜歌》《我为少男少女们歌唱》《北中国在燃烧》等诗，社会意识与政治意识的强化使其诗歌观念发生极大的变化。限于篇幅与论述视角，笔者准备对何其芳于1930—1935年间创作的诗与文进行探究。因为这一时期何其芳沉浸在单纯的创作世界中：封闭式写作，深入挖掘内心世界，主题相对集中，文学技巧的多种尝试，成就了他早期的艺术个性。

何其芳的散文集《画梦录》②曾获1936年的《大公报》文艺奖金，其中第一篇《雨前》创作于1933年春天。时间已经证明，这部散文集每次出现都会让散文爱好者感到惊喜，特别是在散文说理盛行的年代中。恰如萧乾的评价："《画梦录》是一种独立的艺术制作，有它超达深渊的情趣。"③散文集《画梦录》，文

---

① 何其芳1930年正式发表的诗。参见上海《新月》第3卷第7期，其署名为荻荻。

② 何其芳：《画梦录》，文化生活出版社，1936。

③《大公报》评选词，转引自贺仲明《喑哑的夜莺——何其芳评传》，南京师范大学出版社，2004，第97页。

字缥缈，想象丰富，画面华丽，常用简短故事、朦胧意象、对比方式来探讨人生真谛，与何其芳早期诗歌中的自叙或个人化色彩大有不同。如《雨前》借怀念故乡春雨而北方阴郁不雨抒发对现实压抑的不满；《黄昏》表达少年人在忧郁的生存中寻求鲜活的生命力；《货郎》随着货郎的脚步，展开对普通百姓和有钱人的平实生活的合理想象；《楼》通过对话，利用沙漠中的人对高楼向往，富贵人家因建筑而败家等故事来表现理想与现实的矛盾；《魔术草》中充满了对魔法的天真想象；《静静的日午》写出命运的偶然与必然、神秘与真实；《伐木》描写被旅行人赞美的树被伐后有不同的命运，正如伐木人的命运。《画梦录》中的散文，在内容上更为广阔，通过抒情主体、故事讲述者来描写人世感悟，在表达方面具有多样化特征，有戏剧片段形式的表达，有为了阐明某种道理而虚构情节，也有抒情诗形式的表达。

何其芳创作于20世纪30年代早期的诗篇可说集现代汉语的优美、典雅于一体，是口语与书面语的完美结合。倾诉抒情体的运用，戏剧性片段的描写，景物的速写，流露内心深处的隐秘、期待和哀怨，通感或拟人手法运用娴熟，多重修饰词的铺展让读者有如迈入繁花胜境。诗歌《预言》中的第一节即如此：

这一个心跳的日子终于来临！
呵，你夜的叹息似的渐近的足音，
我听得清不是林叶和夜风私语，
麋鹿驰过苔径的细碎的蹄声！
告诉我用你银铃的歌声告诉我，
你是不是预言中的年青的神？

诗歌基本由现代汉语组成，有雅语也有日常性语言（如语气词入诗），并使用了当时的新式标点符号，通过语气的起伏变化抒发情感。具体来看，诗歌分三组意群，每组意群因为标点变化而发生情感变化。第一组首句用了感叹，给读者一种惊讶与暗示的情感期待。第二组再次感叹，虽然是一组唯美意象，但表示惊讶。第三组反问，带有肯定与惊叹不已的态度，强化对对方的喜爱、珍念与崇拜。第一句感叹句是抒情句，第二句是语气词起头，接下去的又非口语，而是使用了文雅的譬喻，在“夜的叹息似的渐近的足音”中，富有弹跳性的节奏感从“的”字中跑出，把脚步声比作夜的叹息；在拟人与具象化的描写中，巧妙地将脚步声的轻重，断断续续的节奏以及由远至近的声音、距离感皆从视觉与听觉上细腻地表现出来。后面两句用环境中的多种声音作为“你银铃的歌声”出现的背景，表现“我”对“你”的关注，烘托“你”的神秘与美好。一句“预言中的年青的神”便将诗歌的现实背景淡化，把读者引导到美好的传说故事背景中。因此可以知道，令人“心跳”的日子，是期待爱的日子。

诗歌无固定的节奏。第一节大致为AABCBC，有押尾韵，有交错押韵。在整首诗中，每节的一、二、四、六句都大致押韵。另外还采用了其他增强音乐性节奏的方式。比如第二节“告诉我”用排比加强诗歌的内在韵律；第四节“不要前行！前面是无边的森林”有行内押韵；第五节“再给你，再给你手的温存”与第六节“消失了，消失了你骄傲的足音”等运用了反复的方式，强化主人公情感的热烈和失落程度。

在诗歌的结构上，第一节第一句为诗歌的总起句，暗示事件即将发生。在第一节末的问句中，事件基本揭示出来。第二节展开了对南方的风景想象：温郁、日光、月光、百花、绿杨、如梦的歌声、温暖等。第三、第四节是对北方景色的想象：无边森林、古老的树、野兽斑纹、藤莽、密叶等。南北方景色的差异表现出抒情主人公对南北方留恋与恐惧的心态上的对比。在诗中，抒情主人公一直在表现自己的激动与热情，“让我烧起每一个秋天拾来的落叶，/听我低低地唱起我自己的歌”“一定要走吗？请等我和你同行”“再给你，再给你手的温存”；然而“你”就像一位仙子，“无语而来，无语而去”。诗歌从时空、事件的发展，人物的情感演变等角度描述了抒情主人公的心理变化过程。集地域风光、人物心理变化以及音律尝试为一体，这是何其芳早期诗歌的特色。

相对诗歌的紧凑和简练，散文《雨前》也不算冗长，同样有意象和氛围的营造，有情感的蕴藏。但在写作时，作者不仅重视画面的色彩和造型，还注重对画面进行说明。如“最后的鸽群带着低弱的笛声在微风里划一个圈子后，也消失了”。本来这是一个描述雨前的典型画面，足以构成诗歌意境。在散文中，作者继续写对鸽群消失原因的推测：“也许是误认这灰暗的凄冷的天空为夜色的来袭，或是也预感到风雨的将至，遂过早地飞回它们温暖的木舍。”一般来说，如果是诗歌写作，这种推测性的内容就是留给读者想象的“格式塔”空白，是有意而非常宝贵的留白。由此看来，在何其芳早期诗、文中表现出的写作特点根本不相同：诗歌首重意象，二重节奏，三重修辞；散文同样首重意象，二重修辞，三重逻辑关系，语言节奏感的要求低于诗歌，说明性的文字是诗歌舍弃的。就美学效果而言，诗歌富有鲜明的画面感，弹性十足，暗示性强；散文注重在叙事中抒情说理，表意平坦周密、明朗自然。

为进一步了解何其芳于早期创作的诗、文差异，我们不妨对同时期取材于同一事件（人物）的诗、文进行对比性考察。

二、诗与文:《花环》与《墓》的殊途同归

《花环》是一首悼亡诗，诗人在诗歌的副标题和最后一句做了暗示。诗歌一共分三节，第一节诗人舍弃了对死亡事件的陈述，采取兴与比的方式，用“幽谷中最香的花”“最有光的朝露”“没有照过影子的小溪”来比喻诗歌中主人公小玲玲的美丽、可爱、纯真。第二节中写及小玲玲的日常生活，她的梦，她向檐雨说故事，爱的是“寂寞，寂寞的星光”。一个向自然界说话的人，意味着她（他）没有尘世间的知心朋友，而是孤独的个体存在，诗歌的意义从小玲玲身上得到更多升华。因为作品中遮蔽了小玲玲的具体生活细节而凸显其命运，对读者而言，足以将小玲玲置换成无数孤独寂寞的灵魂。第三节诗中确定小玲玲的年纪、性别与身份、遭遇。少女有泪，因什么而流？诗歌在这里跳跃过去，“常流着没有名字的悲伤”，诗句不免让人想起少女怀春而泪流，也不妨以为是诗人的有意暗示：她因此忧愁，因此夭亡。诗人认为这一切起因和结局都与“美丽”有关。那么，在理解这首诗时，小玲玲，就是一个纯洁完美，有着爱恋情愫的少女形象；或者说，她象征着爱的伤逝。

散文《墓》中，小玲玲的形象不是诗中那种类比化形象，而是具体的人物。散文使用戏剧化手法，增加了时间与地点，补充

了小玲玲生活的具体环境。在表现手法上，运用电影的蒙太奇方式增强叙事的流动性。

第一部分用电影镜头不断推进，交代了小玲玲的墓地。第二部分倒叙闪回，写小玲玲的生平及其生长环境。用木床、池塘、捣衣声，还原小玲玲的普通农家女儿身份，进一步具体写到她的长相：黑眼睛、头发、肤色，用微红的手来表现农家姑娘的健康，接下去便写她的梦。“羞涩”一词，把女孩内心的秘密公之于众。这是一个爱美、照溪水、渴望爱情的姑娘，性格温和，喜欢交朋友，也爱劳动。她没有等来爱她的人，却等来死神。在这篇散文中，通过片段描写的方式，将一个少女的命运从几个细节中凸显出来。第三部分是一个白日梦。这个白日梦的表现手法很奇特，类似汤显祖《牡丹亭》中《游园惊梦》的构思，讲述了一个叫雪麟的诗人见到墓地，展开对墓中人的想象，如想象玲玲的身世，想象与玲玲邂逅，想象与玲玲相爱，讲那美人鱼的故事，以及玲玲的吃醋。在这个白日梦中，包含了许多不和谐的因素。虽然是少男少女，虽然互相衷情，但是诗人与村姑、活与死、阳间与阴间的爱，使故事成为一个虚实相生的带有梦幻性质的故事。在散文中，暗蕴了男女心灵相吸，因条件不合而生出的永久期待、现世绝望以及永远的悲伤。可以说这是一个让童话爱好者喜欢的中国式的灰姑娘的梦。少女得到诗人的爱，就像梁山伯等到祝英台，合墓化蝶的大团圆，使读者在美好被摧毁的刺痛中得到片刻缓解。显然，何其芳的散文融合了中国古代与外国浪漫童话中令人动情的充满想象的“爱情味精”：少女、愁男、暗恋、忧郁、梦想、团圆等，这些成为何其芳散文吸引读者的要素。在他编织的童话中，出现了多个吸引读者的层面。第一是虚拟的悲情故事；第二是富有张力的戏剧性片段；第三是细腻华丽的诗化语言；第四是作品中环境的多色彩展现以及内心活动的想象。

尽管《花环》与《墓》表达同样的内容，但诗歌将与人物有关的许多事件抽象化了，变成情景的提炼或暗示。如果将散文修改成诗歌，那么在语言风格与话语长度上有一定的传达难度，但是诗歌若为散文做注解，则可以丰富散文的美感。这就如当代诗论家吕进说起的散文与诗的关系是："一为饭，一为酒。"①

三、散文的诗化：以《黄昏》为例

并不是每篇散文都可以修改成诗篇。何其芳 20 世纪 30 年代早期的部分散文具备修改的条件②，那是跟他的散文多为抒情文字有关。他自己曾说《画梦录》中的部分作品"虽然没有分行排列，显然是我诗歌写作的继续，因为它们过于紧凑而缺乏散文中应有的联络"③。

何其芳有些散文，如《画梦录》以想象的历史故事为主；《楼》是比较式的对话体；《迟暮的花》浮想联翩，心游万仞，加以戏剧对白，类似诗剧中的片段。这些作品具备丰富的内容，多重视角的描写，并非一首短小的抒情诗能够包容得下。与散文的

---

① 吕进：《诗家语：一种特殊的言说方式》，载《吕进文存》第四卷，西南师范大学出版社，2009，第 158 页。

② 也有学者把《画梦录》当作散文诗，因其有诗的特质。本文从文类角度出发，将之归为散文类，与现代诗进行对比——笔者注。

③ 何其芳：《还乡杂记（代序）》，载《何其芳散文选集》，百花文艺出版社，2004，第 240 页。

舒展相比，诗歌多富有弹性特征。无论是单一的主旨还是多义主题，形式简约、凝练几乎是现代主义诗歌不变的真理。散文式的语言可以用，但要以分行与剪切、省略来加强诗意。不妨以散文《黄昏》为例，在将它修改成现代诗歌的过程中，可以进一步发现文、诗之间更细微的差异。

以《黄昏》为例是因为这篇散文具备诗歌的基本要素。有高度密集的意象和形象："黄昏""马车""街""我"等组成黄昏意境；色彩繁复，"白色的小花朵""古旧的黑色马车""银灰的归翅"；具有情感成分，"黄色的欢乐""凄异的长叹"；还有诗歌中惯用的通感、暗喻、拟人等多种修辞；语言则具有内在的节奏，如停顿、轻重、快慢等形成跌宕起伏的语气以抒发情感。

《黄昏》在题材上并无新意。情景设置类似一个戏剧片段或电影场面。内容、结构方式与戴望舒的《雨巷》如出一辙：一个在巷子中走，一个在街头走；一个想邂逅"丁香一样的"姑娘，一个在怀念曾经"幽静的伴步者"。在表现上，都是内外视角齐用。外在景物皆情语，内心世界戏剧性地波澜起伏。假若要将《黄昏》改成诗歌，需遵从诗歌语言规范，这样很多句子必定要删除。

其中，表达体验的词组或描述型的句子应删除，才符合现代诗歌通过意象表达情感的原则。如第一节：

马蹄声，孤独又忧郁地自远至近，洒落在沉默的街上如白色的小花朵。我立住。一乘古旧的黑色马车，空无乘人，纡徐地从我身侧走过。疑惑是载着黄昏，沿途散下它阴暗的影子，遂又自近至远地消失了。

这段文字表现了“我”在感受马车经过后留下的寂寞。进行诗歌修改时，可凸显此情形：

马蹄声
洒落街上
如白色小花朵
古旧马车空空地
载着黄昏
我立住
在它的阴影里

从改造中可看到诗歌保留了散文描写中的声音、颜色与动态，意象叠加后密度增强，语言的精练增加诗歌张力，使想象空间增大，弹性加强，思维才得以在跳跃中前行。于散文中做背景的“阴暗影子”在诗歌中提炼为“阴影”——一个具有提示下文的诗歌意象。

接下去的描写是“街上愈荒凉。暮色下垂而合闭，柔和地，如从银灰的归翅间坠落一些慵倦于我心上。我傲然，耸耸肩，脚下发出凄异的长叹”——虽然有美丽的句子可入诗，但内容与前文重复，不合诗歌的精练要求。特别是散文中对“我”的形象的描写，在诗歌中应避免直述。因为诗歌中的抒情者或叙事者往往属于读者想象中的形象。

散文中，景物“宫墙”“亭子”所萦绕的情绪较多，可以成为诗中两个主要意象，这是诗歌修改的关键点。“马蹄声”与

“宫墙”曾在诗歌《夜景（一）》与《夜景（二）》中出现，也是主要意象。在这两首充满象征意味的诗歌中，马车象征时间的流逝或过去的生命，而宫墙象征败落的命运。从《黄昏》的文本看，“亭子”是引起联想的一个物象，因山巅的亭子而想起第一次发生的爱情，经过联想，文本最后提供了失恋的信息。诗歌不必像叙事文学那样展示事件细节和发生过程，想方设法去还原当时场景，它只要结果，结果只需暗示。为了诗意地传达，采用省略的方式表现迷茫经历为较好的选择：

漫长的宫墙肃立。
多少次，我以目光叩问，
它的回答是：
——黄昏的猎人，你寻找着什么？

接下去的散文中又有接近诗歌的排比句子，若是与情感抒发无关，都可以直接删除，与亭子有关的联想同样也可以去掉，留下想象的空白。就像卞之琳的《距离的组织》那样跳跃，直接进入：

我看见第一颗纯洁的爱情无声坠地。

这就是承前的回答，也是“黄昏猎人”寻找的东西与结果，散文所要表达的意思到诗这里一句话便结束。相对而言，散文语言流畅，表达情感内涵更为充分，诗歌语言简短，意义压缩密度更大。如果说散文追求圆融的美，那么诗歌则追求残缺的美。

四、 诗与文的意象取向

何其芳于20世纪30年代早期创作的诗歌多为抒情诗，都是借助意象完成的。他的一部分诗题为抽象名词，如《爱情》《祝福》，或事件提示，如《再赠》《岁暮怀人》，或季节性名词，如《夏夜》。这些诗篇基本由两组意象组成：一组是自然风光意象，另一组是身体意象。何其芳笔下的自然风光意象可以具体分为北方风光和南方风光，或是早上、正午与晚上景象。在自然意象的描写上，诗人注重颜色与情感的搭配，并关切物象的具体选择，有植物、动物、昆虫或太阳、月亮等。身体意象大致分为看得见和看不见的，看得见的是身体部位，看不见的如声音和体内器官。

具体说来，自然景物（含动植物意象）主要用来烘托情绪。《爱情》是具有代表性的诗篇，通过对比春季南方与秋季北方情景来描写爱情的沧桑感。南方植物与自然都是富有生命力的：石榴花的开放、垂杨、菩提树的游戏，湖水的苏醒，原野上“流溢着郁热的香气”“常春藤遍地牵延着”“菟丝子从草根缠上树尖”。诗人还将南方的爱情比喻成会睡会苏醒会飞的鸟类：“南方的爱情是沉沉地睡着的，/它醒来的扑翅声也催人入睡。”北方的景象荒凉，有“摇落的树”“乏水草的道路”“一粒大的白色的陨星/如一滴冷泪流向辽远的夜”，诗句暗示着那个时期这里不是滋长爱情的土地与氛围，这里的人是敏感的、寂寞的。

冯至抗战时期的代表作《十四行集》中虽然也以自然风光为诗歌意象，同样是表现山水自然，但作为中年人的他倾向于在自然景象中感悟生与死，面对与承担，将情绪进行“非个人化”处理，表现出天人合一时感受到的宇宙间的浩渺、关联与博大。而何其芳20世纪30年代早期诗歌中的自然描写，范围相对是狭小的，都是经过自我单纯的臆想而虚构出一个充满五颜六色和特殊景物的世界，甚至人物都没有一个是多余的、无寄托的。这些虚幻当中存在的自然意象，其实都是非自然的主观想象，是抒情载体，被移情的受体。何其芳自己曾表示过“我从来不喜欢自然，只把它当作一种背景，一种装饰”①。因此，在意象的使用上，冯至行的是思辨之道，何其芳走的是感性化的诗歌之路。

在20世纪30年代后期诗歌风格转变之前，30年代早期的何其芳在诗歌中着迷于描写身体。以《夏夜》《再赠》与《圆月夜》为例，与身体相关的诗句摘抄如下：

1. 头：“枕你有海藻气息的头于我的心脉上”（《圆月夜》）

2. 发：“更黑的发”（《再赠》）；“你的鬓发流滴着滑凉的幽芬”（《夏夜》）

3. 发际：“你感到一片绿荫压上你的发际吗”（《圆月夜》）

4. 眉间：“迷人的梦已栖止在你的眉间”（《圆月夜》）

5. 眼：“你的眼如含苞未放的并蒂二月兰”（《圆月夜》）；“美目里有明星的微笑”（《夏夜》）

6. 眼珠：“更黑的眼珠”（《再赠》）

---

① 何其芳：《给艾青先生的一封信》，载《何其芳散文选集》，第257页。

7. 唇："一株新的奇树生长在我心里了，/且快在我的唇上开出红色的花"（《夏夜》）；"你沉默的朱唇期待的是什么回答？/是无声的落花一样的吻？"（《圆月夜》）

8. 胸："你说你听见了我胸间的颤跳，/如树根在热的夏夜里震动泥土"（《夏夜》）

9. 双臂："你裸露的双臂引起我/想念你家乡的海水"（《再赠》）；"你柔柔的手臂如繁实的葡萄藤"（《夏夜》）

10. 膝：（藕花淡香的呼吸）"扑到你裙衣轻覆着的膝头"（《夏夜》）

11. 肤："浅油黑的肤色"（《再赠》）

12. 声音："你的声音柔美如天使雪白之手臂，触着每秒光阴都成了黄金"（《圆月夜》）

13. 心："你的心，如林叶颤抖于月光的摩抚/摇坠了你眼里纯洁的珍珠"（《圆月夜》）

鲁迅的作品中常有身体意象①，他往往通过身体意象的书写发掘其文化含义。如用头、膝等部位暗示中国人的思想性和独立性的有无。何其芳的身体描写则多与感觉器官有关，涉及色与味。如1~7为头部意象，从头写到发、发际，从眼、眼珠、眉间写到唇，这些在异性那里，属于不可公开接触的部位；8~11为可视意象，写人的活动器官和引发美感与否的肤色，大致属于可公开接触的部位，12~13属于感受型意象，声音洪亮或声音缠绵，心的颤抖或心如止水都暗示人与人之间的距离和情感，何其

① 参见拙文《身体的秘密——由鲁迅作品中的身体意象看身体写作史》，《鲁迅研究月刊》2009年第6期。

芳对于异性的想象通过美好的自然意象和童话般的氛围来完成，效果多在视听感觉范围内发生。如写眼的“你的眼如含苞未放的并蒂二月兰”（《圆月夜》）可以让读者感受到眼神的清新、妩媚、羞涩。这种超越时空、环境限制的直觉描写，也易于为读者所接受，更何况在何其芳之前，几乎没有诗人如此纤细、敏感地描写异性之美，这成为何其芳诗歌为情窦初开的读者们珍视的原因。

何其芳的身体描写，不排除与他的青春期生理想象有关——“假若没有美丽的少女，世界上是多么寂寞呵”①。然后是与屈原遗留的香草美人这一中国文学传统有关，这种传统通过温庭筠、李商隐等在中国文坛中传递。再就是西方象征主义诗歌进入现代中国时，20 世纪 20 年代末的新潮诗人们也特别注重在诗歌中感受色、香、味。从近距离看，何其芳的写作与戴望舒的诗歌、朱自清的散文中的异性形象描写也应有一定的关系。“五四”文坛一反传统的禁欲思想，从小说界的郁达夫到诗歌界以汪静之为代表的湖畔派，以及新月派的闻一多、徐志摩、邵洵美等，都选择以身体作为抒情审美对象来写诗。对女性身体的描写，不一定出于当时道德家所指责的淫秽心理，比如在徐志摩的《沙扬娜拉》中，我们并没有将诗指认为徐志摩出轨的证据，诗人不过是把女性当成艺术的审美对象，就像画家笔下的模特一样。对女性身体的描写，在“五四”时期乃至 20 世纪二三十年代中可以看作中国文坛的一次“文艺复兴”。

在何其芳的散文中，即使有身体器官描写，也不像抒情诗中

① 何其芳：《扇上的烟云（代序）》，载《画梦录》，文化生活出版社，1936，第Ⅳ页。

那样放大凸显。从何其芳创作于20世纪30年代早期的散文来看，自然意象的描写多于身体意象。他写带着愤怒飞翔的鹰隼（《雨前》），写小山巅的亭子（《黄昏》），写往昔的园子（《迟暮的花》），还有幻想的高楼（《楼》）等。有写身体意象的散文，如《哀歌》，描写姑姑们的命运，其中不过在起兴时写到法国女子有“纤长的身段，纤长的手指”，西班牙女子有“闪耀的，神秘的，有黑圈的大眼睛”。当写到自己的姑姑时，只用了一个电影式的特写：“纤长的，指甲上染着凤仙花的红汁的手指，在暮色中，缓缓地关了窗门。”《秋海棠》是典型的闺妇题材散文，文中不乏对女性的身体描写，但运用了写意的方式，写到头、手、肩、鬓角、睫毛……这些身体部位在作品中充当道具，作者大多通过身体姿态与感觉性文字暗示被观察对象的内心感受。如两次写手：第一次——“她素白的手抚上了石阑干。一缕寒冷如纤细的褐色的小蛇从她指尖直爬入心的深处，徐徐的纡旋的蜷伏成一环，尖瘦的尾如因得到温暖的休憩所而翘颤”。第二次——“她的手又梦幻的抚上鬓发。于是，盘郁在心头的酸辛热热的上升，大颗的泪从眼里滑到美丽的睫毛尖，凝成玲珑的粒，圆的光亮，如青草上的白露，没有微风的撼摇就静静的、不可重拾地坠下……”

两次写手通过触摸对象的差异表现出时冷时热的内心情感。经过通感描写，把冷写成了“蛇”的形状，又把热写成了可以上升的酸辛，心理感受用外在自然现象进行暗示。何其芳散文中那种感觉的层次性，笔触的细腻性，想象的丰富性，简直无人能企及。

五、 诗与文的艺术表征

从狭义的文类形式看，何其芳在20世纪30年代早期创作的诗歌多属于抒情短诗，有自由体，也有格律体。比较有意思的是，何其芳自《莺莺》写作开始的头两年，创作了大量整齐匀称的格律体，而在1945年《预言》初版时，何其芳的身份发生变化，使他有意识地漏选了这些整齐匀称的格律诗，而选择了自由体形式的诗歌，这可视作他的一种“革命”的姿态。从写作美学看，何其芳早期的抒情诗歌追求戏剧的场景化、电影的蒙太奇叠加与散文美。《脚步》展现了思人的场景：黄昏风过，白杨飘落，江南秋夜，“你”悄悄扶上栏杆……有氛围，有感情；《罗衫》采用拟人化的手法，以罗衫视角移动镜头：想念你襟上的“荷香”“眼泪”“口脂”“还有一枝月下锦葵花的影子/是在你合眼时偷偷映到胸前的”……通过意象叠加来抒情，在抒情中叙事，在叙事中暗示。语言上，诗句多呈现内在韵律，诗歌情绪或一波三折或渲染烘托，虽然音步或尾韵不一定整齐，但是诗人通过分行、叠词、行内押韵等方式，强化诗歌的音乐性。

何其芳还是诗界的色彩师。色彩是用来抒情的，如《雨天》中对爱情的想象：“爱情原如树叶一样，/在人忽视里绿了，在忍耐里露出蓓蕾，/在被忘记里红色的花瓣开放。”颜色经过精心搭配，使难言的感受顿时有了鲜亮的画面感，文字生辉。

《画梦录》是何其芳在散文文体方面进行的有意尝试：“我的工作是在为抒情的散文发现一个新的园地。我企图以很少的文字制造出一种情调：有时叙述着一个可以引起许多想象的小故事，有时是一阵伴着深思的情感的波动……我追求着纯粹的柔和，纯粹的美丽。"① 何其芳并没有局限在已有的散文形式当中，他用诗歌中的惯用意象来营造散文的情绪与气氛，用戏剧化的片段讲述事情的发生，用小说常用的虚构手法，使散文的美学效果似真非真，虚实相生。如《楼》《静静的午后》《迟暮的花》采用对话体形式，《炉边夜话》《画梦录》采用小说叙事的方式，《岩》运用演讲体，《独语》是内心的独白，还有《雨前》《黄昏》等，被文学史家命名为散文诗②或美文。

依据对何其芳20世纪30年代早期创作的诗、文进行文本分析，基本可以看到他的诗文的艺术表征各有特色：诗重暗示，重色彩、音韵，重情绪，意象在对比或叠加组接中直接展现心理或感觉。文重叙说，重逻辑推演，重画面，或通过对比、或通过递进、使画面完整，充分表达作家意识的完整性，语言追求明白晓畅。在散文当中，不乏解释性词语和比喻性意象，也同样运用通感、比喻、拟人，甚至戏剧小说中的对话等艺术手法。

在现代主义文学创作者中，废名的诗文因内容艰深而使接受程度受限，卞之琳的诗歌因思维的高度跳跃而落下不少读者。相对而言，冯至的诗文为中年知识分子所喜欢，因其表现出自然与宇宙中的体悟和人的责任意识；多数青年读者偏爱何其芳早期的诗文，理由就是他的忧郁、伤感、缠绵以及多样化的艺术美感直抵读者之心。尽管读者们也都知道何其芳创作于20世纪30年代后期的诗文如《夜歌》等的思想进步了，人成熟了，但多数读者

---

① 何其芳：《还乡杂记（代序）》，载《何其芳散文选集》，第241页。

② 孙玉石在《〈北平晨报·学园〉附刊〈诗与批评〉读札》中特别提到《诗与批评》中注明《黄昏》为散文诗；参见《新文学史料》1997年第3、第4期。

仍留恋他过去的文采，欣赏他为艺术付出的努力："用我们的口语去表现那些颜色，那些图案，真费了我不少苦涩的推敲。我从陈旧的诗文里选择着一些可以重新燃烧的字。使用着一些可以引起新的联想的典故。"① 不管何其芳自己如何表态——"我是一个充满了幼稚的感伤，寂寞的欢欣和辽远的幻想的人"② "独语是不能长久地继续下去的。接着我就编织一些故事来抚慰我自己"③ "有时我厌弃自己的精致"④；不管主流文坛如何大力提倡大众喜闻乐见的文学，商业化潮流中的文学日趋商品化，乃至某些文学专家语重心长地表示对精雕细琢的反对，然而，新一代读者总是在进入文学世界时被何其芳笔下难以企及却活灵活现的乱花美女迷住了眼。他们知道：伤感、精致、美丽并不一定等同于成熟，但这是青年人必经的一个心理过程：他们喜欢青涩中感性的画面，喜欢纷繁的颜色和万千物象，并且喜欢从中流露出来的埋藏在心底不可为人道的暧昧或隐情，以及对世间的朦胧感悟，喜欢作者本着纯真的内心写作，在简约暗示或从容抒情中触摸人类优美的情怀，在精练的文字、精妙的通感中品味万物同源之美。

（原载于《长江学术》2012 年第 2 期）

---

① 何其芳：《梦中道路》，载《何其芳散文选集》，第 55 页。

② 何其芳：《给艾青先生的一封信》，载《何其芳散文选集》，第 250 页。

③ 同上书，第 252 页。

④ 何其芳：《梦中道路》，载《何其芳散文选集》，第 55 页。

西方山水理念与冯至的《山水》《十四行集》 写作

冯至于20世纪40年代出版了一部诗集《十四行集》① 与一部散文集《山水》②，虽然文类不同，描写内容与方式也不一样，然而对于自然、时间、命运、存在等方面的看法一脉相通。以往对冯至的诗或文的研究都停留在存在主义层面或文体研究层面，忽视了冯至对西方多种理念的汇合。特别是山水理念，贯串在《十四行集》与《山水》中，表现出与中国诗文不同的特色。《山水》到底写了什么名山大川呢？如果没有，又为什么给散文集取名《山水》?《十四行集》是不是一部诗化的《山水》呢?

一

山水是艺术表现的重要题材。在中国传统绘画中，有山水画理论，用笔设色、空间距离、形状勾画等都有定规。写作中的山水，有山水诗和游记文。研究者认为山水诗的渊源从《诗经》

---

① 冯至的《十四行集》，是桂林明日社1942年5月初版。本文引文来自《冯至全集》第一卷。

② 冯至的《山水》，是重庆国民出版社1943年初版的，文化生活出版社1947年再版。

《楚辞》中开始，那时的山水观与神灵崇拜有关，汉赋中“对山水景物刻意描写，为后世山水诗人模山范水的艺术技巧奠定了基础”①，魏晋时代山水诗得以产生，中国的山水诗在谢灵运、陶渊明、孟浩然、王维、李白、杜甫、柳宗元、苏轼等人的创作中形成山水诗传统。山水诗或直接描绘自然景物，或是通过山水组成意象，作为抒情载体，借景抒情。中国的山水诗文承载了儒道释的文化内涵：或见仁见智，或显神显灵，或超脱世俗束缚，许隐士之愿，或一展游山玩水的清闲。自然山水入古代诗文，多为写真与想象的结合。沈从文的《湘行散记》、朱自清的《桨声灯影里的秦淮河》、艾芜的《南行记》、郁达夫的《钓台的春昼》中对景致仍然描绘细致，情怀多变，使读者有寻踪的冲动，风景名胜的知名度与文人骚客频繁游览竟然密切相关。因而可以说，中国的山水文学既是思想的，又是物质的；既是超脱的，又是现实的。在商业社会和旅游文化中，它还是实用的。

汉语语境中的“山水”有多种含义：一是指代某一地名或地域，二是指代自然或宇宙，三可以象征民族性格，四因与生存相干而产生出特殊的民间文化。山水在传统文化中，特别是农业文化中，成为人们生存的必备条件：靠山吃山，靠水吃水，一方水土养一方人，风水轮流转等成为民间流传的实用性山水观念。人们从建房子居住到选择坟墓，在山水间处于何种位置，都认为与自身、与族人未来有关，因此还诞生了“风水师”的职业。人们从生到死，都在尽力追求与山水的和谐，追求景致的最佳角度。可以看到，山水在中国文人的笔下充满神性，能与人沟通，造就

① 王国璎：《中国山水诗研究》，中华书局，2007，第 37 页。

人的命运。山水除了提供让人生存的条件，它还是人类命运的主宰。

在禅界，山水有三种说法：见山是山，见水是水；见山不是山，见水不是水；见山是山，见水是水。它代表思维的三个阶段：是—不是—是。这是从现象、判断到结果所呈现的三个阶段。山水景观、山水文化、山水思维方式，在中国传统文化中几乎可以说用到了极致。在中国文学和文化中，人与山水的关系象征着人与世界的一种关系，而山水又显示出它的哲学意义。

冯至的诗文中是有山水的。散文集中的《山水》写到亚洲的赣江、平乐，欧洲的赤塔、塞纳河、西卡卜、罗迦诺等，但并没有采用山水游记文体。冯至明确告诉读者，他所写的“都不是世人所谓的名胜”①，指向的是“山水”的另一种意义。的确，从20世纪40年代起，冯至的诗文从描写个人情感转向了外在的世界，他的山水并非自然山水，山水观直接指向禅家山水判断的第二、第三阶段，实为宇宙观念。

冯至的山水观来自西方。一方面受到奥地利诗人里尔克的影响，另一方面来自德国歌德以及由歌德辗转而来的荷兰思想家斯宾诺莎的泛神论思想。

1931年冯至翻译的里尔克一篇随笔《论“山水”》② 首先提供了“山水”答案。里尔克所认为的“山水”是：“他们走过的那条路，他们跑过的那条道，希腊人的岁月曾在那里消磨过的所

---

① 冯至：《山水·后记》，载《冯至全集》第三卷，河北教育出版社，1999，第72页。

② [奥地利] 里尔克：《论“山水”》，冯至译，三联书店，1994，第66—72页。

有的剧场和舞场；军旅聚集的山谷，冒险离去、年老充满惊奇的会议而归来的海港；佳节继之以灯烛辉煌、管弦齐奏的良宵，朝神的队伍和神坛畔的游行——这都是‘山水’，人在里边生活。”里尔克还认为“山水成为人的情感的寄托、人的欢悦、素朴与虔诚的比喻”。在里尔克的定义中，“山水”即人类的生存环境，并非狭义的自然界中的某山某水，而是社会化的山水。

冯至因喜爱歌德而接触到斯宾诺莎的泛神论思想。众所周知，在中国，郭沫若更早成为斯宾诺莎的崇拜者。郭沫若推崇斯宾诺莎的泛神论思想：“泛神便是无神，一切的自然只是神的表现，自我也只是神的表现。我即是神，一切自然都是神。”20 世纪 20 年代，泛神论思想曾在郭沫若诗中显影：《凤凰涅槃》中表现涅槃后的凤凰有一段高歌“我们更生了，我就是你，你就是我，我就是他，他就是你”，人称的互换并不是思维混乱，而是用诗句阐明斯宾诺莎的泛神论：人是宇宙间诞生的，相互之间没有差异的存在体。1935 年朱自清在《中国新文学大系·诗集》的导言中借郭沫若的诗也说到过中国人“对于自然，起初是不懂得理会；渐渐懂得了，又只是观山玩水，写入诗只当背景用”，他认为“看自然作神，（看）作朋友，郭氏诗是第一回的”①。斯宾诺莎还有一个观念，在他的《伦理学》中写道：神创造万物的时候，他所用的方法与秩序和现在的情况没有什么区别。在无限的时间中，不存在“何时”“从前”“往后”等概念②。因此可以看

---

① 朱自清：《中国新文学大系·诗集·导言》，载朱自清编选《中国新文学·大系·诗集》，上海良友图书印书公司，1935，第 5 页。

②［荷］斯宾诺莎：《伦理学》，［英］汉默顿：《思想的盛宴》，吴琼等译，九州出版社，2005，第 272 页。

到，斯宾诺莎提出的泛神论，不仅仅指出世界是一元性的，宇宙万物都是神创造的，而且指出万物间无时间差异，具有永恒性。

在歌德的观念中，宇宙万物有扩张，有收缩，不断变化，永不停滞，“一分为二，合二而一，是自然的生活，这是永久的收缩和舒张，永久的结合与分离，全世界的吸入与呼出，我们在这世界里生活着、交织着、存在着”①，他认为变化中才能持久②。他的蜕变论可以理解为蝉蛾生命的演化，也可以从自然界的四季变化中得到解释。

《一个消逝了的山村》中可以看到冯至对斯宾诺莎、歌德和里尔克山水观的理解：“我们走入任何一座森林，或是一片草原，总觉得它们在洪荒时代大半就是这样。人类的历史演变了几千年，它们却在人类以外。不起一些变化，千百年如一日，默默地对着永恒。”冯至的山水观超越了古代山水诗人游山玩水的悠闲，也超越了寄情山水的个人情怀。简单地说，结合斯宾诺莎自然万物无时间差别、歌德的变化论，以及里尔克存在观——山水，不过是宇宙或人类生存环境的一个代名词，它是神性的，也是人性的，它包括山和水，也包括小路和原野，还包括男女老少。它是一元性世界中的所有，它还是一种宇宙观，是永不间断的时间，传承道德的存在载体，摆脱世俗之累，追求向上，高远，乃至悲伤，乃至真、善、美与自然的融合。

在《山水·后记》中，冯至否定探胜性质的山水书写，认为

---

① 歌德《颜色学·讲述部分》，转引自冯至《歌德与杜甫》，载《冯至全集》第八卷，河北教育出版社，1999，第184页。

② 歌德诗句，转引自冯至《浅释歌德诗十三首》，《冯至全集》第八卷，第145页。

名山大川探胜“只能使我们一新眼界，却不能使我们惊讶造物的神奇”，而“真实的造化之功却在平凡的原野上，一棵树的姿态，一株草的生长，一只鸟的飞翔，这里面含有无限的永恒的美”①。这就是冯至眼中的山水：平凡的自然界，包纳所有生命体。

二

正因为冯至的山水并非实写的旅游山水，以他的山水理念来看《十四行集》，就会发现：《十四行集》其实是诗化的《山水》，只不过冯至因为十四行的体式可以帮助他更好地表达②，所以选用诗歌体式命名。

《十四行集》一共二十七首，根据写作内容，大致可进行以下分类：诗歌的第一首和第二十七首相互呼应，提示诗歌要表现的主题，“我们整个的生命在承受/狂风乍起，彗星的出现”，生存必然会遇到很多偶然性事件，而“我们准备着深深地领受”；第二首到第八首，是一组描写存在的诗篇，“我们安排我们在这时代，像秋日的树木”“我们安排我们在自然里，像蜕化的蝉蛾”“我们把我们安排给那个/未来的死亡”。诗歌写到人在自然中就像一棵树那样生存，像蝉蛾那样蜕化获得新生，最终朝死亡走

---

① 冯至：《山水·后记》，载《冯至全集》第三卷，第 72 页。

② 冯至在《十四行集·序》中表示赞同李广田对诗集的一段评论：“由于它的层层上升而又下降，渐渐集中而又解开，以及它的错综而又整齐，它的韵法之穿来而又插去，它正宜于表现我要表现的事物；它不曾限制我活动的思想，而是把我的思想接过来，给一个适当的安排。”（冯至：《冯至全集》第一卷，河北教育出版社，1999，第 215 页。）

去，这是人必然面临的生存阶段，其中透出诗人对生命存在规律的洞见。写有加利树的第三首与写鼠曲草的第四首是对第三首描写如何像树一样生存的呼应，第五首呼应蝉蛾意象，写出如何蜕变，如何获得新生，“一个寂寞是一座岛，一座座都结成朋友。当你向我拉一拉手，便像一座水上的桥//当你向我笑一笑，便像是对面岛上，忽然开了一扇楼窗”。第六、第七、第八首则是描写与死亡相关的悲痛、危险、人世纷纭，耗尽了人的一生，诗人指出为人要警醒，“要爱惜这个运命”。第九到十四首直接写人（蔡元培、鲁迅、杜甫、歌德、梵高等）如何面对世俗，从世俗中超越，是对前一组主题的继续深化，第十五到二十六首主要写人与自然、过去与未来之间的种种关系。

在《十四行集》中，诗句中不断出现表示时间的词语。一类是表示时间瞬息与永久的词语，成对出现，暗含时间的辩证法：漫长/忽然（《一　我们准备着》），在这时代/未来（《二　什么能从我们身上脱落》），长年/一旦《九　给一个战士》。另一类是强调时间反复性与永恒性的关系。如无时/永生（《三　有加利树》）、常常/永久《十　蔡元培》等。如“有加利树”“无时不脱你的躯壳，”有“凋零”才有“生长”，在这种蜕变中，才能获得生命，“祝你永生”。在诗中，凋零是现象，永生是本质。

《十四行集》中通过两重视角表现个体与宇宙的关系。一重是内视角。冯至直接把人置于环境中，凸显环境中的人的存在状态。强调人与环境的互生性，物人相融一体。当本着内心的感觉去观察自然或他人时，观察对象，不是异己，而是同化。二是外视角，表现出异己性。在生命蜕变或物体还原过程中产生，与现代存在哲学相关。如第二十一首写人突然意识到在环境中的孤单，人与物的隔断，于是有“铜炉在向往深山的矿苗，瓷壶在向往江边的陶泥”的诗句，并表达“我们紧紧抱住，/好像自身也都不能自主”的异己感。在冯至的某些诗中，空间上强调物我有异，在时间上却淡化物质的变化，如第十九首中的开头“我们招一招手，随着别离/我们的世界便分成两个”，这是分别。到诗歌末尾，“一生里有几回春几回冬，我们只感受时序的轮替，感受不到人间规定的年龄”，这是模糊。一的裂变与万物合一的矛盾性观念统一在冯至的诗中，但并不矛盾，因为这就是泛神论思想的体现。

《十四行集》还揭示出冯至对于普通性与普遍性的理解。

在《十四行集》的多数诗篇中，冯至展示出人类在自然中的普遍生存状态：一类是描写用生命去领受“意想不到的奇迹”（《一　我们准备着》），与昆虫类比，发现“我们安排我们在自然里，像蜕化的蝉蛾”（《二　什么能从我们身上脱落》）；从植物的身上，“想到人的一生”（《四　鼠曲草》）。另一类是在生存的寂寞当中，感受友谊：“一个寂寞是一座岛，一座座都结成朋友”（《五　威尼斯》）；在村童或农妇的啼哭中，体悟到“整个的生命都嵌在/一个框子里，在框子外/没有人生，也没有世界”（《六　原野的哭声》）。诗中所写的“啼哭”，即为人类因存在而无法避免的生存方式。还有一类是寻找超越现实的途径，“你超越了他们，他们已不能/维系住你的向上，你的旷远”（《九　给一个战士》）。再有一类是感到生命之间气息的流通、变化，人与自然，此刻与彼时没有明显的区分，“我们随着风吹，随着水流，化成平原上交错的蹊径，化成蹊径上行人的生命”（《十六　我们站在高高的山巅》）；在分离时，“只感受时序的轮替，感受不到人间规定的年龄”（《十九　别离》），于是想到更辽远的命运轨迹在延续，“可是融合了许多的生命，在融合后开了花，结了果?”（《二十　有多少面容，有多少语声》）冯至偶尔也想到现实存在的暂时性，“只剩下这点微弱的灯红/在证实我们生命的暂住”（《二十一　我们听着狂风里的暴雨》）。在暴风雨，在深夜，在困境中，从小狗的身上，从歌声中，从案头摆设的用具上，从天天走过的熟路上，看到希望，看到变化，看到新生命的诞生。来自存在主义的思想，强调人与环境的疏离；来自斯宾诺莎、歌德的万物同源论和蜕变论思想又是对存在主义的一种挣脱，冯至诗文中如果说有理想色彩，则来源于这里。并且可以肯定地说，冯至是将两类哲学思想的时序颠倒之后产生出理想色彩，否则，诗歌中的生存态度就悲观起来。

1982 年，冯至在《浅释歌德诗十三首》中说道，“面对这不断消逝、不断变化的世界，人们总希望能有些永恒的事物存在”①。可以推想出，在 20 世纪 40 年代的战争环境中，当人们不能把握明日命运时，一部分人陷于 20 世纪 20 年代军阀混战时期的潘先生②那样的惶惑，一部分像穆旦那样，对救主上帝是否进行救赎充满疑惑。而冯至的诗歌在表达个体孤独之时，超常冷静地表现出对未来的期待和永恒的向往，“这一次的经验/会融入将来的吠声/你们在深夜吠出光明”（《二十三　几只出生的小狗》），这无疑有着来自歌德的思想。

《十四行集》有个版本的问题，即诗歌题名的增删问题。初版时没有诗名的，在《冯至诗选》1980 年四川人民出版社出版的

① 冯至：《浅释歌德诗十三首》，《冯至全集》第八卷，第 147 页。

② 叶圣陶小说《潘先生在难中》中的主人公。

版本中加上了诗名。我认为按照前文对冯至山水理念的分析，用数字表示序列，不加诗名该是冯至的初衷。第十到十四首，冯至虽然选择了中外精英做描写对象，本是把他们当普通人物来写。可以从第十首中看到："你的姓名常常排列/在许多名姓里边，并没有/什么两样，但是你却永久/暗自保持住自己的光彩；//我们只在黎明和黄昏/认识了你是长庚，是启明，/到夜半你和一般的星星/也没有区分：多少青年人，//从你静静的启示里得到/正当的死生。如今你死了，/我们深深感到，你已不能/参加人类将来的工作——"诗中所用的"常常""并没有什么两样""你和一般的星星也没有区分"这些句子强调的是平凡与普通，从诗歌内容中看得出这是一首歌颂教育工作的诗。因冯至后来补充说明是在蔡元培逝世一周年写的，给诗取名就叫《蔡元培》。诗中并没具体描写蔡元培事迹，仅强调他存在的普通性，不过普通中有自己独特的个性，正因为有个性的存在，所以他的价值比一般人保持得更长久。20 世纪 80 年代版增加诗题的原因，我想有两个：一个是冯至考虑到中国读者接受水平不高，不大喜欢抽象的东西。增加诗名实为普及，便于读者对内容的理解与记忆。二是蔡元培、鲁迅、歌德、杜甫、凡・高这五个人，在 80 年代的中国文化接受环境中已经扫除了接受立场与国别的障碍，在中国土壤中有了适宜的生存环境——他们都是一些忘我性的杰出人物，为了教育、为了民族、为了人生、为了艺术的永恒而付出自己一生热情的人。但是在我看来，从诗名的增删中可以看到冯至有观念上的大众化倾向。从接受广度上说，它起到通俗普及的作用，但从艺术效果来说，诗题破坏了诗意原初含蓄和朴素的美感。

三

在艺术表现上，冯至认同原人式的观察。所谓原人，来源于里尔克的《给一个青年诗人的十封信》中的第一封。里尔克给收信人写道：诗首先要走向内心，然后接近自然，“像一个原人似的练习去说你所见、所体验、所爱以及所遗失的事物”①。

对比冯至的《一棵老树》与郁达夫《钓台的春昼》，可以清楚看到原人视角和非原人视角的差异。

具体说来，原人视角是一种忽略人与人之间关系，忽略民族文化背景的一种视角，这种视角有点像雕塑家的视角，从形象的构成方面进行描绘，通过形体状态揣测人物内心。这是一种客观观察型的视角。

《一棵老树》中，冯至塑造了一位老人形象。冯至有意忽略老人所在的具体地名，中国或是外国，发达地区或是欠发达地区，而是强调他的生存环境，每天“掺杂在鸡、犬、马、牛的中间，早已失却人的骄傲和夸张”。他不张扬老人作为人所有的喜怒哀乐，却写他的视觉——“两眼模糊”，写他的听觉——“他听话也听不清楚，人类复杂的言语，到他耳里，大都化为很简单的几个单音”，写他的表情——“从他毫无表情的面上看来，他是不会有什么感想的”。在作品中，老人被物化了，“他好比一棵折断了的老树”。在村庄里，他和水牛“十分和谐”“山坡上，树林间，老人屋檐，水牛也没有声音，蹒蹒跚跚，是一幅忧郁的画

① [奥地利] 里尔克：《第一封信》，载《给一个青年诗人的十封信》，冯至译，三联书店，1994，第3页。

图”，老牛病死了，老人没有正常人该有的情感，他并不悲伤。当最后剩下的小牛也死去时，“他好像变成了盲人”。最后，他被送回了家，“如同一棵老树，被移植到另外一个地带，水土不宜，死了”。在这篇作品中，老人与他存在的环境的关系起先是合二为一，相融一体的。但是，假若他和大自然环境果真是一体的话，那么他更换环境时就很会容易地融化到另一群鸡犬马牛之间，然而作者非常矛盾地强调，环境变化加速了老头的死。在这种矛盾中，我们看到作者并非完全肯定人就是大自然的一部分，他不否认人的本身属性，他仅仅是把老人当成一棵树而不是真的树。一棵树的开花、结果，有赖于土壤特性、湿度、温度，水分和氧气等成分，适者生存，生存物组成生物链以保持自然生态平衡、发展。一旦失去平衡，存在物不一定能存活下来。冯至写老人，不过写了人类的某种命运。看上去天和、地和、人和，没有战争，没有颠沛流离，没有衰老，一个偶然的变数也会使人物命运发生根本性变化，死亡是生存的结果，这便是宇宙间人类的生存规律，必须面对。

郁达夫的《钓台的春昼》是写实性的，情感随着环境、景色变化而波动。散文中多次暗示情感来源的背景，梦中的诗歌等都指向国民党的专制和汉奸文人的无耻。冯至的散文中，观察者的情感是经过淡化处理的，他既不态度鲜明地表达他对放牛老人的同情，也没有谴责把老人送回老家的人。他不是要表达社会的道德感或伦理观，而是要展现人存在的自由性有多大，以及人离开生存条件所产生的必然结果。郁达夫的作品里，环境在移步换景中不断变化，环境可以简单理解为风景，某一处风景，带来的情感不一样。如写富春江两岸的烟树桑地，不过是为了交代季节与自然环境，写傍晚鱼梁渡头所遇少妇，引起“他乡日暮的悲哀”，是瞬间的感受，乃至于后面写到的桐君山道观，桐庐的沙洲繁花等，都是游记文风，作品的重点在钓台。描写环境的静——“太古的静，死灭的静”时，人物的内心孤寂才明确浮出文章。也就是说，前面的山水描写，与人最终的心境关联并不密切。冯至是由人望景，人即景；郁达夫是由景写人，情景交融。冯至的人和环境是不能分离的，分离便不和谐。郁达夫是循序渐进式的，行程是完整的：人走入环境中，最后又走出来，他的结尾写道，“我们回去吧”，人从环境中安然走出来，完成完整的游记散文，景只是走马观花中的“花”。冯至笔下的人走出景（境）就失去了生命力，景（境）是人的生存依托。

四

冯至的山水理念直接影响到人物写作观。冯至诗文中的人物描写与鲁迅、郁达夫等笔下的不同。鲁迅的人物是放在一个新旧交替的时代去写，反复凸显人物身上的传统文化的负面因素，抨击传统文化根深蒂固之毒。郁达夫笔下的人物，虽然和冯至笔下大多数人物一样，都是普通的，但他们普通是因为他们都是被时代抛出轨道的零余者。不赋予任何的政治、文化含义，仅给予人格或道德的观照，是冯至山水观之下的人物写作。这一点与沈从文有类似之处。沈从文的《边城》着力突出的是人的善良，并将之与美好的环境融为一体。不同的是，沈从文有着强烈的偶然性命运观，他在《水云》中曾说过：“我们生活中到处是‘偶然’，生命中还有比理性更具势力的‘情感’。一个人的一生可说即由偶然和情感乘除而来。你虽不迷信命运，新的偶然和情感，可将形成你明天的命运和决定你后天的命运。”① 他认为人类的命运由偶然决定，生命无常。

在人生的终极指向上，冯至更倾向于歌德的永恒性旨归。所以，在冯至的诗文创作中，他明白人存在的孤单、寂寞、悲痛，如《原野的哭声》中“我时常看见在原野里/一个村童，或一个农妇/向着无语的晴空啼哭，/是为了一个惩罚，可是//为了一个玩具的毁弃，/是为了丈夫的死亡，/可是为了儿子的病创？/啼哭得那样没有停息”。诗里写到的哭有多重意味：一是来自拥有权力者的惩罚，哭者承担着弱小者被责的命运；二是因喜爱东西遭到破坏产生的怜惜或怜悯；三是亲人的死亡，生存发生危机；四是亲人遭受病痛折磨。这四种情况是人在承受生活压力时的四种灾难。冯至并没有把它们当成生命中的偶然事件，而是必然性的命运遭遇：“像整个的生命都嵌在/一个框子里，在框子外/没有人生，也没有世界。”他认为哭声、悲痛，就是生命的必然，既然是必然，就需要坦然面对。因此，我们看到冯至在 20 世纪 40 年代战争背景当中创作的这一部诗集，没有过分地强调现实的灾难或悲痛，没有过度渲染战争给人民带来的结果，其秘密就在这里：冯至认为，悲痛是生命的必然，是宇宙的规律，因此他尽量去发现原野上可爱的自然物，在自然中探寻生存的奥妙：“你说，你最爱看这原野里/一条条充满生命的小路，/是多少无名行人的步履/踏出来这些活泼的道路”（《十七　原野的小路》），“你无时不脱你的躯壳，/凋零里只看着你生长；/在阡陌纵横的

① 沈从文：《沈从文全集》第 10 卷，花城出版社，1992，第 267 页。

原野里，/我把你看成我的引导”（《三　有加利树》）。在散文《一个消逝了的山村》中，他知道这是一个70年前经过浩劫的村庄，他并无悲痛，只是从草木间感到“它们的余韵”，在山泉水中体会“这清冽的泉水，养育我们，同时也养育过往日那村里的人们”，用小路、原野、树木来暗示生存的方式。

冯至在《山水》后记中说过：“在抗战期中最苦闷的岁月里，多赖那朴质的原野供给我无限的精神食粮，当社会里一般的现象一天一天地趋向腐烂时，任何一棵田埂上的小草，任何一棵山坡上的树木，都曾给予我许多启示，在寂寞中，在无人可与告语的境况里，它们始终维系住了我向上的心情，它们在我的生命里发生了比任何人类的名言懿行都重大的作用。我在它们那里领悟了什么是生长，明白了什么是忍耐。”冯至20世纪40年代的诗文为什么没有抱怨，没有哀叹，正是因为他知道什么是忍耐，是升华，而不是向下无限堕落。第九首诗可以看作诗人对于世人的警醒。他渴望“你超越了他们，他们已不能维系住你的向上，你的旷远”。

因而，我们看到了冯至诗文中被描写的对象，并不局限在某一类人或物上，广阔地域中的各种人与物，都是他灵感的来源。冯至在他写的《里尔克》中也说起：里尔克认为“没有一事一物不能入诗，只要它是真实的存在者”“情感是我们早已有了的，我们需要的是经验……等到它们成为我们身内的血，我们的目光和姿态，无名地和我们自己再也不能区分，那才能以实现”①。取材身边无名的平凡，不特别区分物和我之间的界限、距离，成为

① 冯至：《里尔克》，载《冯至全集》第四卷，河北教育出版社，1999，第86页。

冯至诗文创作的特征。这样我们就能够理解《一棵老树》中写老人的时候，冯至将自己的主观感情转移到老人身上，发生幻化。当牛死了之后，老人的视野与写作者的视野融合，“他好像变成一个盲人，眼前尽管是无边的绿色，对于他也许是一片白茫茫吧”。

冯至的散文创作，不是为了表现事物之间的差异，而是为了寻找经验的共性，从日常现象上升到人世的生存哲学。《在赣江上》，冯至不像郁达夫在《钓台的春昼》中那样关注人在船上所看到的风物变化。妻子问他“这是什么地方”，他的回答是：“没有村庄，不知道这地方叫什么?”在两团火光中，他感觉到“面前是个非人间的，广漠的，原始般的世界”。在诗歌中，冯至秉持着这种久远：“这里几千年前/处处好像已经/有我们的生命；/我们未降生前//一个歌声已经/从变幻的天空，/从绿草和青松/唱我们的运命。”（《二十四　这里几千年前》）冯至的诗文取材广，写人，写不同地方的人；写物，写物卑微的特性；最终，物与人息息相通。

在《山水》中，冯至没有历数他走过的各地，他从不把笔墨用在写地理风景之上。这种方式类似于达·芬奇《蒙娜丽莎》的构图：凸显人物，淡化背景，又尽力使人与景交融在一起，以证实人存在的真实性。《山水》即使写到某一地域，不是为描写地域本身，而是为了表现某一地区群体所显现的生存规律和生存状态。《山水》之中的人有唱蒙古歌的俄国人，崇拜列宁的大学生，德国牧师，塞纳河畔的无名少女，西卡普的房东太太，罗迦诺乡村送信的少女，像一棵老树的放牛老人，一个壮年在印度、南非、南美旷野度过的打猎人，他们是平凡的群体，也代表世间的生存。冯至观察视角的形成，从《蒙古的歌》中俄国人的话那里可以听出。作品中写“我”以为蒙古是“野兽的，无愉快的，就是蝴蝶也想咬人的”国度，听到俄国人唱蒙古哀歌感到激动，不料俄国人笑话：“什么地方没有好歌呢。无论什么地方的人都有少男少女的心呀。不过我们文明人总爱用感情来传染人，像一种病似的。”这里面道出人们对规律的忽视和对现象的重视。冯至从俄国人的话中悟出了普通人普遍存在的本质。

废名曾经在《谈新诗》的讲义中表示过“对于《十四行集》这个诗集名字颇为反感”，认为会让“天下不懂新诗的人反而买椟还珠”，只注重形式而忽视了诗歌的内容。不过他还是赞美冯至的诗，发现冯至的思想是一个赤裸裸的诗人，一个凡人①。这正是冯至试图通过作品，通过人间山水写出的世间本真与平凡。像斯宾诺莎那样把自然看成神灵与自我的合一，像歌德那样认为新生由蜕变而来，像里尔克一样，写有人类活动的山水，用原人的眼看一切，发现存在的规律，这就是冯至通过《山水》和《十四行集》所表达的特殊山水内涵。

（原载于《中国现代文学丛刊》2011 年第 7 期）

① 废名还认为冯至与“西洋的关系也很浅”，笔者持保留态度。（废名：《十四行集》，载《新诗十二讲》，辽宁教育出版社，2006，第 202—213 页。）

公开与秘写：读穆旦诗歌

——以1945年和1976年的诗为例

中国新诗发展百年，穆旦是在中国新诗走过踉跄的起步期后，出现的一位具有代表性的校园诗人。他于1934年开始写诗，1935年被清华大学录取，在抗日战争爆发后，随学校迁徙到云南的西南联大，就读于外文系。在校期间，他参加学校的文学社团，创作了不少诗篇。1940年7月留校任教。1942年离开校园后，他做过战场上的随军翻译，从死亡的幽谷归来，没有放下诗笔。即使在后来不间断的风云中，他仍用诗歌作为生命的支柱。经他翻译的普希金、雪莱等西方诗歌，滋养过中国的年轻诗人。从1957年到生命结束的1977年，他都处在沉寂状态中。20世纪80年代起，由于中国文化环境的变化，穆旦作为九叶派诗人被人们重新发现，掀起了“穆旦热”，这对此时的中国诗坛和学术界产生了相当大的影响，影响一度超过诗人艾青。

在1996年李方编选的《穆旦诗全集》① 中，我们看到，1945年与1976年是收录穆旦诗歌最多的两年。这两个年份，对中国，对穆旦个人，是处于存亡关头的特殊两年。本文以这两年间的诗歌为例，对比穆旦在公开发表与私下写作时所呈现的内容与精神

① 李方编选《穆旦诗全集》，中国文学出版社，1996。

状态、写作特色，试图探讨穆旦诗歌为中国诗坛提供了何种经验。

一、 穆旦的诗歌世界

穆旦早期发表诗歌的时间是1934年，这个时间的前后，被写入中国诗歌史的几首代表作发表的时间，分别是1931年，何其芳发表了《预言》；1933年，艾青的《大堰河——我的保姆》在监狱里完成；1935年，卞之琳写成《断章》；而20世纪90年代以后的诗歌史，才把穆旦填入进去，他的代表作《诗八首》和《春》，写于1942年①。

倒不是说穆旦的代表作发表比前面的诗人来得更迟，而是存在接受方面的障碍。穆旦的诗歌不太融于中华人民共和国成立后的文化思潮。阅读他1934—1976年之间的作品，我们大致可依据时间线索，从内容或风格上进行以下粗略勾勒。

1934—1936年间穆旦发表了10首诗作，各具不同风格。较早的诗作《流浪人》描写的是身体所感受到的饥饿，诗歌具有象征主义特色，有节奏感。同年的《神秘》，是带有莎士比亚与哈代风格的箴言体，诗歌知性，显得相对成熟。《两个世界》是具有阶级意识的一首诗。《前夕》是寻找理想的一首诗，有更多的理性描述与议论性语言。《冬夜》以意象为主，通过声音和色彩，

① 闻一多在20世纪40年代中期编辑过《现代诗抄》，1948年随《闻一多全集》出版。里面收入徐志摩诗13首，穆旦与艾青诗11首。穆旦被收入的诗分别是《诗八首》《出发》《还原作用》《幻想的乘客》。《诗八首》和《春》被选入过大学与中学的教材。

描写人在冬夜的感受。

战争是促使诗人穆旦成长的催化剂，社会上涌现出的各种新问题引发诗人思考。1937—1945 年间，穆旦早期的重要诗歌诞生了。

1937 年，尚在校园的穆旦，在备考之余，从英文随笔中截取一些素材，做成浪漫主义的《玫瑰的故事》，他也模仿卞之琳的《墙头草》写了一首《古墙》，表现古墙的人格特点："当一切伏身于残暴和淫威，/矗立在原野的是坚忍的古墙。"这一时期的穆旦，写作处于练习模仿阶段，乃至 1938 年的抒情诗《我看》，还从西方诗歌中借助了"O"的抒情方式。另一首《园》有着戴望舒与何其芳式的诗歌风格，用自然界的动植物色彩、声音展现季节变化，抒写自己的内心，特别是"当我踏出这芜杂的门径，/关在里面的是过去的日子，/青草样的忧郁，红花样的青春"。

从诗歌风格看，1939 年的《防空洞里的抒情诗》标志着穆旦的诗歌走向成熟，第一次有了关于战争的内容。这一年，他 21 岁。这是他的诗歌由现实主义向现代主义转变的一首重要诗篇。此诗无论是写作角度、人物设置、语言表达，还是主题，都显示了穆旦独特风格的形成。诗歌由中文与英文组成，像一场戏剧，通过人物的分裂、跳跃性的对话穿插，表现人们在战争来临时的混乱感和众声喧哗的状态，真实地留下了战争时的情景。

这一年的《从空虚到充实》描写个体的分裂，出现了推崇"天人合一"的中国传统诗歌中少有的主题。现代主义诗风由此更加明显，知性特征由此建立。

穆旦的知性诗歌，相对集中在对生命的感知上。如思考人生问题的《诗八首》（1942 年），借助爱情的思考，反观人与世界由陌生到熟悉，再由熟悉回到陌生或永恒的状态。有的作品表现了对战争的思考。他向上帝祈祷，同时又对上帝充满怀疑。作为一个年轻人，在《蛇的诱惑》（1940 年）、《玫瑰之歌》（1940 年）、《悲观论者的画像》（1940 年）、《我》（1940 年）、《智慧的来临》（1940 年）等诗中，歌颂对身体的发现，对自然的感悟，对时间、秩序、现状的种种思考。1940 年，穆旦的诗歌有了独立的品格。之后他的堪称优秀的作品有《神魔之争》（1941 年）、《华参先生的疲倦》（1941 年）、《诗八首》（1942 年）、《春》（1942 年）、《森林之魅》（1945 年）、《时感四首》（1947 年）、《饥饿的中国》（1947 年）、《隐现》（1947 年）、《我歌颂肉体》（1947 年）、《绅士和淑女》（1948 年）等。

1951 年，穆旦从美国回到中国，他的诗歌在个人与集体意识中纠结，诗作并不多。1951 年的《美国怎样教育下一代》《感恩节——可耻的债》发表在 1957 年的《人民文学》上，可以看作他公开向民众和政府表达他的立场。1956 年的《妖女的歌》并没有发表，1957 年的《葬歌》《问》《我的叔父死了》《去学习会》《三门峡水利工程有感》《也许和一定》发表在同年的《人民文学》上，有较浓郁的时代意识，强调阶级性，歌颂祖国建设，也有对当时社会问题的批评。《九十九家争鸣记》是一首写实的口语诗，再现了当时的会议场景，这时的诗人穆旦，没有了太多的个人思考与困惑，表达的是一个尽量想与时俱进的诗人的心声；“这时代不知写出了多少篇英雄史诗，/而我呢，这贫穷的心！只有自己的葬歌。……我的葬歌只算唱了一半，/那后一半，同志们，请帮助我变为生活”（《葬歌》）。1975 年他只写过一首《苍蝇》。1980 年，这首诗在他去世后发表在香港的《新晚报》上。

1976年，他去世前一年，写了27首诗，后来公开发表在香港的报纸上（《好梦》《“我”的形成》），或是20世纪90年代的《诗刊》上（《老年的梦呓》收集在《穆旦的诗》中），有的诗放在稿件堆里，从未刊过，后收入《穆旦诗全集》①。也就是说1957年以后，穆旦的诗歌处在私下写作状态中②。

由穆旦的个人经历看，自西南联大毕业后，他从军上前线，其他时间，不管有没有写诗，有没有发表诗，他都与诗相伴。他的诗歌，除了对苦难中的人民的同情与赞美，也有个体认识的困惑，对战争、青春、爱情、肉体、宗教、世界、存在等内容的种种思考。与他同时期的中国内地的专职诗人，如艾青、臧克家、李季、闻捷、公刘等比对，这些诗人或因命运驱使，有的到了战场做记者，有的在解放区歌唱，有的到了边疆，他们因此也有了更多的深入工农兵的作品为主流认同。穆旦的诗歌题材或许相对内倾，对社会问题和国家建设、百姓生活表现得并不多，但是他对中国诗歌题材的现代性有所推进。

---

① 穆旦在民国时期一共出版了三部诗集：《探险队》（昆明文聚社，1945）；《穆旦诗集（1939—1945）》（沈阳，自费，1947）；《旗》（上海文化出版社1948）。新中国成立后，出版的诗集有《九叶集》（合集，江苏人民出版社，1981）；《八叶集》（香港三联书店、美国《秋水》杂志联合出版，1984）；《穆旦诗选》（中国文学出版社，1986）；《九叶派诗选》（合集，人民文学出版社，1992）；《穆旦诗全集》（李方编选，人民文学出版社，1996）；《穆旦诗文集》（李方编选，人民文学出版社，2006）。

② 穆旦于1953—1958年间，诗歌创作相对少，他主要从事翻译工作，出版翻译的普希金、拜伦、济慈、雪莱、布莱克以及季摩菲耶夫、别林斯基的诗集和论文集多部。2005年人民文学出版社出版《穆旦译文集》八卷本。

二、 公开：1945 年所写的诗

1945 年，穆旦 27 岁。春季，他在中国航空公司贵阳办事处工作。这时，杜聿明再次邀请他参军①。但穆旦没有到杜聿明处，而是到了曲靖二〇七师担任中校英文秘书。因为在此，他觉得可以自如地读书与写诗，也就是说，6—11 月间，他从事这份秘书工作②。

这一年穆旦写诗 25 首，多收入在他的诗集《穆旦诗集（1939—1945）》（1947 年出版）和《旗》（1948 年出版）③ 中，有的当年发表在文学刊物和报纸，如《诗文学》上（《被围者》），有的作品在次年或隔年发表在以下报刊上：《益世报·文学周刊》（《退伍》《旗》《给战士》《野外练习》《一个战士需要温柔的时候》《打出去》《奉献》《反攻基地》，1947 年发表），《大公报·文艺（天津版）》（《春天和蜜蜂》《海恋》《甘地》，1947 年发表），《文艺复兴》（《七七》《先导》《农民兵》《森林之魅》，1946 年发表），《文学杂志》（《森林之魅》，1947 年二度发表）。

以穆旦 1945 年的诗歌为例，可看到在这一年他写作的主要范畴以及风格走向。

这一年，战争直接进入穆旦的诗歌中，表达了他对侵略者的

---

① 穆旦 1940 年 6 月毕业于西南联大外语系，留校任教。1942 年 2 月，辞去西南联大教职。3 月从军，奔赴缅甸抗日战场。

② 易彬：《穆旦年谱》，中国社会科学出版社，2010，第 81—84 页。

③ 穆旦于 1945 年出版了他的第一部诗集《探险队》。

痛恨。穆旦虽然1942年上了战场，之前也描写过国统区的抗战生活，但是直接表现战场的作品并不多。他1942年所写的诗歌，如《诗八首》《自然底梦》《幻想底乘客》等，为思考人生存在状态的抒情诗篇，带有浪漫主义色彩。尽管有的诗涉及战争的观念，《阻滞的路》中提到“我要回去，回到我已迷失的故乡”，但他并没有触及战争场面，更像是写由战争带来对家园以及人的成长等深入的思考。再比如《出发》，他写的是战争造成人们的思维混乱，诗中省略的一个被控诉的角色，“告诉我们和平又必须杀戮，/而那可厌的我们先得去欢喜。/知道了‘人’不够，我们再学习/蹂躏它的方法，排成机械的阵式，/智力体力蠕动像一群野兽”。诗人在诗行中，对战争权威发出了质疑，揭示它打着正义的幌子，行不义之事：“在犬牙的甬道中让我们反复/行进，让我们相信你句句的紊乱/是一个真理。”

1945年，战争如火如荼，穆旦对战争的本质、参与战争的人、战争的正义和邪恶，都有了更深的体会、感悟及认识。所以，他不再去思考战争为何进行这样的问题，而是以一个国民对于国家安危的义务承担，写下一些诗篇，为参与这场令人绝望的战争的战士们鼓劲，表达斗志，同时也不忘他对于生命、柔情、存在的继续思索。这一类诗歌有《给战士》《野外演习》《一个战士需要温柔的时候》《七七》《打出去》《奉献》《反攻基地》《轰炸东京》《森林之魅》等。

《打出去》写于抗战胜利前夕，诗人用诗句揭示了对战争变化的感受，表达了无限的悲哀和对于胜利的渴望，“我们由幻觉渐渐往里缩小/直到立定在现实的冷刺上显现”“那丑恶的全已疼过在我们心里，/那美丽的也重在我们的眼里燃烧，/现在，一个清晰的理想呼求出生，最大的阻碍：要把你们击倒”。诗人不仅自己出现在战场，用双肩承担为国效劳的责任，也用诗歌为战争胜利鼓劲。

《轰炸东京》有穆旦诗歌的新风格，他去掉了一些晦涩的成分，直接写战事，表明态度。“我们漫长的梦魇，我们的混乱，/我们有毒的日子早该流去，/只有一环它不肯放松，/炸毁它，我们的伤口才能以合拢。”这首诗写于 1945 年 7 月。经历了漫长的战争，穆旦从一个 19 岁的大学生，长成 27 岁的小伙子。他已经对这种战争状态造成的民生困境忍无可忍。这时他所经历的战争，是天天轰炸，他渴望有一次剧烈的轰炸，发生在敌国。在诗歌最后一节，他非常直白：“因为一个合理的世界就要投下来，/我们要把你们长期的罪恶提醒，种子已出芽：每个死亡的爆炸/都为我们受苦的父老爆开欢欣。”如果不去核对月份，很容易让人以为这首诗写的是原子弹事件。如果掌握一些历史材料，更容易理解这首诗发生的背景。这其实是写为彻底摧毁日本军事工业，美军从 1945 年的 3 月 9 日开始，对日本采取低空轰炸，采用燃烧弹事件。而 1945 年 8 月 6 日，美军在广岛投下了第一颗代号为“小男孩”的原子弹。8 月 9 日，在长崎，又投下了第二颗原子弹。8 月 15 日，日本宣布无条件投降，二战结束。由诗中可以看到，他的内心有多么严重的煎熬，有多少愤怒与期待。

这一年，穆旦终于写出了自己三年前亲历的战争场景。《森林之魅——祭胡康河上的白骨》以诗剧的形式，描写了诗人曾经穿过这个死亡地带的情形。诗歌分森林、人、葬歌等部分。对于森林的描写，诗歌写出它的博大和神秘，象征人类的生存环境。“我的容量大如海，随微风而起舞，/张开绿色肥大的叶子”“那幽深的小径埋在榛莽下，/我出自原始，重把秘密的原始展开”。而迷失在森林里的人，他闻见了“青青杂草”“红色小花，和花丛里的嗡营”，然而，他有所感：“是什么声音呼唤？有什么东西/忽然躲避我？在绿叶后面/他露出眼睛，向我注视，我移动/它轻轻跟随。”在这里他感到了窒息：“树和树织成的网/压住我的呼吸，隔去我享有的天空！/是饥饿的空间，低语又飞旋，像多智的灵魂，使我渐渐明白/它的要求温柔而邪恶，它散布/疾病和绝望，和憩静，要我依从。”森林，是令人困惑的生存处所，诗人进一步写出它的自然外表之下蕴藏着可怕的空幻：“一个梦去了，另一个梦来代替，/无言的牙齿，它有更好听的声音。/从此我们一起，在空幻的世界游走。”组诗的最后一首是葬歌，写了带有魅惑的死亡：“在无人的山间，你的身体还挣扎着想要回返，/而无名的野花已在头上开满。”那些恐怖的经历，诗人藏在心中三年，“那刻骨的饥饿，那山洪的冲击，/那毒虫的啮咬和痛楚的夜晚”“如今却是欣欣的林木把一切遗忘”“没有人知道历史曾在此走过，/留下了英灵化入树干而滋生”。

这一年，穆旦写了很多参与战争的人，描述他们在战争中的命运。他并没有一直用《赞美》那样的口吻。写到百姓，有时用反讽，客观呈现浓郁的知性思辨。如《农民兵》采用旁观的角度，表达对当时农民兵的命运的同情。《线上》写一个人“长期的茫然后他得到奖章”，然而“一身担当过的事情/碾过他，却只碾出了一条细线”。《退伍》这首诗，是对战争以及个人的思考：“城市的夷平者，回到城市来，/没有个性的兵，重新恢复一个人，战争太给你寂寞，可是回想/那钢铁的伴侣也给你欢乐。”这首诗描写了貌似和平的城市，人们过着平庸的生活：“立刻回到和平，在和平里粉碎，/由不同的每天变为相同/毫未准备，死难者生还的伙伴，/你未来的好日子隐藏着敌人。”

在战争中，人们应该有怎样的态度，在《活下去》中可以看到，面对战争，树立信念。一个诗人，面对战争或灾难来临，不是选择放弃，而是选择承担。虽然他有过青春期的困惑，或者顾影自怜，但是在关键时刻，他是一个大写的人。《甘地》表现了穆旦对战争的态度，他看到“攻击前面的，罪恶自后方携手，/甘地唯有勇敢的和上帝同行，使众人忏悔”。而甘地的不抵抗并不是懦弱，诗人歌颂“他来了把十字架竖起，/他竖起的是谦卑美德，沉默牺牲，无治而活的人民/在耕种和纺织声里，祈祷一个洁净的国家为神治理”。

处在战争中的穆旦是一个思想家，从不放弃对战争本质上的思考，如《野外练习》就如1942年写的《出发》，都用反讽表达对战争的谴责：“我们看见的是一片风景，/多姿的树，富有哲理的坟墓。”战争既为了生，又无法避免死。“人和人的距离却因而拉长，/人和人的距离才忽而缩短，/危险这样靠近，眼泪和微笑/合而为人生：这里是单纯的缩形。”他将战争的真实面目，赤裸裸地揭示出来。

这一年，穆旦把许多当时的社会问题写进了诗歌。《苦闷的象征》思考现代人对信仰和追求的放弃、改变。《良心颂》采用反讽的方式，写良心不被人们尊重，“背离的时候他们才最幸运，/秘密的，他们讥笑着你的无用”，最后赞颂“因为只有你最能够分别美丑，/至高的感受，才不怕你的爱情，/他看见历史：只有真正的你/的事业，在一切的失败里成功”。《通货膨胀》转向了对当时的国内经济问题的观察，用词尖锐：“我们的敌人已不再可怕，/他们的残酷我们看得清，/我们以充血的心沉着地等待，/你的淫贱却把它弄昏。”他认为当时的通货膨胀比日本侵略还要糟糕，“长期的诱惑：意志已混乱，/你借此倾覆了社会的公平，/凡是敌人的敌人你一一谋害，/你的私生子却得到太容易的成功”。

这一年，穆旦也写抒情小品，时间集中在1945年4月，如《忆》《海恋》等。《春天和蜜蜂》是一首比较轻松的爱情诗，“春天的邀请，万物都答应，/说不得的只有我的爱情”。跟那位家有蜜蜂的姑娘说话，“也许枉然，/因为她听着它们的嗡营”。《流吧，长江的水》《风沙行》里面都写到一个姑娘——玛格丽，诗歌语言温柔多情，前一首具有韵律感，后一首具有叙事性，表达战士对心爱姑娘的怀念，抒情者颇像西方古代骑士。

穆旦也有咏物诗写作，用象征的手法完成的《旗》就是。他所欣赏的德语诗人里尔克曾有一首《预感》，也将自己比作一面旗，展现个人与时代的关系：“我像一面旗被包围在辽阔的空间。/我觉得风从四方吹来，我必须忍耐，……//我认出了风暴而激动如大海。/我舒展开又跌回我自己，/又把自己抛出去，并且独个儿/置身在伟大的风暴里。”穆旦的《旗》为战争中的中国人而写，较为理性地写出了旗的存在意义与功能。首先写它在高空飘扬，和太阳同行，追求自由，却被束缚——“常想废除物外，却为地面拉紧”。此外，又写到旗本身的渺小与作用的伟大：“你渺小的身体是战争的动力，/战争过后，而你是唯一的完整，/我们化成灰，光荣由你留存。”诗人将旗写成先知，歌颂它对于民众所起到的影响：“四方的风暴，由你最先感受/是大家的方向，因你而胜利固定，/我们爱慕你，如今属于人民。”

这一年，穆旦的反讽写作得到最多的练习。在他早期的诗篇中，浪漫和抒情，暗示和含混，是他主要的特色，他的诗多表现为情绪的高扬、理念的纠结、人性的分裂等。在这一年，他的诗歌观念比较明晰，借助了反讽。如《先导》中，“剧烈的东风吹来把我们摇醒”，而我们“把未完成的痛苦留给他们的子孙”。由于使用反讽写作，穆旦的诗歌与当时的流行风格保持了一定的距离。如田间的《自由，向我们来了》：“九月的窗外，/亚细亚的/田野上，/自由呵——/从血的那边，/从兄弟尸骸的那边，/向我们来了，/像暴风雨，像海燕。”田间采用直抒胸臆的短句，明确地表达观念，他更注重诗歌的战斗功能，在民众中起到宣传作用。而穆旦是讲究艺术：“你们唯一的遗嘱是我们，这醒来的一群，/穿着你们燃烧的衣服，向着地面降临。”

这一年，日本投降，抗日战争结束了。

三、 秘写： 穆旦 1976 年的诗歌

1951 年，穆旦完成的《美国怎样教育下一代》是一首教谕诗，跟穆旦以前的诗歌有所不同，这首诗是站在国家立场的，发表在国家权威文学刊物《人民文学》上。诗歌描写了 20 世纪 50 年代美国处在商业化时代，鼓吹金钱至上，还有战争诱惑等，诗人认为这些价值观念的灌输，对一个孩子的成长很不利。《感恩节》中更能看出穆旦的阶级意识与国家意识的增长，他在诗歌中咒骂他去留学的国家。1956 年的《妖女的歌》体现穆旦有了醒悟：“这个妖女索要自由、安宁、财富，/我们就一把又一把地献出/丧失的越多，她的歌声越婉转，/终至‘丧失’变成了我们的

幸福。”他认识到世界上的极权的负面作用，用西方文学中的神秘的“妖女”进行暗示。不过，这首诗并没有公开发表。1957 年的《葬歌》是面对读者做出的心理忏悔，可以看到一个曾经怀有浪漫主义情怀的诗人，如今面对的现实环境。《去学习会》这样的诗歌，试图在政治生活里给爱情一点空间。

一个诗人面对政治，如何表现真实的自我？穆旦在《听说我老了》中自嘲，“我穿着一件破衣衫出门，/这么丑，我看着都觉得好笑，/因为我原有许多好的衣衫/都已让它在岁月里烂掉。//人们对我说：你老了，你老了，/但谁也没有看见赤裸的我，/只有在我深心的旷野中/才高唱出真正的我”。在一个许多人都愿意通过写政治抒情诗来彰显政治立场的时代，穆旦选择了向内转。1957 年后，他的诗歌不再公之于众，只写给自己看，为的是保持自己的独立性。真实的自我，不在人们的视线中，而高高地竖立在心底。

1976 年，穆旦创作诗歌 27 首。有的诗歌是对之前的诗歌写作方向的偏离，他更侧重思考。比如《智慧之歌》含有人生总结性的内容，借落叶飘零的“树林”暗示自己生命即将结束，“我已走到幻想的尽头”，他表达了自己有三种喜欢，“青春的爱情”“喧腾的友谊”“迷人的理想”，而这些给他带来很多痛苦，他痛定思痛，说道，最后“唯有一棵智慧之树不凋”，然而它以“苦汁为营养”“它的碧绿是对我无情的嘲弄，/我诅咒它的每一片叶的增长”，诗人想给自己找到一个合理的解释，但发现合理解释中，充满了人生摆脱不了的苦涩感。这时的穆旦不再以通行的颂歌形式写诗，而是调侃加反讽，对苦汁的否定就是对自己命运多舛的否定。

《理智与感情》分两部分，劝告篇包蕴的主题是人奋斗一生，不过走过短短的距离，“从起点到终点/让它充满了烦忧”，因为你把世事看得过于永久。答复篇说的是“即使只是一粒沙/也有因果和目的”，所以它会“固执着自己的轨道/把生命耗尽”。诗人借诗歌对自己的人生观念进行梳理，也可以看成诗人的心灵对话。

《演出》写的是肉眼看到“慷慨陈词，愤怒，赞美和欢笑”等各种表演，“不知背弃了多少黄金的心/而到处只看见赝币在流通”，揭示社会的虚假。《城市的街心》中，诗人感受到自己是“人生底过客/感到自己的心比街心更老”。《诗》表达他无法言说的痛苦，“印在一张黄纸上的几行字，/等待后世的某个人来探视，//设想这火热的熔岩的苦痛，/伏在灰尘下变得冷而又冷……”《理想》一诗，在鼓励自己，“在地面看到天堂”。除了描写孤独，告诫自己寻找理想的诗作外，还有《冥想》等诗，诗人在这些诗中表达对生命短暂的感怀：“为什么由手写出的这些字，竟比这只手更长久，健壮？”“如今，突然对着坟墓。”知道自己全部的努力，“不过完成了普通的生活”。

春夏秋冬是传统诗歌的主题，穆旦在这一年，就这四个季节写了四首诗，可以看到它们是诗人对自己一生的诗意回顾。春天，“春意闹：花朵、新绿和你的青春/一度聚会在我的早年，散发着/秘密的传单，宣传热带和迷信，/激烈鼓动推翻我弱小的王国”（《春》），这里显然有他对于早年生活的回忆：大学生活，激进生涯，信仰，建立新社会的理想。然而，“长久被困在城市生活中，我渴望秋天山野的颜色”（《秋》），他怅惘着自然的消失。“寒冷，寒冷，尽量束缚了手脚，/潺潺的小河用冰封住口舌，/盛夏的蝉鸣和蛙声都沉寂，/大地一笔勾销它笑闹的蓬勃”（《冬》），诗人把内心感受到的孤寂，与冬天的感受放在一起写。这时，他的文字不再追求高度的技巧，而是引人思考：“奇怪！春天是这样深深隐藏，/哪儿都无消息，都怕峥露头角，/年轻的灵魂裹进老年的硬壳，/仿佛我们穿着厚厚的棉袄。”诗人没有忘记爱情，而在冬天，“你大概已经停止了分赠爱情，/把书信写了一半就住手，/望望窗外，天气是如此肃杀，/因为冬天是感情的刽子手”。诗人不仅是把冬天当成一个寒冷的季节，更是当成一种人生的悲凉心境。

虽青春已逝，但穆旦仍喜欢思考爱情。与20世纪40年代的诗相比，爱情在此时，已经成为一个让人感到棘手的东西。“爱情是个快破产的企业”“爱情总使用太冷酷的阴谋”“爱情的资本变得越来越少”（《爱情》）。在组诗《老年的梦呓》中怀念朋友，也写到爱情：“我和她谈过永远的爱情，/我们曾把生命饮得沉醉；/另一个使我怀有怨恨，/因为她给我冷冷的智慧；/还有一个我爱得最深，/虽然我们隔膜有如路人；/但这一切早被生活忘掉，/若不是坟墓向我索要！”诗人通过追忆自己的一生，辨析爱情带来的人生体验。这一组诗中的内容相对丰富，朋友去世之后的寒冷，青春逝去后的落寞，年轻时不懂珍惜的惆怅，渴望留住过去的激情，可是只能期盼静物有着暖人的余温。诗中描述的爱情更像是人与他托付生命的理想之间的种种关系。

有些诗，如《黑笔杆颂——赠别“大批判组”》，是穆旦非常特别的诗，针对性强。他所写的不是他以往精心打造的诗，这首诗不含混、不象征、不反讽、不调侃，他提出的不是文学问题，而是社会问题：努力建设，你叫作“唯生产力论，/认真工作，必是不抓阶级斗争；/你把按劳付酬叫做‘物质刺激’，/一切奖罚制度都叫它行不通。/学外国技术是‘洋奴哲学’。这些丧失诗性的文字出现在一个把诗歌当成生命的人的作品里，我认为他是在用诗歌做绝地反抗。其他的诗，如《退稿信》，采用编辑部的口气，对当时的发表规则进行批评，口气相对平和："您写的倒是一个典型题材，/只是好人不最好，坏人不最坏，/黑的应该全黑，白的应该全白，/而且应该叫读者一眼看出来。"

《神的变形》是一首具有政治色彩的诗歌。作品分四个角色：神、魔、权力与人。神是世间的主宰，"真言已经化入日常生活"，可生活还是"像有了病"；权力说，病因来自于"我"，因为神有"无限要求"，贪得无厌，乃至被礼赞催眠，因此，"人心日渐变冷，/在那心窝里有了另一个要求"；魔说，要求就是"我"，在"人心里滋长"，把"正义，诚实，公正和热血"都拿出来，已经开辟了战场；人则处在神与魔的战斗号召中，他说的是："我们既厌恶了神，也不信任魔，/我们该首先击败无限的权力！"魔在迷惑人，"我是在你们心里生长和培育，/我的形象可以任由你们雕塑"；人已经醒悟，"哪里有压迫，哪里就有反抗"；权力则说，"不管是神，是魔，是人，登上宝座，/我有种种幻术越过他的誓言，/以我的腐蚀剂深入各个角落"。穆旦对于人间罪恶的认识，超越对现实各阶层的分析，把它放在更高的层面，于宗教、社会、权力与人的多重关系中进行思考。思考人类的处境和未来的是一个生病在家的，即将告别人世而不自知，默默写诗的穆旦。

四、 穆旦诗歌对当代诗坛的启示

穆旦的诗歌语言自然严谨、铿锵有力，可以诵读；诗歌有独特意象，有暗示、有象征，表现人类共识；他在写作中探索思想的深度，有幻象和激情，却不为空想而写。作为一个知性写作者，穆旦也是一个具有浪漫情怀的诗人。

知性写作的特点是不随波逐流，写作时有自己的表达方式，更有自己独立的思考。年轻时的穆旦，于诗歌中所表现出来的知性，集中在对宗教信仰、战争、生命意识、存在感等的纠结与探索性的思考上。他向上帝祈祷，但他不相信上帝，因为上帝并没有阻止战争和灾难。他参加战争，思考战争，同情那些为战争捐躯的战士，同情他们的无奈，也谴责权力者的蒙骗和谎言。他热衷于生命的发现，歌颂如春的生命，也感叹熟悉之后的陌生，相聚之后的分离。他感觉自己是一个独立的个体，很难融入群体，他不得不在世界中不停地寻找另一个自己……穆旦的浪漫，表现在想象的奔放，表现在民族遭到灾难的时刻，虽然他有过绝望，但更有坚定乐观的信念。在穆旦的诗歌中，不乏独特的创造，然而我们也看到他对雪莱、普希金、惠特曼、艾略特、里尔克、奥登，以及戴望舒、卞之琳、何其芳、艾青等人的诗歌的借鉴。在他的中年之后，于中国现代社会的历次运动中，他有过动摇，试图改变自己做出应和。但是，他能在思辨中发现荒谬，最终选择保持一定的距离，坚守自己。

综观穆旦的诗歌世界，特别对比他在 1945 年和 1976 年公开发表和未公开发表的诗篇，我们不难看到他是一个从错综复杂的现实中提炼诗歌主题，升华个人情感的诗人，他善于转换融化各种诗歌技巧，在特殊环境下，写还是不写，写什么，如何写，如何在写作中保持自我，都可以给当下写作者（自媒体以及网络写手们）以启示。

从闻一多等人的选诗中可以看出，20 世纪 40 年代，人们接受穆旦的诗歌是因为他对于生命意识和存在状态的思考，对中国现实的真切描写及其暗示、含混与反讽技巧的娴熟。而到了 20 世纪 90 年代，读者接受穆旦的诗歌，是因为他诗歌中所呈现的丰富的现代性，如对人性问题、存在问题、信仰问题的多重思考，对爱情、权力以及对战争题材诗篇进行了非主流处理，特别是对于爱情、政治诗歌的独特表现，口语与书面语的自由使用，给这一时期的写作者以多方面的提醒。

通过阅读穆旦的诗作，我个人的感受是：

穆旦是一个以诗歌为生命的人。诗歌中寄托了他对世界的认识，他的激情、他的思考、他的真实都寄托在诗歌当中。在 40 多年的创作历程中，他的创作环境不是遭逢侵略战争，就是遇到国内战争，或是政治运动，百年中国诗歌史中，他经历了最不安定的一段。可是，他仍然真实地写出了自己所在的时代、社会，和自己困惑而有限的一生。

穆旦的诗歌给知性写作的当代诗人提供了宝贵的经验。可以说，没有一个中国现代诗人比穆旦更理性，更热爱思考。他的诗歌中虽有浪漫主义的特色，他早期的诗歌有对前辈诗人的学习，然而，他忠实于内心，反映自己所处的时代，表现战争给人带来的生存分裂感，对权威说教进行质疑，歌颂人民的坚忍，也歌颂青春和爱情，但是不放弃本真性的思考。因为这些不带浮夸的写作，所以经过数十年，他的作品还能引起不同时代的读者的关注。与假大空的诗歌相比，他的真实像明珠般闪亮。

穆旦还是一个难得的智慧型诗人，这不仅仅指他从生活中提炼诗情，升华主题，磨炼技巧，而是说，在特殊的环境下，如何言说，如何缄默，如何保持诗歌中的自我，像没有被污染的池水，这不是一般的诗人能轻易做到的。特别在当下网络时代，许多诗歌写作者把诗歌写作当成一场喧闹与狂欢。而穆旦作为诗人，在抗日战争后期，他会主动贴近时代，用诗歌发挥战斗作用。个人的抒写，他也并不遮蔽。1976 年，在当时的写作环境下，他选择继续写，但不公开发表。

一个伟大的诗人，不只停留在狭小的世界里，对自我悲欢进行反复咀嚼。他视野广阔，思维锋利，将他的时代、他的思考，不论成熟或不成熟，都一一敞开，像一颗破壳的核桃，等待人们从坚硬的壳里取出富有营养的果肉，得到滋养。穆旦的诗让读者看到，一个人的成长，如此漫长、艰难，又如此短促、奇谲……这些会使读者继续进行带有温暖的思考，从中发现另一个新我。

文学史研究中的“黑洞”

当提及“文化大革命”诗歌的时候，食指①成为一个不可忽视的标志性诗人。人们常常要提及他的“地下”创作，他的《这是四点零八分的北京》和《相信未来》、“三部曲”（《海洋三部曲》与《鱼儿三部曲》）等诗，还要说起他对北岛写诗的关键性影响，他与白洋淀诗群的重要关系，对朦胧诗群的巨大影响等，以此构建他在文学史上的地位，以弥补中国当代诗歌缺少重要代表诗人的断裂。

本文要探讨的不是食指是否有资格进入文学史的问题，也不是要否定食指在文学史上的意义，只是认为当我们对一位诗人的创作进行全面了解之后，会发现文学（诗歌）史写作中存在研究的“黑洞”。一旦意识到“黑洞”的存在，诗人在文学史中的形象就会被解构，可能引发读者对文学史所述史实真实性的质疑。本文试图以食指诗歌研究为例，针对文学史写作中存在的“黑洞”现象进行剖析，具体探讨文学史在真实性方面所能够做到的努力。

---

① 食指：原名郭路生。在“文化大革命”后首次发表作品时用此笔名。新时期以后有关郭路生的诗歌研究都用此名。

一、 当代诗歌史中的食指及研究问题

20世纪90年代以来，当代诗歌史研究都会触碰到诗人郭路生——食指。

1994年洪子诚、刘登翰出版的《中国当代新诗史》中提到没有公开发表的“文化大革命”诗歌队伍时，提及“北岛、多多、芒克、顾城、江河、舒婷、严力、食指”① 等人。这时候的食指只有一个名字列入。2005年修订版中，食指作为一个重要的诗人，在朦胧诗专章中，专设一节“地下诗歌的发掘与食指”，探讨与食指有关的现象，譬如食指的重要性指认，围绕他的重新发现和文学史的意义重估，显示食指的文学价值。

1999年，杨健的《“文化大革命”中的地下文学》② 第三章写到食指，多处文字引人注意：第一，他肯定食指在“文化大革命”当中的作用，称食指为“‘文化大革命’中新诗歌的第一人，为现代主义诗歌开拓了道路”③。第二，认为食指在“文革”中名声大振。“仅仅凭着《相信未来》一诗，食指（即郭路生）名满天下。他的诗在当时的青年中间秘密流传甚广。无论是在山西、陕北，还是在云南、在海南岛、在北大荒……只要有知青的地方，就秘密传抄食指的诗。”第三，食指的精神病病因。食指

---

① 洪子诚、刘登翰：《中国当代新诗史》，人民文学出版社，1994，第227页。

② 杨健：《“文化大革命”中的地下文学》，朝华出版社，1993。

③ 杨健其实不是首称食指为“第一人”的研究者，首提者为多多。多多在《北京地下诗歌（1970—1978）》中认为食指是“新诗歌运动伏在地下的第一人”。

后来逐渐精神崩溃，成为精神病人。第四，他认为食指以诗交友，影响了后来的诗人，并用后起诗人的名声证明食指诗歌的名望。

这是一部带有史料性的作品，里面引用了较多的二手资料，比如写到陈小雅撰文回忆当年与食指见面的情景，说起食指为人谦虚大方等；还谈到后来成名的诗人北岛在法国回答记者提问，回忆说他当时为什么写诗，就是因为读了食指的诗；写到“白洋淀诗派”的多多后来对食指评价说，他是“自朱湘自杀以来所有诗人中唯一疯狂了的诗人，也是20世纪70年代以来为新诗歌运动伏在地下的第一人”。从流传的极少的几首诗《酒》《还是干脆忘掉她吧》《疯狗》中，依稀可以看到他爱情生活的痕迹，以及心灵的碎裂状态。在杨健的描述中，我们还看到：

> 到了1974年，一代青年人……失去了盲目“相信未来”的勇气。他们有“太多的鞭痕，太多的疑团，在黄沙迷茫中他们失去了方向，失去了信仰”，像郭路生诗中的“疯狗”。徐敬亚在评价《疯狗》时说，“辛酸的诗句真令人心灵战栗”。……他“对蒙着红光的暗夜发出了反叛的嘶叫。这不是丧失理智的哀鸣，恰恰是最可宝贵的清醒的呻吟”。

另外，从杨健文中得到的信息是：由于手抄的关系，人们只读到食指几首与知青心态有关的诗，如《相信未来》《疯狗》《酒》等。而结合前面杨健的论述，笔者认为如果凭这些材料论证食指是“文化大革命”诗歌的第一人，是不够的。

2003年，程光炜出版的《中国当代诗歌史》把食指放在朦胧诗专章中，设专节“食指的意义”①。其中提到“更因为他的著名诗作《相信未来》对整整一代人的深远影响，朦胧诗的兴起与食指本人不无关系”。此时程光炜的依据基本上也是白洋淀知青多多、北岛的话，有的观点受到杨健论述的影响，并且对杨健的判断有所强化。

一年后，吴尚华的《中国当代诗歌艺术转型论》再一次提及食指是一个“被埋葬的‘文革’诗歌第一人”，且提到北岛所受的影响②。他借助宋海泉对食指的肯定，“有人评论郭路生为‘文革’诗歌第一人，应该说这是一个恰当的评价。是他使诗歌开始了一个回归：……恢复了个体的人的尊严，恢复了诗的尊严”③，进而指出食指的意义：他返回人的本体，真实表达了在理想与现实冲突中个体生命的焦虑性、茫然性的内心体验，为同代人提供了一个矛盾重重的分裂的自我镜像。他的这种个人化的抒情话语启迪和影响了一大批后来者。

2009年，柏桦出版了他的旧作《左边：毛泽东时代的抒情诗

---

① 程光炜：《食指的意义》，载《中国当代诗歌史·朦胧诗的出现》，中国人民大学出版社2003年，第244—249页。（不过，两年之后，程光炜在《新诗评论》2005年第2辑发表了《一个被“发掘”的诗人》一文，对食指评价进行了重新思考，“一个默默无闻的诗人食指在很短时间内就以‘重要诗人’的身份步入人们视野，被赋予了‘“文革”诗歌第一人’和‘朦胧诗’的‘一个小小的传统’的显赫地位。虽然现在还看不清，在未来的时日里，这样高的位置会不会经历危机”，对其文学史中所述观点有所纠正。）

② 吴尚华：《中国当代诗歌艺术转型论》，安徽教育出版社，2004，第152页。

③ 宋海泉：《白洋淀琐忆》，《诗探索》1994年第4期。

人》①，第一卷中的“从贵州到‘今天’”谈到食指。同样，材料大量来自多多的《1972—1978：被埋葬的中国诗人》，如多多说食指的《相信未来》“至今尚无他人能与之相比”，并提到他患病的原因，还有出自江河、多多、北岛之口的对食指的肯定，提及他在全国知青中的影响。

追踪以上论述食指的文字，我们非常遗憾地发现材料相当单薄。与食指一同插队杏花村的戈小丽在回忆文章中提到食指在杏花村写诗很有名，村里人把他当成文化人，周围村的知青都来找他，“郭路生的诗很快如春雷一般轰隆隆地传遍了全国有知青插队的地方”。1989 年多多写了《北京地下诗歌（1970—1978）》一文。该文中多多有一句“我所经历的一个时代的精英已被埋入历史，倒是一些孱弱者在今日飞上天空”，其第一个肯定的就是食指。多多不无激情地说到，“郭路生早期抒情诗的纯净程度上来看，至今尚无他人与之能比”②。

在这些源头性的文字中，令人惊讶的是：文学史中的基本论述材料多来自食指的好友，包括他在文学史上的地位，他在知青当中的影响力及其病情等。文学研究当中，亲近友人的叙述是否合适作为史家借用的资源？这是笔者的疑惑。当笔者阅读完食指的诗歌后，更深切地认为文学研究者在某些问题上将一位活生生的诗人简单化了。无论是来自文学史评价还是私家追述，研究中“黑洞”的存在不可否认。

在戈小丽、多多的私家追述上，偏向用“唯一”“重要”等

---

① 柏桦：《左边：毛泽东时代的抒情诗人》，江苏文艺出版社，2009。

② 多多：《多多诗选》，花城出版社，2005，第 242 页。

词语来肯定食指的意义，在杨健、程光炜、柏桦、吴尚华等人的文学史描述中，往往采用了私家追述中的材料，通过引用资料论证建构了文学史上的食指形象。在被众人不断重复、肯定或强化后的食指形象，与他诗歌所表现出来的抒情形象却有着巨大的反差。这就不由得令笔者产生疑问：食指的诗歌是否真为地下诗歌？他是“唯一”的或“第一”××诗人？为什么要把“第一”的名誉给食指呢？因为食指的影响吗？当时的影响力又该如何鉴定？

也许，我们要直接分析食指的诗歌，并将食指置于历史场域中考察，他在文学史上的形象才能得以重新建构。

二、 食指评价疑问与历史场域考察

福柯主张知识的考古。我们也不妨先来简单了解一下食指诗歌创作的背景，考察“文化大革命”时期的诗歌创作情况。

1958 年的民歌运动曾燃烧过全中国人民的诗情，毛泽东诗词也在中国大地流行。“文化大革命”期间，张永枚、李瑛、纪宇、何其芳、贺敬之等专业诗人引导着中国诗坛，工人诗人杨景亮，部队诗人高东胜、李小雨等也加入了创作队伍，以表现欣欣向荣的社会主义建设、劳动人民的热情高涨、人民阶级立场的明确坚定，并呼应政策写宣传诗、政治抒情诗，新格律体、半格律体、楼梯体、自由体为主要样式。

从城市前往农村的知青们，由于精神生活相对单调，有的热衷绘画，有的热衷音乐，有的进行诗歌创作。在那个时期，没有在公开刊物发表诗歌的诗人，应该不光是食指或生活在白洋淀的知青，很多在 20 世纪 40 年代崭露头角的诗人，在中华人民共和国成立后并未完全中止写作，只是他们的诗歌没有公开发表。

食指是否为政治上与主流不同的诗人？1970 年创作的《我们这一代》表达要“用我们全身的筋骨和皮肉/铸造一颗不生锈的螺丝钉”，“目光坚定”；《南京长江大桥——写给工人阶级》用拟人化的方式，表达对中国社会、政治的支持，“我用我的/闪光的铆钉/更牢地加固/人们心中/无产阶级/革命的阵营//我用我的/预应力梁/更高地筑起/人们心中/反帝反修的/万里长城”。他表示工人是“万里长城。”1971 年写的《新兵》中，将新兵比作“钢铁长城”。1976 年写的《红旗渠组歌》中看到劳动人民挖渠的场面，听到“人定胜天”（“大地红旗展/仙河雪浪涌/一改江山古颜容”）、“集体主义”（人心拧成一股绳/巨手改山河/匠心夺天工）、“人民万岁”（天工，天工/智慧和着血汗/出自人民之中/沧桑在握无敌手）等时代的号召。

笔者注意到，在多数人眼里，食指其实不过是一个过去了的文学传说。食指常被引用的诗歌多为他创作早期的诗歌，研究者提到的主要接受者都为“文化大革命”期间的知青。在那个时代，马克思、恩格斯、毛泽东和鲁迅等成为中国知识分子的思想与文学偶像。在极少的文学刊物上和样板戏中，知青们得到的教育就是革命与斗争。知青们在成长过程中所产生的困惑缺少足够的发泄渠道，知青文学所表现出来的不过是知青们的劳动生活，为回城而绞尽脑汁等。如何度过青春，在食指的《相信未来》中提供了暂缓解决知青们心灵焦虑的答案。

《相信未来》一共七节，每节四行。第一、第二节中出现了悲伤的意象，如“当蜘蛛网无情地查封了我的炉台，/当灰烬的余烟叹息着贫困的悲哀”描绘出那个荒芜、穷困、艰难的时代。“当我的紫葡萄化成深秋的露水，/当我的鲜花依偎在别人的情怀”可以使人联想到爱情的转向或美好事物的失落。触及个人利益的时候，诗歌中所表达的感情并不消沉，而是坚定，并坚信“人们对于我们的脊骨，那无数次的探索、迷途、失败和成功，一定会给予热情客观、公正的评定”。因而他鼓励人们“朋友，坚定地相信未来吧，相信不屈不挠的努力，相信战胜死亡的年轻，相信未来，热爱生命”。

这首诗可以看成是励志的诗篇。如果从意识形态的角度去理解，诗歌是对“道路是曲折的，前途是光明的”政治思想的一种诗化表现。到底什么原因导致它不能发表呢？食指没有公开发表诗作的原因可能是他自己没有投稿。就像那种连他自己也认为是“主流”的诗，他也从未投稿。这样一种情况，如果非要强调食指的诗是“政治性的”地下诗写作，笔者认为言说者有着某一种过分的政治情结。而且，打“地下”牌不排除出版者有用“另类”吸引读者的商业手法。

食指早年的诗，一类是励志篇，如《相信未来》。第二类为颂歌篇，如《红旗渠组诗》。第三类是言情篇。被杨健等人提到的 1968 年写就的《烟》和《酒》两首诗，如果与时代尚存距离的话，那就是他在《烟》里写的“燃起的香烟中飘出过未来的幻梦/蓝色的云雾里挣扎过希望的黎明”，尽管这种愁绪“汇成了低沉的含雨未落的云层”，但是当推开明亮玻璃窗，这烟缕飘散了。《酒》与时代思潮的差异是“酒杯在我的手中颤栗/波动中仍有你一双美丽的眼睛”，诗歌表现了个人化甚至私人化的情绪。第四类是命运思考篇。在“文化大革命”时期，被后来研究者高度肯定的两个“三部曲”《海洋三部曲》与《鱼儿三部曲》即为两组描写命运的短诗。诗歌内容并不复杂，形式整饬，《海洋三部曲》之一的《波浪与海洋》表达了对大海的热爱：因为大海的深沉，有着“宽阔的胸膛”“无比坚强”，有着“巨大的力量”“碧蓝和明朗”，大海作为个人性情、能力、形体的参照系，托物言志。第二首诗以倾吐的形式，劝朋友离开“大海”，因为它“可怕地沉默”，但他觉得“它仍然积蓄着力量/它还在焦急地等待”，因此表达自己愿意“守着这再也掀不起波浪的海/蹒跚地踱步、徘徊”，表达对大海的理解。第三首是励志诗，表现要远航的斗志，不屑于做拜金者或是沉湎于小家庭的温暖。诗歌中的远航者“朴素、单薄”诗歌还有临行前的叮咛：“孩子啊，要把握住前进的方向/必须双眼不离北斗星。”在狂风大浪中，船儿迷失方向，但是“海洋深处被压抑的呼唤”响起，“让胆怯的死亡吧/活着的将更加勇敢”，诗歌采用叙事的方式，描述了战无不胜的斗志，与时代思潮应该是一致的。

《鱼儿三部曲》有诗剧的特色，模仿普希金的《渔夫和金鱼的故事》，写的是中国化的“鱼儿”，描写了在“冷漠冰层下”鱼儿不安于命运安排的斗争故事。鱼儿是年轻人的象征，“它是怎样猛烈地弹跃啊/为了不失去自由的呼吸/它是怎样疯狂地反扑啊/为了不失去鱼群的利益”，最后因为它年轻“性格又倔强”，和对于“自由与阳光的热切渴望”“使得它不顾一切地跃出了水面，即便落在了终将消融的冰块上”。诗歌中鱼儿的命运极像鲁迅的《死火》处境，为了换来自由，宁愿牺牲自己的生命。

从食指的四类诗歌可以看到，食指的写作主题是多元的，他虽也写挫折、迷茫，但始终有乐观情绪。他的诗歌如果能够在

“文化大革命”年代流传，其实倒可以肯定其诗应没有任何政治立场上的问题。

食指的诗为什么会为多数知青认同，笔者认为原因有多种：一是精神生活的贫乏，知青们以诗来表达自己的一种精神状态，就像当年也还有很多知青喜欢绘画、音乐一样。在劳动之余，诗歌也是一种娱乐放松的休闲。二是因为中国人一直没有忽视诗在生活中的作用。1958 年中国掀起过全民写民歌运动，何其芳、贺敬之的新诗与毛泽东的诗词都成为“文化大革命”中知青的诗歌启蒙教材。比如食指的诗歌有何其芳早期作品《预言》中流露出的年轻人的迷惘情绪，也有何其芳到达延安之后写下的《我为少男少女们歌唱》的那种乐观。

与后来北岛、顾城的诗歌相比，食指在“文化大革命”时期的诗并不迷惘，也不自闭（20 世纪 90 年代后有迷惘自闭倾向）。他总是渴望用自己的力量唤醒大家，成为一个勇士或者英雄。有研究者喜欢在食指的《命运》和北岛的《回答》中寻找二人的关联，认为北岛袭用了食指的句式、精神和表达方式。但笔者想说的是，据前文分析，食指的精神在一定程度上暗合了时代的精神，而北岛早期的诗，充满了个人主义式的对一切事物的怀疑，与当时的主流是有一定距离的。“好的荣誉是永远找不开的钞票，/坏的名声是永远挣不脱的枷锁，/如果事实真的是这样的话，/我情愿在单调的海上终生漂泊”，食指在《命运》中并没有表现对现实社会好与坏的存疑，而只是抒理想情怀：“我的一生是辗转飘零的枯叶，/我的未来是抽不出锋芒的青稞，/如果命运真的是这样的话，/我愿为野生的荆棘高歌。”（《命运》）表达的是要摆脱命运被束缚的渴望。所以，这样的诗句对于前途迷茫的知青来说有特别的意义，他们都希望自己的付出是实现理想的前奏："哪怕荆棘刺破我的心，/火一样的血浆火一样地燃烧着，/挣扎着爬进那喧闹的江河，/人死了，精神永不沉默！"这是向命运宣告斗志。所以，这类情绪高昂的诗完全符合时代需要。

1968年，食指的创作有过一段消沉期，他写的"昨天才被暖化的雪水/而今已结成新的冰凌"（《希望》）；"在这地球上，比我冷得多的，是人们的心"（《寒风》）中有不同于时代的另类声音，但他还是坚信胜利，"仰望着乌云间光辉闪烁的北斗/寻找着毛主席亲手指点的方向"（《胜利者的诗章》）。他和北岛本质上大不相同，因为那时北岛的回答是充满思考的。

食指"文化大革命"时期的诗歌中，前三类主题相对稳定：与时俱进，歌颂时代，歌颂领袖；站在个人的角度，不回避灰暗的内心，往往最后要显示战胜挫折的坚定；爱情诗的写作。"文化大革命"时期大多数诗人的诗歌都集中在第一、第二类主题上，食指与他们不同的是还写下青春感受。从20世纪60年代一直到90年代，爱情一直在他的诗歌中荡漾，这类诗有《还是干脆忘掉她吧》(1968年)、《难道爱神是……》(1968年)、《你》(1991年) 等。

不得不提到食指另一首为人所关注、常被引用的诗——《疯狗》。据杨健著作中所言，这首诗写于1974年。另在《食指的诗》和林莽的《并未埋葬的诗人》中，标明这首诗写于1978年①。根

① 崔卫平在《郭路生》这篇文章中也谈到过《疯狗》的写作时间，说食指自己强调写于1978年。但在《今天》杂志上发表时，所署的写作日期被提前。（刘禾主编《持灯的使者》，广西师范大学出版社，2009，第162页。）

据林莽所编的《食指（郭路生）年表》所言，1974年，食指病愈，被分到北京光电技术研究所工作。从食指的工作分配可看到他并没有触犯政治，而《疯狗》这首诗的政治意识颇为强烈。笔者更倾向于认为这是食指在"拨乱反正"时期的作品。可以理解成对时政的针砭，就像当时流行的"伤痕"文学、"反思"文学那样。"受尽了无情的戏弄之后，我不再把自己当成人看，仿佛我成了一条疯狗，漫无目的地游荡人间"，诗句显得辛酸。诗中说的"戏弄"，是社会状况发生变化而产生的，还是因为身体疾病被人们另眼相看？不管如何，食指诗歌中曾经有过的坚定，在此变得犹疑。他的另一种坚定，是远离无情的人群，远离不自由的人生："假如我真的成条疯狗，/就能挣脱这无形的锁链，那么我将毫不迟疑地/放弃所谓神圣的人权。"这种态度是对"文化大革命"或是过去历史的一种醒悟吗？从他后来的《风雪中的红军哨兵》和《热爱生命》等诗作来看，他仍然站在主流意识形态或是励志的角度歌颂革命者，持有"文化大革命"时期年轻人张扬而不妥协的态度。

食指在新时期以后，写过同情安徽女工的诗，也有表达过愤怒之情的诗，但"愤怒已化成一片可怕的沉默"（《愤怒》）。他诗歌中所表现的私人化不满情绪往往比较短暂，在1981年的诗歌中，食指表达了对祖国、劳动者的歌颂，走在歌颂中国的改革的写作之路上。

由食指的写作经历可进一步看到他的诗歌与北岛同时期诗歌的不同：北岛早期的诗歌尽力把自我与社会、群体拉开距离，诗歌意象隐晦，他的不满来自于传统因袭过重，诗歌充满了精英所具有的孤独意识，食指的不满来自于人与人之间的不平等现象，来自诗歌的没落，对于国家和制度他满怀期待。

1986年前后，中国诗坛发生巨变，各种风格的尝试并没有强烈影响到食指，食指此时的影响也无人谈及。然而就食指的个人风格而言，他的浪漫主义情怀有了一定的改变，他的诗歌意象走向低沉，走向内心。在原有的四类诗歌主题中，前三类颇为沉寂，第四类主题在延续。他从枯叶上看到“如今在命运寒流的驱赶下/它像个卖艺的老人一样/蜷缩着身躯沿街流落/瑟瑟发抖地低吟浅唱”（《落叶》）；《诗人的桂冠》令他重估诗人价值，“我是人们啐在地上的痰迹”“即使我已写下那么多诗行，不过我看它们不值分文”“人们会问你到底是什么/是什么都行但不是诗人/只是那些不公正的年代里/一个无足轻重的牺牲品”。从社会制度、政治思想的转变，到诗歌价值的低落，食指在他的诗歌作品中把这一切感受再现出来。1995年，他对自我进行反思，“曾有一段我扮演丑角，狂得不知天高地厚”“人们在背后的指指点点/当时我甚至还引为自豪”。他还看到社会的一些问题，学术界有人沦落成欲望的社会“从加冕‘著名’两字肉麻地相互捧场/到金钱的诱惑令人心寒地横冲直撞/学术界之中不带脸红的自我吹嘘/明显地是在提高自己身价的分量”（《欲望》）。

在食指的诗中，能见出他写作的明显走向：用自己真挚的感情，号召人们相信未来，关注现实；随着社会的动荡前行，他由反思社会、政治、自我的本来面目而向内转，面对现实，回到本真。唯一不变的是诗歌的形式，据他自己所说，他受到何其芳的影响，多写格律诗。

那么，食指是不是研究者所说的“地下”诗人？

按照《现代汉语词典》的解释，“地下”有三个含义：一是地面上；二指地面之下，地层内部；三则为属性词，指秘密活动的，不公开的①。那么，“地下”诗歌应该取第三种意思。贺敬之曾读到《相信未来》这首诗，认为“在三十年代，是一首好诗”，食指诗歌既然能够在知青中传播，就证明他并非不公开的诗人，只是未在官方刊物公开发表，没有正常的传播途径。在文学研究者的命名意识中，强调所谓“地下”，其实同样是站在政治角度，采用政治性的评判标准。

假如一定要强调“文化大革命”中食指的诗歌是“地下”诗歌，没有公开，那么在新时期，笔者认为他的诗歌更具有“地下”性、非主流性，这一“地下”当然是相对流传范围和影响力而言的。

食指的诗自新时期以来虽在《诗刊》《今天》《诗探索》《沉沦的圣殿》等刊物上有限地发表过一些，电视台也播放他的专题，但令人悲哀的是，只要与食指有关的，都不是谈他的现在，而是谈他的过去。这种过去式的叙述，笔者认为多是突出某种目的，比如出于重新论证白洋淀诗群、朦胧诗重要性的需要，把食指变成一个近传统的三位一体地捆绑在一起。而食指被现今人们忽视的一些当下表达自我体验的诗篇，比“文化大革命”时期的描写还要令人感受深刻，“人生就是场冷酷的暴风雪/我从冰天雪地走来”（《暴风雪》）；在《世纪末的中国诗人》中，他发现“年轻时曾付出十分惨痛的代价/到中年做出难以想象的牺牲/谁知又遇上一场前所未有的/利己与私欲大作的暴雨狂风”，他还尽力告慰自己“化苦难的生活为艺术的神奇/净化被金钱异化了的

① 中国社会科学院语言研究所词典编辑室编《现代汉语词典（第6版）》，商务印书馆，2012，第285页。

灵魂/如此我便没有虚度/自幼追求艺术的一生”。

如果要全面地评价食指，笔者认为他在“文化大革命”期间是一位带有青春气息的关心时代、关心国家的写作者；新时期以来，社会动荡以及个人遭遇带来的敏感，使他游离于主流社会和主流诗坛之外。用生命写作，为诗而生存，因诗而快乐，英雄主义情怀的消长，是食指诗歌映出的光芒。从本质上说，食指的诗歌写作具有悲剧性意义。

三、食指的影响力抽样调查与文学史写作策略探讨

食指是否真的影响了一代诗人？其影响力是否遍及有知青插队的地方？2005 年经洪子诚修订的《中国当代诗歌史》中，非常谨慎地谈到这一问题：“据一些当事人回忆，‘文革’见食指的诗在北京、河北、山西等地文学青年中，有范围不小的流传。”① 在注释中，洪子诚还特别强调：“对于这种流传、影响的程度，今天不容易做出准确的判断，这在一定的程度上与讲述的方式有关。”②

并不是诗歌传到某地就一定会产生影响。“文化大革命”期间的官方刊物如《解放军文艺》上同样也刊登诗歌，《“文化大革命”颂》《西沙之战》《小靳庄诗歌》等这类“文化大革命”期间的诗，难道就没有对当代知青产生很大影响？如果像杨健所说，他所看到的也仅仅是几首诗歌，我们就会去想：在没有阅读

① 洪子诚、刘登翰：《中国当代新诗史（修订版）》，北京大学出版社，2005，第 183 页。

② 洪子诚、刘登翰：《中国当代新诗史（修订版）》，第 201 页。

食指所有诗歌的情况下，便把他称为“第一人”，那是不是过于“无畏”？还有一个现象值得分析，杨健所举出的受食指影响的诗人，都是与食指一样来自北京的知青，他们可能通过朋友的渠道传播诗歌。朋友圈互相影响是否就一定会放射到全国？北京以外或南方的知青是否也深受食指的影响？这都需要更多的材料来佐证。文学影响力到底有多大？是否更应关注朋友圈之外的写作者所受的影响？而我们有较多的材料证明食指与白洋淀诗群诗人是朋友，北岛受到朋友的影响才写诗。食指创作在前，北岛在后，北岛的作品中仅仅只有《回答》套用了食指的句式，这样就认为北岛深受食指影响？笔者认为这些观点都不够全面。从北岛的经历和北岛发表的诗作来看，影响他的诗人名单可以开出一长列：艾青、聂鲁达、艾略特、里尔克、保罗·策兰等。

从材料的梳理中，我们看到杨健、程光炜、柏桦等人引用的材料一部分来自多多的论述。作为友人的多多，在某种程度上又赋予了关于诗人的想象。如果确实要估量食指对于朦胧诗群是否有不可忽视的意义，我们就必须先思考另一个问题：在约定俗成的朦胧诗群中，除了北京的北岛等人，还有福建的舒婷、四川的杨炼、北京的顾城等诗人，他们的诗是否都受到食指的影响呢？是否还有其他的影响？

严力在他的书①中说道：“1969 年夏天，百万庄的朋友给我看了一份手抄的诗稿，一张皱皱巴巴的纸，歪歪扭扭的文体，是郭路生的《相信未来》，这首诗让我感到很新奇，是我识字以来第一次看到中国人自己写出这样的文字，尽管无人能回答未来在

---

① 严力：《阳光与暴风雨的回忆》，《今天》2008 年第 3 卷，秋季号，总 82 卷。

哪儿。”在该文中他还提到，他和朋友们一起互相借书，背诵诗歌。这些诗歌“主要是苏联诗人从二十年代至六十年代的作品，与我们有着相似的背景，感觉挺亲近。不久他带我认识了赵振开，也就是后来的北岛。就在这个时期，我还认识了写诗写得铿锵有力的毛头（多多）和岳重（根子）等一批比我大几岁的哥们儿。毛头有一笔财富令我羡慕，那是几个厚厚的大笔记本，是他从各种书籍摘录的诗句。每次借了一本，下次再换另一本”。

从严力的这段文字中，我们至少可以追溯到他的习诗来源：除了食指的一首诗，还有以苏联为主的现代诗，以及朋友北岛、多多、根子等诗人的作品。

陈默在《坚冰下的溪流——谈“白洋淀诗群”》① 中谈到白洋淀知青们读到很多西方作品，如《麦田里的守望者》《带星星的火车票》《在路上》等西方现代派著作。所以再来询问“朦胧诗群，白洋淀诗群的诗歌影响是来自食指还是西方文学”此类问题已无意义。笔者认为，如果不跃出一个朋友圈子而做文学史上的分析，容易夸大食指对于中国当代文学所起到的作用。

因此笔者认为有必要对食指诗歌所产生的影响做一个调查来印证历史。2010 年 11 月间，笔者向食指的同时代人，上海、山西、福建、江苏、浙江、江西、湖北、安徽等地现为高校文学院的多位教授过一个小规模调查，主要问题是：在“文化大革命”时期是否当过知青？身为知青的期间，是否读到过食指的诗？当时能记住的诗人有谁？

在调查反馈中，原籍河北，现为南京大学教授的马俊山说，

---

① 陈默：《坚冰下的溪流——谈“白洋淀诗群”》，《诗探索》1994 年第4 期。

他曾在河北当过知青，主要阅读到的是“普列汉诺夫《没有地址的信》、马克思的《法兰西内战》、列宁的《国家与革命》，以及《中国文学史》《外国文学史》之类的书”。他还补充说：“中国当代诗人里，当时只知道徐刚、张永枚、田间、臧克家、严阵等人，因为他们经常在《朝霞》《河北文艺》等官办刊物上发表作品。食指的诗歌主要在地下流布，有一个传布的小圈子或链条，主要成员是北京知青，我不在其中。”

在湖北长大的武汉大学教授昌切说：“我是 1969 年 3 月下乡当知青的，71 年离开到第二汽车制造厂做电工。那时没接触食指。现在记忆深刻的‘文革’中的诗人是高红十、徐刚和张永枚。”

原籍浙江，现为武汉大学教授的陈国恩回答说：“我没当过知青。‘文革’时在山区长大，后来到了县城，看了不少《航空知识》《船舰知识》《天体物理》，以及《牛虻》《钢铁是怎样炼成的》《沸腾的群山》《苦菜花》等小说，但就是没读过食指的诗，上大学后也不知有食指，直到到了武大才知道他。我‘文革’时办过大批判专栏，属于小秀才一类人，读了许多报纸上的文章，也读过一些身边好朋友插队时写的诗，但真没读到过后来被称为朦胧诗人的诗，而我读过的插队好友诗，与朦胧诗差不多，但他后来没有成为知名的知青诗人。”

福建厦门的陈仲义教授替舒婷回答：“60 年代末（20 世纪），舒婷所受影响的外国诗人主要是浪漫时期的，如普希金、海涅、拜伦、莱蒙托夫；中国现代诗人最主要是何其芳。73 年、74 年后开始受现代派影响，如埃利蒂斯、勃洛克。《今天》创刊之前没有读过食指，周边朋友也是。”

原籍安徽，现为福建师范大学文学院的谭学纯教授说：“当时地下诗禁读。能读到的诗，少诗味。记得的诗人如张永枚等，有的连名字也记不住。”福建籍的同为福建师范大学文学院的辜也平教授说：“在入大学前根本不知道文学为何！私下传看过巴金、郁达夫、张恨水等作家以及一些手抄小说。手抄本传看过《梅花党》《虹桥鬼影》等，自己也抄过算命之类的书。”

从这份调查中，可以大致看到，“文化大革命”期间文学爱好者的阅读是来自多方位的，有外国书籍，民间书籍等，食指并不为每一处有知青的地方所知晓。

在食指的研究中还有一个相关的问题。比如《沉沦的圣殿——20世纪70年代地下诗歌遗照》，这是从书籍名到内容，都有重现神圣欲望的一部书。其中，在戈小丽、林莽、多多等人的描绘下，不难看到与食指相伴的还有两个使用频率较高的词：一是“地下”诗人；二是精神病患者。如果舍弃对食指诗做的分析，简单地把“地下”诗人、精神病患者这两个词与“文化大革命”这一社会背景扭结在一起，自然就会引发读者貌似富有逻辑的联想完形，这就是心理学上所谓“格式塔”完形。我们常看到此类的有关“文化大革命”的回忆文章和文学史论述片段，也常不乏这种富有同情心的想象。正如通过对食指诗歌的分析，我们知道，食指的诗篇中虽然写出了某些比较敏锐的感受或者迷茫，但他一直用积极向上的力量和精神，鼓舞激励人们。即使诗中用小鱼或海洋，也不过是通过意象来营造戏剧化情绪，表达渺小的个人在时代中的困惑。

不可否认，文学研究和文学史写作中的立场，经常会导致对研究对象原型的改造。文学史家、文学研究者在某种程度上会影响一个时代、一个民族的文学阅读习惯和阅读判断，基于此，笔者不得不指出食指研究中的问题所在：一是朋友的议论经过多次引用而成为定论；二是只注意诗人在某一阶段的遭遇，采用定格的方式来描述诗人，忽视了诗人的连续性写作特色。三是研究中的同情态度，影响了历史的本真性。这些文学史写作的问题不单单在食指研究中出现，在海子、顾城等早夭而著名的诗人研究中，也常有这类情形出现。

每一位研究者都知道文学研究需要客观。要真正做到研究的客观性，有一定的难度。研究者的生活区域、接受信息，以及成长环境、性格因素都可能会影响到研究取舍。因此，在研究中，希望研究者能够在参照前人研究成果的基础上，再考虑把研究对象置于历史环境中给予考量。对当下研究创作旺盛的对象，要关注到其发展方向的非确定性，研究者需要有一定的耐心去跟踪研究，密切观察研究对象的阶段性变化。

对诗歌研究者来说，研究一个诗人除了研读他所有的诗作，了解文献，还有必要认真甄别文献的真实性。因为，有些资料出于写作者个人的原因，与事实不免会有出入，拥有某些资料并不代表判断的准确。这类研究现象在当代诗歌的研究中时有发生，可以说是经常引发轰动或争议的文学现象。例如“海子神话”的传播，与当时社会思潮、诗歌接受环境和出于友谊的友情叙述不无关联。一旦学者们反复引用，一些有待证实的材料就会被当作确凿证据。当代文学是动态的文学，有些断言期待着资料的支持；当代文学还是未知的文学，具有想象空间，也有存疑空地。

尽可能全面而非单向度地突出诗人的某个时期或某个侧面。个人、诗作、时代、影响等是研究一位诗人必须考察的几方面。

如果要论证诗人在文学史上的意义，必须具有全局观念，将他放在时代的链条中，从古今中外的维度评价他所做出的历时性文学贡献。食指在“文化大革命”时期有一定的影响，他的诗歌道出了某些知青的心声，他的《红旗渠组诗》同样是他的心灵感受，为什么因为后者与主流意识接近就直接否定它呢？是否真有艺术上的原因？如果离开政治，食指的诗歌是否有存在的价值？如果有，那么他就是一个经得住考验的诗人。如果没有，那他只是一个时代的临时代言人。食指后期的诗歌，在笔者看来，虽然不被多数研究者看好，但他一直保持用心灵去理解生活的热情。无论是他献给香港回归的诗《给香港》，还是写自己在福利院的劳作的《在精神病福利院的八年》，与当下某些在写作但无病呻吟的所谓诗人相比，食指是一位值得尊敬的单纯的诗人。在他的诗中，我们能够看到一代人的精神缩影。

研究一位诗人，并非给诗人写赞美诗或批判信；研究一位诗人，就是研究一个时代的文学印迹，研究一个时代带给人们怎样的思想和生活。

（原载于《长沙理工大学学报》2012 年第 1 期）

北岛诗歌的文学史写作问题及意象讨论

在当代文学史中，北岛是一位不可忽略的重要诗人，被当作朦胧诗的标志性人物。然而，今天的北岛，不仅仅作为一位诗人存在，他出版了译诗集、散文集和编选诗集等多部作品①，也出版了小说集②等，参与策划多项国际诗歌活动③。目前的文学史（诗歌史）对他的描述是否已经足够？与当下北岛的写作状态是否符合？

本文将集中探讨近年文学史（诗歌史）对北岛的描绘，试图对其诗歌研究做些必要的补充，尤其针对诗歌中的意象及其处理方式进行一些梳理，揭示其诗歌的主要特色与变化，拉近读者与他的距离。

---

① 北岛的散文集有《青灯》（凤凰传媒出版集团，2008）；《蓝房子》（凤凰传媒出版集团，2009）；《午夜之门》（凤凰传媒出版集团，2009）；《时间的玫瑰》（凤凰传媒出版集团，2009）。北岛与李陀还编选了《七十年代》（牛津大学出版社，2008）。北岛编选的诗集有《北欧现代诗选》（河北教育出版社，2004）；《给孩子的诗》（中信出版社，2014）。

② 北岛的小说《波动》（三联书店，2015）。

③ 有关《今天》刊物、诗歌节活动情形，可参考《三联生活周刊》主编王小峰访问北岛后写下的《诗歌是我们生存的依据》。（北岛文集《古老的敌意》，三联书店，2015。）

一

首先列举笔者所在大学文学院使用的本科教材中有关北岛的叙述。

教材为朱栋霖、朱晓进、吴义勤等主编的《中国现代文学史（1917—2012）》下，第八章有关 20 世纪 80 年代的诗歌，第一节中提及朦胧诗，说到北岛："1984 年以前，北岛、舒婷、顾城、芒克、多多、梁小斌、江河、杨炼等人，热衷于对现实社会进行反思和控诉。"仅仅这一句话中有北岛的名字，他是大合唱中的头位歌手。而第二节再谈起朦胧诗时，北岛却离奇地失踪了。与教材配套的《中国当代文学史作品选（修订版）》（北京大学出版社，2008）则选择了北岛的三首诗歌——《回答》《雨夜》和《触电》。

相对而言，中国当代新诗史对北岛诗歌描述的篇幅更多。以洪子诚、程光炜、吴思敬、林贤治的为例，大致可看到当下从学院学者以及自由知识分子们对北岛诗歌的代表性评价。

按照著作出版的时间顺序，第一部为程光炜撰写的《中国当代诗歌史》，于第十章"朦胧诗的出现"讲到北岛。在讲北岛前，作者已介绍了食指、白洋淀派、《今天》杂志、多多等，之后才说到与之相关的北岛，后者为专节。著作将他放在朦胧诗人群中，认为他是最具代表性的诗人，提到他的一些基本情况，如原名、笔名、祖籍、出生地，海内外大致经历，以及曾获诺贝尔文学奖的提名，也涉及他和诗友的交往，对他有影响的苏联诗人，等等。解释他在海边生活过，所以有很多关于大海的意象。特别指出北岛在对社会历史观察中表现出的深度，分析了北岛的《无题》《回答》与时代和思潮的关系，提出：北岛受到尼采的影响，在创作中包含时代悲剧英雄的视角，他会情不自禁地选择居高临下的艺术视角，充满历史荒诞感和人生悲剧性的诗歌意象，如倒影、弹洞、绳索、渔业等，反映人们对“文化大革命”的记忆，而“它们根本上却是诗人人生哲学的某种缩影”。教材特别提到北岛是政治意识很强的抒情诗人，有波德莱尔式的哲学与现代诗人双重特征，但是以“更多的正义、人性、美、自由，连同强烈的社会责任感，历史使命感来共建他的象征体系”“以象征为中心手段的强调通感，视角变幻、变形，多层次空间结构，蒙太奇等，是北岛作品中常用的艺术手法”。文中指出北岛迅速成为这一阶段重要的诗人的原因，也指出由于社会环境与时代气氛变化，失去写作的历史压力之后，他就暴露出窘迫和创造力不足的征象。

第二部为洪子诚、刘登翰主编的《中国当代新诗史》①，在第十一章讲到了《今天》与朦胧诗，介绍了朦胧诗论争、“地下”诗歌的发掘与食指、白洋淀诗群与多多的诗歌之后，北岛与《今天》的其他几位诗人被合成了一节。其中谈到北岛是朦胧诗中“最具争议的一位”。里面提到了他的代表作《回答》《宣告》《结局或开始》《履历》等。主要从作品的写作背景与美学风格进行评价：“表现了‘觉醒者’的内心紧张冲突，历史‘转折’的意识，和类乎‘反抗绝望’的精神态度，表现了在批判、否定中寻找个体和民族‘再生’之路的激情。”认为严肃、悲壮是此时的主调。朦胧诗争议后，北岛的诗歌发生变化：“否定的锋芒并

---

① 洪子诚、刘登翰主编《中国当代新诗史（修订版）》，第189—192页。

未减损，但诗中明确的社会政治取向已趋于模糊。”感性体验有所削弱。书中提到北岛受到浪漫派诗人影响，如苏联第四代诗人叶甫图申科，并指出这个时期的最重要的诗艺特征是：诗歌中价值取向差异或对立的象征性意象密集并产生对比、撞击，在诗中形成“悖谬性情境”，用来表现复杂的精神内容和心理冲突。对于北岛在国外的写作分析，也有所涉及：延续20世纪80年代中后期的中国大陆写作。前期那种预言、判断、宣告的语式，为陈述、繁盛、犹疑、对话的基调所取代。作者与世界、与诗的关系，和他所扮演的角色，显得复杂起来。前期写作中强烈的社会政治意识，转移为对普遍人性问题的探索、处理。意象、情绪与观念之间的较为单一的联结方式得以改变，而语言、情感也朝着简洁、内敛的方向发展。

第三部为赵敏俐、吴思敬主编的《中国诗歌通史》当代卷①。在该书第九章第一节“诗歌民刊《今天》的出现”② 中，首先讲的是“文化大革命”时期的食指诗歌分别对新时期诗歌、对白洋淀诗歌群落及北岛等创办的《今天》的影响，特别提到“今天派”写作的几个特征：诗人主体的意识觉醒，诗歌本体的意识觉醒。提及《今天》的油印刊创办、宗旨、组成人员、发表作品、组织活动等情况，有较多的一手材料。第二节是专论北岛。对于北岛的介绍，从食指的断裂开始讲起。这一节文字主要解释了北岛笔名的来源，与人生的关系，他的家庭和成长情况，写作的历史以及冷峻风格的形成。对北岛重要的评论是，“北岛

① 赵敏俐、吴思敬主编《中国诗歌通史》当代卷，人民文学出版社，2012。

② 赵敏俐、吴思敬主编《中国诗歌通史》当代卷，第320—340页。

是个有强烈使命感的战士，同时也是一位有独立的审美品格的诗人”。重点分析了他的代表作《回答》，指出此诗写出了“诗人所向往、所肯定的东西：人的价值与人的尊严、人的生存应指向真善美、历史的发展有其不可抗拒的内在规律等”。对他的作品的讨论基本集中于早期，如《太阳城札记》《红帆船》等，20世纪80年代以后的作品，强调他把象征基调与超现实的手法进行有机结合，诗歌“在朦胧的底色上更呈现了错综、奇诡、扑朔迷离的味道”，举例用的是《触电》《履历》《艺术》。此文肯定了北岛是在中国新诗发展史上有重要影响的诗人，其理由是“一方面北岛作为一个新时代的歌者，他的直面现实的勇气、独立的人格力量和觉醒者的先驱意识，他的强烈的使命感和社会责任感，他始终凝结的一代人的痛苦经历与思考，使他理所当然地成为朦胧诗派的代表人物，他的作品也构成了当代中国的一种重要文化现象”。他不是作为个案，而是中国某一个时期的代表性人物与现象。“另一方面北岛作为新时期现代主义诗风的开启者，为中国新诗的现代转型起了重要的推动作用。”还指出“北岛最早步入现代主义诗歌的轨道，并以无可怀疑的现代诗歌的创作实绩开启了现代主义的诗风”①。肯定北岛借鉴西方文学的因子并不是亦步亦趋，而是丰富了中国新诗的表现手段。此文也谈及顾彬指出北岛的诗歌带有强烈的道德化倾向，追求人和社会的真理，在整理自己在“文化大革命”中的经历，并对这段历史的本质进行思考。

林贤治的《中国新诗五十年》② 中，作者以自由文人身份对

① 赵敏俐、吴思敬主编《中国诗歌通史》当代卷，第340页。
② 林贤治：《中国新诗五十年》，漓江出版社，2011。

北岛进行描述。与前面诗歌史的排列所不同的是，北岛排在第九章，在多多与归来者诗人之前，该章将北岛与《今天》刊物并置。这一章先是肯定北岛是首领，其诗展现了一代人从怀疑、决裂到抗争的心路历程。通过解读《回答》《触电》《夜：主题与变奏》等诗，说明他是时代苦难的见证者和承担者，同时也是现实世界的挑战者。他“像一个迫害狂似的，内心紧张、惊恐，充满不祥的预感”。《宣言》《结局或开始》所表现出来的，“不过出于一个普普通通的愿望，只为‘做一个人’而已”。“这是一种新型的英雄观。既为了大众，又忠于自己，既富于牺牲的勇气，又渴望平凡地活着”。他的爱情诗《雨夜》也有着硬汉风格，艺术上偏于冷凝形式，带有形而上的意味。同时也指出他的诗歌“由于过分依赖意象和隐喻，外部的真实世界无法获得充分的展开，故而失去事件固有的广延性、图像的丰富性和生动性”。进而指出他的诗歌意象，“思路清晰而凸显孤离”“过分的内敛”，妨碍了想象力的发扬，限制了语言风格的发展。还指出，“他古典诗或现代诗的资源较为贫乏，没有完全摆脱格律体新诗的影响”。他的风格倾向于简化主义。

这四部史著，对北岛的诗歌论述集中于以下几方面：一是“文化大革命”经历。二是诗歌来源：一方面受食指影响及白洋淀派影响，另一方面受西方诗人影响。三是成为朦胧诗派的重要代表。四是代表作《回答》《履历》提及率比较高。五是成为诗歌抒情者形象及抒情诗歌风格，基本肯定他的叛逆者，或者英雄形象，诗风冷峻。这五个方面，基本就是北岛在诗歌史上的定位。

然而，如果细究文学史对北岛的论述，结合北岛后来的经历，我们会发现文学史有点像一块土坯，对北岛的描述就出现了以下的缝隙：一、集中在新时期，突出他诗歌的叛逆性与现代技巧，之后呢？而且没有将他与同时期诗人做很明确的区分，仅仅求同，并集体命名为朦胧诗人。二、对北岛海外诗歌的写作基本忽略，对他写作主题的变化相应忽略。① 三、对北岛其他文类创作和有关的诗歌活动基本忽略，对他诗歌观的形成与潜在变化缺少关注。

从诗歌史的粗略论述中，如果再细究，北岛研究存在许多空间可以开拓。诸如从受众角度，可以有北岛诗歌的大众写作与私语写作的比较研究；从写作者所在地域及写作身份的角度，可以对比北岛诗歌的中国大陆写作与“远大陆”写作的不同。北岛诗歌中的中国性忧郁、北岛诗歌的中国传统（屈原、杜甫与李商隐）、北岛作品中的大陆意象与海外作品中的大陆意象、北岛诗歌的高频率词、北岛诗歌中的西方影响、北岛的文学活动，乃至北岛诗歌的画面感、北岛诗歌的现代性特征等，都可以成为诗歌研究内容。再比如：

一、北岛是否因为食指的一两首诗，或者与白洋淀派诗人交往就形成了他的创作起点②？他自己的才华与经历在写作中又有何表现？

二、中国古典诗歌或者当代主流诗歌，有没有对北岛诗风形

---

① 2008—2009 年北岛出版的《青灯》《蓝房子》《午夜之门》《时间的玫瑰》等提供了这方面的第一手材料。

② 北岛自己在散文中说到过他的阅读情况，与诗词有关的书籍，幼年时他读过《唐诗三百首》《宋词选》《诗词格律》等。（北岛：《读书》，载《城门开》，三联书店，2010，第 100 页。）

成影响？他的《回答》等代表作中有没有政治抒情诗的成分，完全与中国诗歌传统撇开了吗？离开大陆之后，他的诗歌资源与中国是越走越远还是越走越近？北岛与世界诗歌的关联有多紧密？哪些诗人对他产生过比较大的影响？反过来，北岛的写作风格又影响到哪些诗人？

三、北岛是新时期新诗的重要代表，这个结论本身没有错。但是，我们对于朦胧诗的定义，一直还浮在争论的水波中。我们可不可以从美学上，而不是从接受者的审美角度去给它命名，北岛的诗歌，是 20 世纪 70 年代的意象诗代表？

我们在已有的材料中，都已看到食指对北岛的影响，但是按照常识，我们知道，一两首诗的阅读不足以使人成为诗人，而只能成为写作的契机。北岛成名的诗歌《回答》与食指诗歌在风格上呈现出较大的差别。食指用了整齐的格律体，北岛诗歌并非整齐的诗行。在格调上或许他们都表达了苦难当中的希冀，但这并非个性的意志，而是整个时代能够公开发表的文学作品的共同意志。道路是曲折的，前途是光明的。所以，如果只认证他的诗歌受到食指或是白洋淀派的一些影响，而忽略时代的影响，显然不够。

北岛的诗歌以意象写作为最显要的特征。它承接了 20 世纪 30 年代的诗歌美学，也有五六十年代的政治抒情诗传统。近期出版的文学史，大多忽略了北岛与前代资源的一些关系。实际上，北岛的诗中有着屈原、杜甫、艾青诗中的忧郁悲愤。因为缺少对他诗歌中独特意象的解读，对他诗歌的分析容易流于表层。北岛诗歌意象组合的方式、词语的用法，不变的意象及其变化的含义，都期待读者再次深入理解。

二

如果要从诗歌史的角度重估北岛，我认为仍需要使用美学方法，而不是社会学方法。与其说他是思想启蒙诗人，或朦胧诗人，还不如根据他作品的呈现方式——以意象诗为主，称其为意象诗人。

因为北岛并非是一个只对政治或社会发生强烈兴趣的诗人。写作初期，他的一些抒情短章有着放松的心情。《你好，百花山》，诗歌里有着轻松旋律，风景优美，人与自然拥有和谐与紧张同在的旋律。《五色花》这首咏物诗，写的是人与花之间的特殊感情。《真的》里面有这样的句子："春天是没有国籍的，/白云是世界的公民。"并且还有这样的愿望"和人类言归于好吧，/我的歌声"。《微笑　雪花　星星》中语调轻松和谐："一切都在飞快地旋转，/只有你静静地微笑。//从微笑的红玫瑰上，我采下了冬天的歌谣。//蓝幽幽的雪花呀，/你们在喳喳地诉说什么？//回答我，星星永远是星星吗？"

从北岛的诗集《履历（诗选·1972—1988）》的编排看，从《日子》开始，直抒胸臆的诗行减少，意象写作强化，情感转为通过意象，而不是通过语调、对话来表现。

日　子

用抽屉锁住自己的秘密
在喜爱的书上留下批语
信投进邮箱，默默地站上一会儿

风中打量着行人，毫无顾忌
留意着霓虹灯闪烁的橱窗
电话间里投进一枚硬币
问桥下钓鱼的老头要支香烟
河上的轮船拉响了空旷的启迪
在剧场门口幽暗的穿衣镜前
透过烟雾凝视着自己
当窗帘隔绝了星海的喧嚣
灯下翻开褪色的照片和字迹。

这首诗的特点是通过意象来暗示情绪。但是由于接受者个体的不同，情绪就会相应产生不同的反应，形成诗歌的多解。这也是人们认为诗歌“朦胧”的原因。

比如读者从“用抽屉锁住自己的秘密”中至少可以生发两种不同的解读。一种是北岛自己解读的，他自己说道，小时候因为有了一个独立的抽屉，特别高兴；另一种解读，可以是不想让别人知道自己的秘密。第二句写的是人与书的交流。有自己喜欢读的书，写批语，是一种快乐；另外一种解读，可以是由于没有交流者，自己只好在书上写下批语。所以，这首诗的解读，最终可能会有两种，一种是一个小孩感受到自由，他可以有一个独立的抽屉，写秘密，有自己爱看的书，可以写信给朋友，随意观看路人，打电话。长大了，可以抽烟，去看戏，然后还可以拉起窗帘，看老照片和旧文字。因为诗歌写作时间并未特别注明，读者在解读时，可以忽略诗人写作时期在北京，将此诗嫁接到北岛在海外的时期。那么故事发生了另一个极端的转折：不愿意让别人了解自己，于是把自己的秘密锁住；没有人与自己交流，自己就与书交流，或是写信；想与行人说话，但是无人搭理，于是又投硬币，渴望与人交流，然而都没有；向老头要烟，或者说，他内心有深深的苦闷；轮船拉响汽笛，可象征生活的持续；在剧院门口的穿衣镜看自己，意味着自己看到自己的孤独；随后的“隔绝”“翻开”两个动词，仍然可以看作是一个孤独者所为。

这就是北岛诗歌意象的一大特色。如果没有特殊的语境说明，读者可能会读出截然不同的两种感觉。个体获得自由的快乐与孤独者的悲哀结合在一起。所谓朦胧，不过如此。

那么，北岛其他的诗，到底是冷峻还是快乐呢？

《太阳城札记》是北岛一组可以称之为代表作的意象诗。这组由 14 首诗组成的诗歌的表现方式的影响不亚于《回答》。后者主要是表现个人的觉醒，它是用箴言与口号、宣誓组成的铿锵有力的诗篇。而前者是通过意象来表达对于一些大词，如生命、爱情、自由、孩子、姑娘、青春、艺术、人民、劳动、命运、信仰、和平、祖国、生活等的形象化思考。二者表现方式不一样。特别在人们把诗人当作代言人，诗歌以歌颂领袖为主的时代诗风中，这组诗突围而出，表现出意象诗的另一些特色。

从形式看，诗歌句子可长可短。短的如《生活》，只有一个字“网”。诗歌取了画面，没有任何的说明或抒情，连一个定语都没有，直接呈现生活处在焦灼和胶着的状态中，人无处可逃，这就是生活。也可以是短句，如《生命》只有一句诗，“太阳也上升了”。这是一句省略了前句的诗，这首诗可以看作太阳象征生命：生命像太阳一样，也上升了。也可以读成：生命上升，太阳也上升了。利用一个句型，进而完成“格式塔”完形填空。

再如《自由》这首诗，由两行组成。一行为动词，一行为名词，

飘

撕碎的纸屑

飘，并非意象，它可以托付给“纸屑”，那么自由就像是撕碎的纸屑在飘。这是第一种解读。自由是一种漂浮的状态。撕碎的纸屑，如果当成一种暗喻的话，说明自由是没有尊严的，它是凌乱的，是漂浮状态，不着边的。另一种解读：“飘”之前，可以补充主语。什么在飘？风在飘，旗在飘，或者自由在飘。自由是没有拘束的，然而，与“撕碎的纸屑”形成张力。撕碎意味着被破坏，那么自由就像是撕碎的纸屑。它本来是有价值的，最后被人为破坏，成了废物，被抛弃。这种解读，会给读者带来沉重的感受。这样会给自由以多重含义。所以，这首诗同样有两重，甚至多重意思。以此类推，其他的短诗里可做如此解读。

再比如《祖国》，其中有两句诗用了拟人的方式，用青铜的盾牌象征战争的历史性，由此获得“祖国”的称谓，然而，它并不为现实所重视，“靠着博物馆发黑的板墙”。这首阴冷的诗歌与之前红彤彤的“祖国颂”呈现出完全不同的色调，这些意象的设置，无论是历史性还是色彩的取舍，诗人都有所暗示，以区分先前的诗歌写作，甚至区分于同时代诗人，如舒婷的《祖国啊，我亲爱的祖国》。

意象诗有的是意象叠加，有的是一个主要意象反复使用，诗歌的目的是强调统一意象产生的逻辑关联。如《孤儿》：

我们是两个孤儿
组成了家庭
会留下另一个孤儿
在那长长的
影子苍白的孤儿的行列中
所有喧嚣的花
都会结果
这个世界不得安宁
大地的羽翼纷纷脱落
孤儿们飞向天空

这首诗的主题带有比较明显的存在主义思想。孤儿，并非传统意义上的没爹没妈的孩子，诗人强调的是一个没有根基，没有传统，没有依靠的人或文化这样的现象。在另一首《无题》中，抒情者强调自己是世界的“陌生人”，也是“自己的陌生人”“我的影子是我的情人/心是仇敌”。影子是可有可无的，心是矛盾而分裂的，而“陌生人”则是分裂的自我。人与人无关联，是孤儿；人与自己无关联，那么就是陌生人。这一时期的诗歌意象，在主旨设计上颠覆传统文化特征。

《在天涯（诗选・1989—2008）》是北岛海外时期的诗歌作品。与母语环境脱离，最为明显的就是诗歌更加偏向意象的组织，北岛早年诗歌中流露出的情绪或语调，几乎被清理干净。如果说他的诗歌仍存有画面感，那么这画面趋向变形。如《无题》：

苍鹰的影子掠过
麦田战栗

我成为夏天的解释者
回到大路上
戴上帽子集中思想

如果天空不死

诗歌中的主要意象来自天空、大地以及人。诗歌用了倒装句。如果天空不死，意思大约是用天空来象征着正义，或某种至高的精神。因此，苍鹰（代表有高度的事物、生命）在高空飞，影子投影到麦田中，麦田（代表弱于苍鹰的事物或生命）看见苍鹰的影子都会感到害怕。自然当中的人，夏天（象征火热的事物）的解释者（能够看懂万事万物的人），回到大路上，“大路”也许是“大陆”的谐音，或是主要干道，戴上帽子集中思想。

与早期的诗歌相比，北岛这个时期诗歌的意象结构方式在空间上有了更大幅度的跳跃。主题貌似离开了中国现实，但又有一些隐隐约约的含义。这些含义表现在他的大词的使用上。相比这一时期的中国大陆诗歌写作，诗人们多回到生活的边缘，远离政治，连暗示都不太有，转向叙事性写作，转向口语化表达，写小人物的作品相对较多，北岛的诗歌实际上还在 20 世纪 70 年代末的主题上滑行，但是抒情主体与世界的关系发生了变化。这时，抒情主体已经不是《回答》中那样一个拯救人类和社会的英雄形象，而是一个旁观荒谬的写作者。在他的诗中，意象相对简单。

如《战后》：

从梦里蒸馏的形象
在天边遗弃旗帜

池塘变得明亮
那失踪者的笑声
表明：疼痛
是莲花的叫喊

我们的沉默
变成草浆变成
纸，那愈合
书写伤口的冬天

第一节诗，主题省略，这是北岛惯常的诗歌写作方法，指的是战争结束，就像一场在梦里提纯出来的情景。“旗帜”与战争相关，“天边”指距离遥远。那么，省略的主语视作“战后”。诗歌描写战争后的自然与人的状态。写作中，诗人将自然与人放在一个相同的环境当中。池塘变得明亮的原因是因为有失踪者疼痛的笑声，他们来自莲花。莲花的叫喊与失踪者的笑声形成一对对应的关系。而第三节，“我们”处在变化中，我们的沉默变成草浆，变成纸，也就是说，见证人看到后，会想办法书写，通过书写，使战争的伤口愈合。

综观北岛诗歌中的主要意象，如果进行简单的分类，出现频率较高的有：（1）时间意象：黑夜、太阳；（2）生死意象：死亡；（3）物体（家）意象：窗户、门、镜子、炉火、书、玫瑰；（4）自然意象：天空、大海、地平线、梦。

结合具体诗作，有的意象简释如下，“以太阳的名义/黑暗在公开地掠夺/沉默依然是东方的故事”（《结局或开始》）中的“太阳”象征正义、权力，“黑暗”意味着腐败、罪恶，“东方的故事”代表中国人含蓄的传统习惯、等级制度或礼让等。“是谁在等待/一次预约的日出//我关上门/诗的内部一片昏暗//……/钟表零件散落/在王室的地平线上//事件与事件相连/穿过隧道”（《黑盒》）中，“预约的日出”指示非自然现象，而是人为的期待，而地平线象征阴与阳交接之处、黑暗与光明的界限、命运的偶然性。“我对着镜子说中文”（《乡音》）“我们不是无辜的/早已和镜子中的历史成为/同谋，等待那一天/在火山岩浆里沉积下来/化作一股冷泉/重见黑暗”（《同谋》）中，“镜子”象征不真实的、映照的、孤独的物体。

相对早期诗歌而言，北岛后期的诗歌基本没有庞大的构思，意象有时不是主要的诗歌构成成分，如《完整》一诗：

完整的一天的尽头
一些搜寻爱情的小人物
在黄昏留下了伤痕

必有完整的睡眠
天命在其中关怀某些
开花的特权

当完整的罪行进行时
钟表才会准时
火车才会开动

琥珀里完整的火焰
战争的客人们
围着它取暖

冷场，完整的月亮升起
一个药剂师在配制
剧毒时间

这首诗有五次强调“完整”。完整的前提应是残缺的存在。第一节写的是小人物渴望完整的爱情，可是到黄昏的时候发现它有伤痕，黄昏也可视作人的一生。对于人来说，睡眠是生理需要，它应该是完整的。然而天命并非让人人如此，它只给某些植物开花，某些无花可开，植物可以理解为人，开花可以理解为成功顺利、璀璨的一生。第三节诗歌发生转折，完整所搭配的词不是褒义，而是贬义。“完整的罪行进行时，时间才会准时，火车才会开动”，也就是说，当社会上荒谬横行时，本该正常的事情不正常（时间本来就应该准时的，暗示时间在良好的世界中准时过），人们见怪不怪。第四节，“琥珀”象征过去的产物，琥珀里的火焰是美丽的，然而它没有了温度。战争的客人，这是奇特的搭配，战争中只有杀手、斗士、将军和死亡，而这里写他们摇身一变，成为客人，仿佛是与战争无关的人。“完整的月亮”，诗人不写圆月，也是为凸显表达的奇特，呼应前四节的完整性，这一节把诗歌的色调拉冷了。从黄昏、爱情的发现，到月亮升起，人们不仅发现了伤痕，而且药剂师制的不是治病的药，他在配制剧毒，用他的能力给人们带来灾害。这首诗歌里的“完整”，给我们看到某些问题和荒谬现象。虽然诗人没有针对具体的事件，但内容非常深刻。

后期诗歌中，意象偏向政治性的大词相对较多。抽北岛1997—2000年的诗歌为样来分析——《使命》里面所有的词：迷路、时代、逃亡者、翻墙、辩论、告密者、红色睡眠、风暴；《转椅》里的：阴影、太阳、正午、险恶、自由、借光、照明、盲人；《开锁》里的：光芒、灯笼、说谎、刽子手、空房子、窗户打开，密码、破晓。第五辑中，如《读史》中的：暴动、敌意、守护、黑暗、革命、信仰、欲望、王位、文明；《过冬》中的：醒来、鼓声、烈酒、黑暗、债务、亡国之君、暴动等。

北岛后期的诗歌，有的重复早期的主题，比如《乡音》，可以看作对早期作品《祖国》的呼应。但是全诗不是通过意象叠加营造意境，而是通过貌似不关联的意象组合暗示特殊的场景：

我对着镜子说中文
一个公园有自己的冬天
我放上音乐
冬天没有苍蝇
我悠闲地煮着咖啡
苍蝇不懂什么是祖国

我加了点儿糖
祖国是一种乡音
我在电话线的另一端
听见了我的恐惧。

在北岛的诗歌中，远离祖国时的写作，与人在祖国时的写作远远不同。《乡音》这首诗里，乡音不是一种声音，指代祖国。与《太阳城札记》中同样表现祖国的冷色调所不同的是，他用了戏剧性方式，塑造了一个对着镜子说中文、煮咖啡、听电话的思乡人，他的这些动作，使读者与写作者意识到如果没有祖国关心，那将是一种令人恐惧的事情。因为有了恐惧感，这首诗更像一首令人心痛的爱国诗。

除了那些带有政治色彩的诗歌，北岛还有一些短诗描写都市风光，或者谈论诗艺。也有一些诗似是对其他诗人的致敬，如他有一首与庞德同名的《地铁车站》。

那些水泥电线杆
原来是河道里漂浮的
一截木头
你相信吗
鹰从来不飞到这里
尽管各式各样的兔皮帽子
暴露在大街上
你相信吗
只有山羊在夜深人静

成群地涌进城市
被霓虹灯染得花花绿绿
你相信吗

这首诗与庞德的《地铁车站》的不同之处在于，庞德的诗句虽然只有两行，但是意象高密度叠加，制造出行人与幽灵间迷离虚幻的感觉。而北岛的诗歌采用三个并列句式“你相信吗”，表达城市没有生机的生活状态，或者说，更直接地表达对城市生活的厌倦。

北岛也有关于诗歌艺术的讨论。如《关于传统》：

野山羊站立在悬崖上
拱桥自建成之日
就已经衰老
在箭猪般丛生的年代里
谁又能看清地平线
日日夜夜，风铃
如纹身的男人那样
阴沉，听不到祖先的语言
长夜默默地进入石头
搬动石头的愿望是
山，在历史课本中起伏。

这首诗仍然是通过对自然界的描写来阐释对于观念的理解。在北岛看来，传统就像是一头站在悬崖上的野山羊，因为有了拱桥，它的奔跑、它的能力不足为奇，所以它被人忘记，它“衰老”。在野性十足的年代，谁看得清楚人世间的一切？能发出声音的风铃（象征现代人）也阴沉不说话，古代传统的东西无法抵达现在的人中间，于是，长夜里人人沉默无声，就像进入石头的世间。给世界希望的是山，它存在历史课本当中，它象征着永恒不变的历史的精华，只有它才可以搬动石头，打开人们锁闭的思想。

北岛在处理意象时，与同时期的诗人不大一样。如果说北岛喜欢用偏向政治、社会哲学领域的大词，那顾城相对喜欢用自然意象的词语，舒婷相对喜欢用地域色彩比较鲜明的意象。在意象组接的方式上，北岛和舒婷的差别也很大。读者知道北岛有一首《一切》，舒婷有一首回应之作《这也是一切》。对比这两首诗，可以看到北岛与同时代诗人在意象处理上的不同特色。

一切都是命运
一切都是烟云
一切都是没有结局的开始
一切都是稍纵即逝的追寻
一切欢乐都没有微笑
一切苦难都没有泪痕
一切语言都是重复
一切交往都是初逢
一切爱情都在心里
一切往事都在梦中
一切希望都带着注释

一切信仰都带着呻吟
一切爆发都有片刻的宁静
一切死亡都有冗长的回声

北岛的诗歌不是简单的意象叠加，他的意象组合时，为的是突出暗示效果。如上文的《一切》中，他采用排比句，气势磅礴地表达了对世上所有事物（一切）的认识。诗歌的前半部，强调所有的事物都是有规定的，都是空幻的，所有的过程都是辛劳的。接下去描写生存的过程，写出的不是快乐感，而是生活带来的不快乐感，甚至爱情，在心里的爱情，生发了，但不敢表达，这其中是有障碍的。“一切的交往都是初逢”，他没有感受到人与人之间的交往，是心与心的交流；“一切的希望都带着注释”，希望是不能自然而然的实现的；“一切的信仰都带着呻吟”，他不是一个浪漫的理想主义者，而是现实中的思考者，他认为生活给人带来一定的痛苦。

舒婷的《这也是一切》，意象表达与语言语调处理明显与北岛有区别：

不是一切大树
都被暴风折断，
不是一切种子，
都找不到生根的土壤；
不是一切真情
都流失在人心的沙漠里；
不是一切梦想

都甘愿被折掉翅膀。
不，不是一切
都像你说的那样！
不是一切火焰，
都只燃烧自己
而不把别人照亮；
不是一切星星，
都仅指示黑夜
而不报告曙光；
不是一切歌声，
都只掠过耳旁
而不留在心上。
不，不是一切
都像你说的那样！
不是一切呼吁都没有回响；
不是一切损失都无法补偿；
不是一切深渊都是灭亡；
不是一切灭亡都覆盖在弱者头上；
不是一切心灵
都可以踩在脚下，烂在泥里；
不是一切后果
都是眼泪血印，而不展现欢容。
一切的现在都孕育着未来，
未来的一切都生长于它的昨天。
希望，而且为它斗争，

请把这一切放在你的肩上。

舒婷也偏爱使用意象，她的诗歌更多采用物象，而不是围绕在光明与黑暗、昏睡与苏醒的这些活动中，舒婷会把人与人之间的温情灌注其中。她在语言上没有使用决绝的语气，而是用否定句式。她也并非一句句对北岛的诗歌进行反驳，而更像是补充。她的心态，如她的诗歌一样，对社会、国家、人民有着滚烫的爱，对理想有明确的追求。

北岛诗歌主题多针对形而上的问题，带有强烈的思辨性。意象大多选择与政治、哲学、社会有关的词语，组合的时候，很容易让人看出光明与黑暗、正义与邪恶的对抗。借助意象构成画面，展开形象的思索，这是北岛意象诗歌的特色。因此，笔者认为把北岛当作意象诗人，比称呼他为朦胧诗人更准确，更妥帖些。

三

北岛在中国当代诗歌发展历史上已经成为一个时代的诗歌标志。他是中国诗歌转折期出现的一位代表性诗人。如果说胡适用《尝试集》打开了中国白话诗歌的大门，郭沫若是第一进门，艾青成为第二进门，之后的政治抒情诗写作是房后的菜地，那么北岛的诗歌启开了一条通往花园的小径。

北岛的出现得益于他所处的混乱时代。十年浩劫，乃至之前的政治运动，尽管它们给大多数的中国人带来灾难与生存的困扰，北岛虽然也困在其中，但时势造英雄。当北岛和他的诗友们用语言把对一个时代的记忆与认识表达出来，使大众读者陌生、震惊之时，他和他的诗友们成为文学的一个新标杆。至于北岛诗歌异常晦涩的原因，可以说除他本人内敛的性格外，也有时代在他身上留下的印记。他个人有着强烈的渴望，从文学大众化的道路上走回个人小径，起先他不是想抛弃读者，而是更愿意让文学回归到文学的本位。所以说，北岛选择复杂意象而构成的意象诗写作所导致的情绪的暗藏与意义的晦涩，原因多重。

北京时期的北岛诗歌，最重要的一个特色是，通过大量的隐喻化意象，把政治写进诗歌中，表现出青年人的不甘愚昧和觉醒意识，伸张了强大的英雄主义与理想主义精神。北岛因此被读者认为是走在一个缓慢发展时代前面的先锋诗人。最为读者所记住的是《回答》和《一切》①。那时人们习惯把诗歌当作号角、战斗的匕首的观念还存在，所以，在读者记忆中的诗人北岛，就是启蒙者北岛。然而纵观北岛更多的诗歌，你会发现，他只是在一个特定时期被人们当作了启蒙者，他与大多数读者其实一样，也是一个困惑者。他的困惑比一般人甚至更多、更明确，如表现人与世界的紧张关系的这类诗歌比比皆是。海外时期的北岛，虽然用汉语写作，但因为他与汉语社会有了一定的空间距离，促使他的写作转向内心，转向幽微敏感的潜意识，碎片化，闪烁不定。对一个远离祖国的写作者而言，个人性的母语写作已经不重要，没有丝毫的影响力。可是一个写作者远离祖国，而仍然使用汉语的写作，是孤寂至极的写作。北岛的写作这时呈现出异常尴尬的状态。他的激情不得不压成冰川，他想开口向大众言说，最后也

---

① 笔者做过一个小调查，不少的朋友都记住了“墓志铭”这个词，并把它当《回答》的标题，可见，意象更容易使读者记住一首诗。

不得不自言自语。这或许能说明他后来诗歌主题和用词相对重复，写作似乎走入困境的原因。我们在其后期的诗中，看到抒情主人公一次又一次归来，从海的中心，从地平线，从风暴中来。这些自然意象里显然有他的个人性的意念存在，就像麦地之于海子。大海是北岛的无边无际的潜意识，风暴是他思想的某个集结点。

北岛曾经与记者有过一段对话。谈到他早期的诗歌创作，并对比海外的创作，《北岛答记者问实录》① 可作参考：

> 记者：你怎么看自己早期的诗歌？
>
> 北岛：……那时候我们的写作和革命诗歌关系密切，多是高音调的，用很大的词，带有语言的暴力倾向。我们是从那个时代过来的，没法不受影响，这些年来，我一直在写作中反省，设法摆脱那种话语的影响。对于我们这代人来说，这是一辈子的事。
>
> 记者：你现在的诗和出国前的诗有什么不同？
>
> 北岛：我没有觉得有什么断裂，语言经验上是一致的。如果说变化，可能现在的诗更往里走，更想探讨自己内心历程，更复杂，更难懂。有时朗诵会上碰到中国听众，他们说更喜欢我早期的诗。我能感到和读者的距离在拉大。

北岛早期的诗歌《回答》《一切》《履历》等都适合朗读，意象化写作强化后，诗歌凸显画面感而相对忽略音乐感，思辨色

---

① 老枪：《北岛答记者问实录》，参见 http：//www. 360doc. com/content/10/1111/19/2529883_ 68559078. shtml.

彩强于抒情色彩，用形象化的语言表达哲理。在那个语言单一的环境中，北岛还是受到欢迎的。他的诗触及大众的感受，有较为新鲜的感知，在诗歌主题上打开了写作的另一个空间，从所谓的现实主义主题中抽身。北岛的诗开启了知性诗的写作道路。

细究北岛海外的诗歌影响力式微的原因，有如下几点：1. 远离国人关心的话题。北岛离开了酝酿他诗情的国土，在海外过着流光掠影的生活，用汉语写出来的诗歌没有恰如其分地与中国生活接地气，被人们依旧当作 20 世纪七八十年代的诗人，何况“李杜诗篇万口传，至今已觉不新鲜”，也是自然的文学现象。2. 北岛个人的审美观也发生了变化。因为与异域文化的接触、交流，远离中国的北岛也会反思自己当年的写作，他甚至为此表示后悔。他所崇尚的是瑞典诗人特朗斯特罗姆等人的诗歌，他们用意象暗示内心情绪，表达自己的感知，并无关社会、国家、命运等大前提的写作，对北岛也产生了很大的影响。而且海外的生活，使他也逐渐认识到个人的力量有限，有些写作会让自己永远回不了家，无法见到思念的亲人。出于现实的需要或对自我的反省，北岛在隐晦的写作道路上越走越远，离中国诗歌风尚越来越远，也就离普通读者越来越远。但是北岛诗歌给中国诗歌提供了狭秘的个人体验与世界性的诗歌视域，它们凸显人与世界的紧张感，表达个体的孤独感受，意象叠加或奇特组合中暗示抒情者难以言说的情绪，使用大词，使读者在他的诗歌中看到一个时代、一片地域的投影。海外时期的诗歌每一首都有一个深远的故事，有不方便言说的一些景，有隐秘的内容。这些使他的诗歌语言像是现代舞者，总是大跳，又仿佛钢架与钢架的交织，读者只能窥见其貌，而触及不到他敏感的心跳。

我觉得，肯定北岛早期诗歌的影响是必要的，他的诗歌风格，他的表现方式，他在青年诗人当中所产生的影响力毋庸置疑。但也要客观认识到北岛个人影响力发生之后的写作。他不是海子，他是他自己，他因拥有盛名而远走他乡，用汉语写作，在中西诗歌世界中穿行，他把最优秀的西方诗人介绍给中国读者，而他自己，更是中国当代诗人里面最为特殊的一位。他的诗由愤青式的激情发泄，无奈的颓废转为内敛成熟。从举着旗反抗的年轻人，转变为看着刀光剑影而从容淡定的学者。

因此，北岛的成就不止于新时期，也不止于新诗。在他的一生中，新时期是他发声的一次最佳时机。无论是诗歌争论，还是教科书中，北岛诗歌反复被提及的就是《回答》《一切》《生活》等。这些诗歌不足以概括他的诗歌风格。毫不夸张地说，用更多的材料还原北岛在当时的影响力，不是问题。然而，他后来作为潜流的存在，也需要特别重视。所以，人们会记得他的代表作的影响。对于北岛这样一个立体存在的诗人，尽管人在海外，不能在中国诗歌现场发声，但是他作为诗歌精神的存在有着三十多年的历史。不管北岛后期是否有优质作品出现，他为诗歌所有的努力，已经成为一个独有的中国当代诗歌现象：1. 以新潮诗人的身份出现，促使读者重新反思政治抒情诗之外的诗歌美学。2. 其海外经历，翻译及相关随笔的书写，组织国际诗歌活动，为大陆读者了解西方诗歌提供了最直接的途径。3. 北岛诗歌的功能性因被过分夸大而受到批评，成为当代诗歌界在反思研究手段时，首先需要反思的问题。

今天，当我们看到北岛重新进入公开的学术研究探讨，回归中国诗坛时，可以看到时代的进步。对一个热爱诗歌，并以之为生命的诗人来说，这是一次让他紧张的心灵得到放松的机会。站在人道主义的立场，作为后辈读者，我们对他的经历充满了同情、尊敬和敬佩。而且我们看到，尽管在海外的诗人可以选择各种生存方式，但北岛仍然选择了与诗歌、文学一起生存。他的国家意识全部都保留在文字当中，中文就是他除不去的根，不仅没有割断过，它们还从他的眼里蔓延到我们的眼里。

北岛有一首诗叫《波兰来客》，被读者们当作对一个过去时代的哀悼，也可用来做此文的结尾：

那时我们有梦，
关于文学，
关于爱情，
关于穿越世界的旅行。
如今我们深夜饮酒，
杯子碰到一起，
都是梦破碎的声音。

下篇

诗与思

当代口语诗的选择与走向

口语入诗并非当下诗歌作者的独创。自《诗经》的“风”吹起，历代诗人就有倾向于从民间取材，用俗语入诗的传统，以至于在中国近代的“诗界革命”中，黄遵宪等人提出“我手写我口”。“五四”时期胡适在《文学改良刍议》中谈到的“八事”就有“四事”有关新诗的语言，“务去滥调套语”“不用典”“不讲对仗”“不避俗字俗语”，其创作的《尝试集》就尝试走出一条通向民间语言的诗歌新路。刘半农、闻一多、徐志摩、朱湘、艾青、臧克家、冯至、田间、贺敬之等诗人，皆有口语入诗，使现代诗歌呈现出歌谣化、戏剧化和口号化的美学特征。作为一种诗歌潮流，口语诗自 20 世纪 90 年代以来，至今方兴未艾，随之也出现了不少问题，这对当今口语诗的思考显得尤为必要。

一、 当代诗歌口语化的选择

作为一种诗歌语言，当下口语入诗可以说出自四个方面：

一是当下文人对大抒情诗歌的反感。进入当代的诗歌在革命时期充当政治的工具，朗诵诗的流行使诗歌滥情现象严重。当诗歌因情感的空洞与虚伪在个人化的时代遭遇滑铁卢之后，有敏感的诗人就在考虑用什么方式既能重新获得读者，又能表达自己的独立思想或情感。与口语诗相对的为朗诵诗、韵文诗，韵文诗是讲究诗歌韵律形式的唯美诗，和朗诵诗一样，都是传统意义上的诗：它们追求铿锵有力或整齐规律的节奏，宏伟博大或阴柔优美的意象，按伊沙的话说，它们是诗歌的“男中音”，公共标准发音的“美声”唱法①。就朗诵诗来论，其作者的身份往往类似官方的发言人，人民的思想导师或是大合唱的领唱者。姚斯的接受美学理论认为，“每一部作品都有它自己独有的，可从历史学和社会学角度确定的读者，每一位作家都依赖于它的读者的社会背景、见解和思想”②。按照姚斯的理论，朗诵诗的读者群大致可以从历史学和社会学角度进行分类：一是“亚”教徒群。20 世纪初经历过战火硝烟或急风暴雨式的社会生活改造运动的读者，出于生存和保护自我的需要，普遍具有浓厚的集体意识。诗歌作者采用直抒胸臆的方式相对来说容易被接受，更何况那个时代的审美思维、审美方式和审美标准相对来说比较统一：作者引导读者，读者服从作者，从大我到小我，都习惯大合唱，歌颂太阳、光明、青松、英雄，习惯抨击黑暗、丑恶、敌人等。时代思维与审美思维的完美融合而诞生的朗诵诗，显然迎合了大众的心理习惯，并宣泄了大众的斗争情感。二是中间态群。20 世纪 60 年代前后出生的读者，多数人接受朗诵诗，因为他们从小接受这种教育，但是当这代人进入成年时，适逢中国知识界的思想大解放，人道主义、存在主义乃至后现代主义思潮，让作者与读者重新选

① 伊沙：《扒了皮你就能认清我》，见 http：//www. ceqq. com/MSJY/Mswd/MSJY-y001. htm.

② 蒋孔阳主编《二十世纪西方美学名著选》下，复旦大学出版社，1988，第 483 页。

择美学取向。解构传统美学是这一群诗人进入20世纪90年代初的最大特点。与新写实小说潮流几乎同步，诗人们在诗歌中重新审视个人在社会中的位置：英雄人物在大众舞台退场，小人物出场。与此相应的是这种作为导致作品语言相应发生变化——对大众话语的抛弃而选用个性化的口语。用个性化语言表达小人物的生存境遇，不失为一种新的表现方式。诗人于坚宣布要拒绝隐喻，“诗要言传，不要意会”①，这些反传统性的诗歌言论显然跟他的成长经历相关。当然，我们要知道口语化诗人对朗诵诗、韵文诗的反感并非出于生理上的反感，而是出于艺术革新的自觉。尽管朗诵诗、韵文诗同样有其生根的土壤，因为生活不可能将每个人改造得很独特，只要生活还有让人产生抒情的需要，有告知大家的需要，就会存在朗诵诗和韵文诗。然而，相对来说，当今口语诗的锋芒远远盖住了朗诵诗和韵文诗。

二是口语作为诗歌语言同样有所指伸缩空间。诗歌语言与日常语言有重合的部分，艾青在《诗的散文美》中说道：“口语是美的，它存在于人的日常生活里。它富有人间味。它使我们感到无比的亲切。”② 在该文中提到的一个句子“安明！你记着那车子！”就是这样的一句普通日常语言，令诗人艾青赞叹“这是美的，……能比上最好的诗篇里的最好的句子”。可惜诗人艾青没有进一步从语义上对日常语言如何成为诗歌语言进行分析，不然可以挖掘出语言更为丰富的内涵。就在这一句话里，我们至少可以读出三种语境：第一为普通便条上的日常留言。交代对方记住

① 于坚：《拒绝隐喻》，云南人民出版社，2004，第133页。

② 艾青：《诗论》，人民文学出版社，1980，第154页。

锁车、放车，或是开车等事件。第二为关系密切的恋人或友人之间的约定，暗示双方曾经发生过与车有关的故事，有抒情意味。第三为警告：在发生的凶杀案或是某一危险事件中，车子作为凶手与被害者之间的一个物证线索。在这三种语境中，第二、第三种具有文学性，前者具有诗意，后者带有叙事因素。也就是说，日常生活语言在某种情景下可以顺理成章地成为诗歌语言。艾略特曾提到诗有三种声音，第一是诗人对自己说话的声音；第二是诗人对听众的声音；第三是当诗人试图创造一个用韵文说话的戏剧人物时，诗人自己的声音，他在两个虚构人物可能的对话限度内说的话①。据艾略特的说法，又可进行另外的解读。如第一种声音，可看作安明的内心独白，那么，车子应该是给安明带来某种暗示性的回忆的物体，因为艾青说明过此为留言，他在接受上有可能忽视了此种情形。第二种声音中，安明充当了听（观）众，说话者与接受者在试图进行一种语言或情感上的交流。第三种声音，作为虚构的两个人物的对话，就是第二、第三种语境中所出现的情形。艾青认为这一句留言很美，我想就是因为作为诗人的他有美的眼睛和美的想象，因为他选择了后两种文学的情境，在口语中听到了诗的声音。可以这样认为，任何一个读者，只要他具备一定的文学想象力，在口语化的文字中同样会产生美的感受。

三是诗歌语言的高度压缩性与口语并不冲突。中国诗歌史上，在语言的雕琢上不乏苦吟诗人，也曾留下过贾岛与韩愈的

---

①［英］艾略特：《诗的三种声音》，载潞潞主编《准则与尺度——外国著名诗人文论》，北京出版社，王恩衷译，2003，第230页。

“推”与“敲”的炼字典故，“无一字无来处”[①] 的江西诗派作诗风格，但也有诗人崇尚“一语天然万古新，豪华落尽见真淳”[②] 的自然风格，另外还有诗人担心“雕镂太过伤于巧，朴拙惟宜怕近村”[③]。可见，诗语与口语有不容忽略的界限。口语如何成为诗语？从功能上看，口语是人们用来进行日常生活交流的语言，口语关涉情感、智性，只有从生活现象中提炼诗意，才可成为诗歌语言。那么，何为诗意？诗意就是能使我们对世界产生新的认识，产生一种从未有过的刻骨铭心或是会心一笑的东西，爱伦·坡所言的以“灵魂的升华作为刺激”[④] 的便是诗。诗在形式上可能以隐喻、反讽、暗示作为修辞方式。诗歌语言并不需要如律师的辩护那样严密的逻辑推理，也不能如一个智商有问题者的随意而烦琐的絮叨。诗歌语言的最高境界是严羽所说的“言有尽而意无穷”[⑤]。信息是否连贯与密集，表达是否明晰，这是对口语的要求，但不都是对诗歌语言的规定。英国的燕卜逊认为普通语言中存在一种“非常明显的，而且通常是机智的或骗人的语言现象”“一切白话陈述都可以说是朦胧的”[⑥]，可以这样认为，当口

---

① 黄庭坚：《答洪驹父书》，载陈良运主编《中国历代诗学论著选》，百花洲文艺出版社 1998 年，第 381 页。

② 元好问：《论诗三十首》，载《历代论诗绝句》，湖南文艺出版社，1991，第 158 页。

③ 戴复古：《论诗十绝》，载《历代论诗绝句》，第 158 页。

④［美］坡：《诗的原理》，载潞潞主编《准则与尺度——外国著名诗人文论》，第 15 页。

⑤ 严羽：《沧浪诗话·诗辨》，载陈良运主编《中国历代诗学论著选》，第 509 页。

⑥［英］燕卜荪：《朦胧的七种类型》，第 1 页。

语具备多重指涉，它就有产生出诗意的可能。此外，口语与诗语相比较而言，对韵律的要求不严，它与说话者的性别、性格、习惯密切相关，而诗语多有形象、意义和韵律上的约定。所以寻求诗意成为诗人们的要事。在口语和诗语中间，还有中间性的文体——谜语，谜语常用韵文或口语，语言简约，然而无人将它当成诗歌，因为谜语只需我们去寻找语言之后的确切物象，只要破解，不需要情感与理智的重新感受或发现，不需要包蕴诗意。

四是当今口语诗歌成就者的影响。当今口语诗的提倡者和成就者中，于坚、伊沙等诗人的影响力不可忽视。他们出现在海内外各种重要的诗歌会议上，发表各种有关诗歌的重要言论，如"盘峰诗会"引发关于诗歌写作立场的广泛论争，其中就有关于语言表达的争论。于坚提出的著名诗歌理论是"拒绝隐喻""诗歌之舌的硬与软"，还有他的《棕皮手记》也成为当代诗学的一部分。这些诗人获得各种文学奖项，如于坚先后获得《联合报》十四届诗歌奖、《人民文学》诗歌奖、首届华语文学传媒大奖、2002 年度诗人奖、2004 年新诗界国际诗歌奖，2007 年获得第四届鲁迅文学奖全国优秀诗歌奖。于坚从 1986 年发表《尚义街六号》成名开始，在文坛活跃了二十余年。这些诗人们除了通过写诗获奖、发表诗论等参与当代的诗歌活动外，他们还编辑重要的诗歌选本。除了每年编辑《中国诗歌年鉴》体现对口语诗的重视，近年伊沙编辑的《被遗忘的经典·诗歌卷》和《现代诗经》，在诗歌界有相当大的影响。口语诗的创作起先在北京之外的外省广大地区发生发展，如今烽火遍及全国，呈现星火燎原之势，乃至当今的杂志、学校诗歌社团，以写口语诗为诗歌界当时之时尚。虽然一时出现过"梨花体"的戏仿，但作为一个网络事件很快就烟消云散了，这一民间的戏仿行为促进了诗歌写作者对口语写作缺失的自觉思考。

不可否认，时代、语言、诗作者、接受者个人因素等原因促进了口语诗的繁盛。

在口语诗写作群当中，创作者的知识结构比较复杂，有的自称来自于西方文学，有的在恶补中国传统文化，而有的年轻作者仅在当前口语诗的影响下启蒙，对其他种类的诗了解不足，趋众心理导致的盲目模仿成为当今口语诗写作者的一个障碍。我认为，对其他诗人的影响感到焦虑才能真正推动文学创作有意义地向前发展，因此，我们有必要辨析口语的特性，进而确定当代口语诗的诗性所在。

二、 作为口语诗语言的口语

口语作为口语诗的表意工具，如果要确立它的特性，有必要将它和口头语、口号、忌讳语等概念加以辨别。

口语与口头语。口语区别于书面语，是“谈话时使用的语言”①。用口语写诗，能表现诗歌通俗易懂的一面，在表意的方式上采用的是非抒情即交谈或自语的形式，传达信息，显示其叙事功能。口头语是“说话时经常不自觉地说出来的词句”②，口语与口头语的差别在于自觉与不自觉。因而简单地认为口头语写成

① 中国社会科学院语言所词典编辑室编《现代汉语词典（第6版）》，商务印书馆，2012，第747页。

② 中国社会科学院语言所词典编辑室编《现代汉语词典（第6版）》，第746页。

的便是口语诗，这种理解纯属误解。口语交谈寻求对方的理解，而口头语不一定用于交谈，是语言表达的一种无意识方式，与个人的表达习惯有关。作为诗歌表达工具的口语，显然不能不自觉地言说，而必须高度自觉地表达诗意。如伊沙的《结结巴巴》①：

结结巴巴我的嘴/二二二等残废/咬不住我狂狂狂奔的思维/还有我的腿//你们四处流流流淌的口水/散着霉味/我我我的肺/多么劳累//我要突突突围/你们莫莫莫名其妙/的节奏/急待突围//我我我的/我的机枪点点点射般/的语言/充满快慰//结结巴巴我的命/我的命里没没没有鬼/你们瞧瞧瞧我/一脸无所谓

这首诗用口头语写成，甚至是模仿一个结巴者的口头习惯写成的。要知道，口头上的结巴，是出于不自觉的生理疾病，而作为诗人，他之所以用文字描摹这种结巴，一定是出自内心的诉求：或是对某类抒情诗人的嘲讽，或是对某种状态的一种强调。写作者的文字是不会结巴的。自伊沙写了这首诗，没有一个渴望成功的写作者再用口头语去模拟结巴了。如果诗歌语言只以口头语为鹄的，就像是一个语言研究者的调查笔记，或是一个人口流通量大的车站，充满各种方言的表达程式，不是很利于诗歌的理解与接受。

口语与口号。口号在大众媒体上重复一千遍就有可能在民间大众中广泛传播，在民间土壤里根深蒂固以至于成为流行语。这

① 伊沙：《被遗忘的经典诗歌》下卷，太白文艺出版社，2005，第3页。

种做法就如商人投入大量的成本来为商品做各式广告一样，给人们的视觉或听觉上造成较大规模的冲击而达到一种暗示购买的作用。口号作为日常化生活的一部分，自然也可以成为口语词汇中的一部分，所以即使没有文化的人说出深奥严肃的政治词汇也不足为奇。“民歌大跃进”时代，口号入诗就成为当时的一种时尚。

口语与忌讳语。在社会道德规范和风俗习惯中，有的词语是有忌讳的。同样，在诗歌中，有的词语并不适合以书面或文字的形式表达。因为文本的永久性毕竟和口语的瞬时性不一样。日常交谈用口语是沟通的需要，是为瞬间了解的需要，而作为文字的诗歌最后是以艺术品的形式留给读者，应该是可以反复品味的，作者与读者的关系不似对话者那样，他们缺少直接交流的可能，因此也丧失了及时调整语言和表达方式的可能。我个人认为，有一些造成人身攻击的词语或是人体某些带有性别特征的词语，是不宜出现在诗歌中的。“下半身”诗歌的创作者尽管有其存在的一些意义，宽容地说，他们以反叛某种诗歌风格的创新者的姿态出现，他们标榜自己反对上半身，反对诗歌中的理性因素，而强调突出人体的肉欲。这一理论只有“片面的深刻”，非常容易反驳。如果诗歌没有思考，他们为什么要理性地强调下半身，并且在诗歌中刻意地凸显一些与性与欲有关的词汇。对肉欲的迷恋和表现，就是他们的诗歌倾向，也可以说是他们的诗歌立场。然而我觉得对这种立场的张扬是不必要的。人体器官有很多，“下半身”诗歌的创作者非要将一些隐秘的人体器官词汇写入诗中，描绘写作者的某些私人生活，并恣意带有挑逗性地去叙说。站在接受者的立场，可见这些写作者体现了一种偏执狂、暴露狂的心态，他们的“创新”只是暴露性的大胆而无其他。我觉得，这样的写作是不宜提倡的，它会把诗歌逼上了堕落之路。

三、 作为口语诗的诗

确立口语诗的诗性，才能把握诗歌向前发展的走向。何谓诗性？诗歌是语言的艺术，诗歌应该给读者带来情感或理智上的冲击，由于它与小说、散文、戏剧等偏重叙事的文学体裁不同，它不需详细地展现情感或理智发生发展的每个过程。诗歌拥有在语言上的跳跃或省略的权力，同时还拥有诗歌意象多重可解的可能。诗歌有自然的节奏韵律，不一定押韵，可是要有诗的发现。当今的口语诗歌中，于坚的诗歌是一个典范。如果说《〇档案》还是戏拟政治生活语言的话，他的《女同学》《尚义街六号》等就通过口语呈现出生活流态势。李亚伟的《中文系》、韩东的《有关大雁塔》、伊沙的《车过黄河》则将口语表现日常行为作为一种范式，成为当下大学生的学习范本。很长一段时间以来，口语诗写作概念虽已提出，却没有定义，它和非韵文诗歌又有何不同呢？

不妨澄清一下口语诗与散文诗、自由体诗歌概念的差异。

口语诗不是散文诗。散文诗不要求有诗歌的排行，但力求内容精练，紧凑，有一定的抒情性或叙事性，它不排斥运用象征、暗示或排比、意识流等口语诗少用的诗歌修辞方法，如果说口语诗较多展现外部生存世界，散文诗则较多揭示人的内在世界。那么，口语诗与自由体诗又有何关系呢？口语诗是分行的，诗行是自由排列的。从体式上来说，口语诗应属于自由体诗。但是自由体诗一般是指自郭沫若、艾青以来的诗人创作的诗歌体式，相对格律诗、新格律诗而言，音韵不追求整齐合一，而是遵循诗歌内在音节与韵律，口语诗更强调说话的语调、语气、语境而形成的自然节奏。

口语诗还不同于民歌民谣。民歌民谣的语言同样是口语，由于口口相传是其流传方式，因此可改性强，没有稳定的文本形式。而口语诗至少是有名有姓的文人的自觉创作，是原创，文字基本固定，经发表后就成为正式文本，可改性不如口头流传的民歌民谣。民歌民谣为了记忆的方便，采用谐音或押韵的方式，这并不一定是口语诗必须遵守的创作规范。

口语诗的特点应该是什么？语言节奏自然；表达朴素，少修饰；在传达上重视意旨而淡化意象，重视反讽而轻色彩造型；注重日常生活中的诗意；注重作品的原创性，典故与承袭的因素较少。这是当今口语诗歌的几个重要美学特征。

四、 口语诗目前存在的问题及解决策略

当今口语诗的勃兴，打破了自朦胧诗后诗歌沉寂的现状，七情六欲，奇思怪想，个人体验都在诗歌文本中出现。题材的多样化，主体的多元化及其身份的多重化，应该给口语诗带来一个广阔的发展空间，但是在这个空间中，有暗角和阴影出现。

（一）口语诗歌目前存在的问题，限制了口语诗的发展

首先是大众化与文学性的问题。

口语入诗，因其使用亲和大众的表述方式而带动了诗歌写作，网络写作与发表的自由，使口语诗作者得到十分宽松的创作

环境，因而口语诗歌也异常容易地步入仿制写作的圈圈中并遭非议。在某些人笔下，口语诗类似于一种不需太多准备的快餐文学，或是模式化创作。睁眼就成文，开口便是诗，诗歌成为感官而非大脑的一部分。口语诗的繁荣必然产生良莠不齐的现象。况且文学史常常出现这样一种情况：文学一旦大众化总是会使文学的本性变得可疑，历次文学大众化都相应付出了部分牺牲文学本身价值的代价。因而，无论是创作者还是批评者在强调口语诗大众化的同时需要有艺术价值上的保留。

其次是修辞单调与写作随意的问题。

口语的生动活泼能为诗歌带来情境与形象，同时口语并不排斥使用修辞手段。交际有技巧，说话同样要有技术，不是能表达出“你”“我”“他”的人称指代或是吃喝拉撒等生理需要就说明人会说话。语言环境的营造就是说话人智慧的体现，口语诗的成功同样需要有一定技巧，它能使口语从生活中提升，使之蕴藏诗意。只不过有的诗人将小技巧藏起来。尽管于坚不断地大声“拒绝隐喻”，他的代表作《〇档案》本身就是一个对社会体制的暗喻，伊沙在《饿死诗人》那样的诗歌中也将反讽用到了极致。一般说来，修辞的单调性会导致诗歌风格的单一性。修辞的单调制约口语诗的深度表达。

写作的随意性同样会导致诗歌深度欠缺，也将制约诗歌对生活现象的提升。何谓深度？口语的深度主要是指创作者思想的深度。在《女同学》《中文系》《结结巴巴》等口语诗中，通过对人性的展示，对教育问题、社会现象、人性弱点等方面的反思与反讽，呈示了诗人作为创作者观察生活的深度与力度，也成为当代口语诗的一大特点。可是众多模仿者却着力于表现生活画面，忽视了对个人灵魂的叩问与揭示。

只注意了口语的表意性，而不注意口语的纯洁与深度，这会让口语诗走向低俗或成为垃圾文化的装饰，尤其有的写作者抱着口语排行便是诗的想法，将乌七八糟的，只要进入脑袋的词语都认为是闪现的诗歌语言。这样的结果是使诗歌沦为口语的游戏对象。口语能否写成深刻的诗篇？这是考验当前诗人们的一大难题。

还有，口语诗的不敬与不净现象，是影响目前口语诗发展的另一个瓶颈问题。因为诗歌美学发生了时代性的转向，诗歌作者对社会的态度由严肃变为调侃，口语就像是一条没有经过净化的河流，垃圾、废水四处弥漫。这条河流里，漂浮在水面上的有能够在太阳底下经过暴晒的思想，也有不堪一击的人体羞处，人与人之间没有等级观念，没有年龄观念，没有制度规则。从褒义上说，这是一个自由世界。然而，当真没有任何观念束缚，诗歌可能会丧失数千年历史发展中沉淀下来的一些可贵的东西。口语诗的一部分作者认为要向这个社会发出叛逆之声，然而，他们很多时候更倾向于以一个性解放者的形象出现。在我看来，“五四”时期郁达夫的《沉沦》中对青春苦闷的大胆描写表现出那时的先锋姿态，但在我们这个道德观念相对薄弱的时代，此种举动相对显得过于夸张，最终使叛逆这一具有强烈文化个性的举动流于庸俗。就如“下半身”代表诗人尹丽川的一些诗，如果说存在一定价值的话，那就是她的作品中表现出一个叛逆社会、叛逆家庭、叛逆道德的坏女子形象。我们现时的读者会宽容作为诗人的尹丽川，也许还因为她是一个有才华的导演，一个多面手。在狭义的道德世界中，假设有一天，她的父母、子女读到这些诗，她的母亲和子女会怎么想？在性叛逆丧失其新鲜性和新潮性的时候，读者又会怎么想？不敬与不净的诗会在某一个特殊环境中造成轰动的效应，但终归跟作秀一般，在极短暂的时间里像流星闪过。

（二）口语诗的净化术

成为诗歌语言的口语应该净化。写作者首先要排除一些陈规——用口语就非得用口头语，非得表现琐碎的生活现象。我们即使用口语，即便交流，也会有思想的交流与交锋，也会涉及某种崇高的、宏伟的现象。不能一采用口语就一定要表现出对人类向上精神的放弃。口语是浩瀚的语言海洋，要净化，我还认为要有一些净化剂。

良知是净化剂的一种。如果诗人缺少良知，如果诗歌不传达良知，那诗歌完全可以作为诗人在暗淡的酒吧间，隐秘地坐在黑暗角落，尽情地将一杯杯酒倒下肚，然后将酒话或昏话透过一张没有思考能力的嘴说出来。尽管人们认为文学不是教化的工具，可是良知是社会进步的推动力。如果文学作品缺少良知，缺少以良知为基柱的坚决立场，罪恶之花不但会开放在现实中，也将充斥在善良的人们的理想中。

睿智促进灵魂的净化。诗歌表达诗意，让我们在思想上感到震动，就是因为简短的词语浓缩着智慧与生活的结晶，诗歌是诗人对读者的倾谈，是诗人对社会道德、理智哲学、人类情感的种种思考，它需要思想火花持续燃烧。但是口语的深度欠缺制约着诗歌对生活现象的提升。要在诗歌中体现思想的深度，创作者自身首先要有很好的个人修养，保持独立的思考。于坚所谓的“像上帝一样去思考，像平民一样去生活”，可看作口语诗人的立场。

反思使净化物沉淀。反思不应为绝对的反对或反叛。诗歌的发展过程一面是摆脱影响焦虑的过程，一面也是继承与发展的过程。对前代诗人的反叛可以形成诗歌跳跃发展的潮流。但是反叛不应该是以下的方式：1. 通过对诗人的人身攻击而取得诗歌观点的认同。因为每一个人都有弱点，以己之长攻对方之短，这是缺乏道德的一种表现。2. 采取二元对立的方式去攻击他人的诗歌观点，证明别人的错就是为了要强调自己的对。这是一种极端的思维方式，极端往往会导致盲目。3. 对诗歌史的视而不见。为了张扬自己的观点，有些诗歌作者经常使用一些大词来描绘自己，把自己塑造成前无古人后无来者的诗歌英雄，自己就是上帝派来拯救诗歌乾坤的巨擘。在这个多元时代，此种高姿态只能令人“瞻仰”，难以令人诚服。

经过净化，诗歌河流才能有向前奔腾的动力。去泡沫，多真意，忌仿制，显个性，口语诗的本质就是河流的本质。

（本文与陈茜合作，原载于《江西师范大学学报》2008 年第 1 期）

当代诗歌的叙事性分析

在笔者看来，叙事作为一种写作策略，比较集中出现在20世纪90年代以来的中国内地诗歌中，现在已经成为中国当代诗歌修辞的一部分。对当代诗歌的叙事特点进行辨析、描述其成分构成及写作特征等，有利于对中国诗坛做一次阶段性的总结与前瞻性的观察。

一、现代诗歌途径：抒情诗、叙事性与戏剧化

叙事诗是区别于抒情诗的一种诗歌体式，《现代汉语词典》中对叙事诗的定义是“以叙述历史或当代的事件为内容的诗篇”①。即是说，叙事诗兼具两种性能：内容是有时代背景的事件，文体属于诗。当代诗歌在内容上没有对事件性质的具体要求，可以是有时间限定的事件，也可能是叙述并不完整的事情。与一般叙事文体不同的是，小说、散文、报告文学、叙事诗等文体，基本要求有完整的故事情节，如果有行动的实施就必须涉及行动所产生的后果。在传统的叙事文体结构中，一般都有着起承

① 中国社会科学院语言所词典编辑室编《现代汉语词典（第6版）》，第1471页。

转合的规则，基本上符合认知规律。而当代诗歌中的叙事不过是一种修辞策略：有人，有事，可以是一个片段的描述或是一个瞬间的表现，而且在片段和瞬间所呈现的情境中，又可能舍弃日常认知逻辑，更强调戏剧性效果；有时所叙述的事件具有隐喻性功能，通过叙事，用客观描写的方式来改变抒情诗的将主观情感强加给接受者的弊端，以拉开读者与作者的情感距离，在冷静的思考中感受作品的审美效力。

诗歌中的抒情，有个人性的，也有普遍性的。既然有个人性的成分，就会有接受上的限制。国家、时代、语境、性别的变化，都会导致接受上的差异。比如郭沫若于“五四”时期创作的《立在地球边上放号》颇有壮观的气势。诗歌的前四句，作用于读者的视觉和想象的画面，表现了自然伟力的积聚与爆发。可是在理解“不断的毁坏，不断的创造，不断的努力”时，如果缺少对“五四”时代背景的了解，对中国固有文化传统的相关知识不足的话，这些口号式的语言就无法进入读者的诗歌解读系统。

在抒情诗中穿插一点叙事性的成分，进行情境设计，就像戏剧演出时的舞台布置和剧情交代，容易使观众产生现场感，便于接受。尽管戴望舒的《雨巷》多年来也被当作抒情诗歌的典范，但从内容来看，它是一首具有叙事功能的诗篇。诗中有事件的安排，即“我”渴望在雨巷中遇到一位丁香一般的姑娘。抒情主人公就一直沉迷在那位丁香一般的姑娘近了、远了的梦中，感受心灵上与丁香一般姑娘的邂逅，由人物之间的动态性距离变化形成诗歌情感的距离，由此使若即若离、若隐若现的情感得以生发。这种潜意识活动的描写就似对一次白日梦的描述。

现代诗歌史上，在诗歌中保留叙事性成分最多的现代派诗人，当属卞之琳。从《断章》到《尺八》《寂寞》《鱼化石》《无题》等诗，卞之琳都在诗中改变意象的象征功能，而将意象作为道具，并将意象与一定的场景结合，如“桥”“风景”“月亮”“尺八”“海西”“蝈蝈”“夜明表”“床头”“墓园”等，使诗歌营造出如卞之琳所说“戏剧性处境”，也就是研究者说到的“情境”①。在华莱士·马丁的《当代叙事学》中，提到的叙述的成分有多种，其中一种为“场景、现实和模仿”，场景就是指人物的思想活动——内心独白②。如在《距离的组织》中，卞之琳写了现场与想象的多种场景，数行诗句表现了一个人的内心生活：诗歌中有一个隐形的主人公，他想“上高楼读一遍《罗马衰亡史》”，正在此时，看到一则有关“罗马灭亡星”的新闻。在感慨时光穿梭之神秘时，他看到了“远人”的明信片，想起“远人的嘱咐”和“苍茫”的“暮色”，想到“远人”在计划访“友人”。于是，沉浸在思念当中的主人公在一片“灰色的天。灰色的海。灰色的路”中迷失了自己，感觉在时空中飘零，感到心灵无法感应自然。这时“友人带来了雪意和五点钟”。在卞之琳的跳跃式描述当中，距离得以重新组织，恰似一个独角戏演员生活的一瞬间。

闻一多在20世纪20年代中期以后，一改《红豆》的浪漫抒情方式，采用戏剧化的表现方法来写诗歌。如《飞毛腿》，以一

---

① 在《理解现代派诗歌的几个形式要素》写到，“情境不完全是意境，而有情节性，但其情节性又不同于小说等叙事文学，其情境是指诗人虚拟和假设的一个处境”。（吴晓东：《北大文学大讲堂》，中央编译出版社，2007，第364页。）

②［美］马丁：《当代叙事学》，北京大学出版社，2005，第120页。

种旁白的方式，讲述了第三者—飞毛腿的身份和命运：一个拉车的小伙子，喜欢问人“天为啥是蓝的”，喜欢吹箫，穿着“没准儿”是“老婆的”“破棉袄”，爱擦车上的大灯，“擦着擦着问你曹操有多少人马。/成天儿车灯把且擦且不完啦”，最后，在河里“漂着飞毛腿的尸首”，在诗人看来“飞毛腿那老婆死得太不是时候”。诗歌通过描述，在结尾留下空白，给读者很多猜想，飞毛腿为什么死？因为老婆先死吗？老婆为什么死得太不是时候，她死于何时？因为什么而死？在诗歌中，闻一多改变了“这是一沟绝望的死水”①“我发现的是噩梦，哪里是你”② 那样的直接表白痛苦与愤怒的抒情，而是采用判断场景描写和留白的方式，通过人物的本身行动和结果的描写来暗示人的一生经历。

20 世纪 40 年代的袁可嘉，提出“新诗的戏剧化”这一理论命题③。他认为中国新诗出现两种类型：一类说教，一类感伤。“二者都只是自我描写，都不足以说服读者或感动他人。”如何使意志和情感转化为诗的经验？他提出“新诗的戏剧化”，即走里尔克式、奥登式和诗剧三条道路，刺激中国新诗的活力。里尔克式是内向型的，“把思想感觉的波动藉对于客观事物的精神认识而得到表现”；奥登式是外向型的，“通过心理的了解把诗作的对象搬上纸面，利用诗人的机智、聪明及运用文字的特殊才能把他们写得活栩如生，而诗人对处理对象的同情、厌恶、仇恨、讽刺

① 闻一多：《死水》，载《闻一多全集　一》，湖北人民出版社，1993，第 146 页。

② 闻一多：《发现》，载《闻一多全集　一》，1993，第 153 页。

③ 袁可嘉：《新诗的戏剧化》，载杨匡汉、刘福春编《中国现代诗论》上编，第 500—503 页。

都只从语气或比喻中得到部分表现，而从不坦然赤裸”，追求“表现上的客观性与间接性”。袁可嘉从心理学的角度对里尔克式和奥登式进行了区分，其实这就是叙事性诗歌的两种气质类型。在九叶派诗人中，杜运燮的《追物价的人》，穆旦的《防空洞里的抒情诗》《华参先生的疲倦》《神魔之争》，袁可嘉的《冬夜》都有此种尝试，然而随着新的创作潮流勃发，这种艺术手段上的尝试被阻断了。

二、 作为修辞策略的叙事： 原生态、 镜像与隐喻

20世纪90年代所出现的诗歌的叙事性是诗歌发展的必然现象。和20世纪40年代诗歌的写作背景十分相似，对西方诗歌的介绍，对传统的反思，对诗歌功能的重新思考，对写作视域的重新调整，使诗人自觉寻找新的写作方式。然而，90年代诗歌中的叙事性并不等同于诗歌小说化或戏剧化，它不需要完整严密的逻辑或情节。它可以是虚构的，可以有小说中的细节。

西渡有两首叙事性诗歌很有代表性。一首是写于1997年的《在硬卧车厢里》，采用横截面的方式反映生活。这首诗再现了在“开往南昌的硬卧车厢里”一位男性生意人和一位女性图书推销员的聊天。诗歌采用旁观者的视角，写了两个人在讨论工作、地位、金钱。一个说，“你原先的单位一定状况不佳/是它成全了你。/至于我，就坏在/有一份相当令人陶醉的工作”；一个“叙述他漫长的奋斗史，他的失意/他的挫折，他后来的成功，他现今的抱负/他对未来的判断。”于是听者有意，“她的眼眶中仿佛镶进了/一粒钻石，为他的成功而惊喜”，两人关系急剧升温，

“几乎像一对恋人”，而且“谈话渐渐滑入/不适于第三者旁听的氛围”。诗中的“我”一直是冷静的旁听者，“我退进过道/回避陈腐的羞耻心”。至于事件如何结局，诗人避免像故事讲述者一样面面俱到，他用了一个细节补充：“在火车进入南方/的稻田之后，在一个风景秀丽的城市/他们提前下了车，合乎情理的说法是/图书推销员生了病，因此男人的手/恰到好处地扶住她的腰，以免她跌倒。”诗歌类似一出精彩的折子戏，带有诙谐意味。诗人并不做是非伦理判断，而是采用旁知的角度，将旁观者听到、看到的呈现给读者，让读者参与诗歌的想象。

西渡写于1998年的另一首诗《福喜之死》，用了截取片段式的纵向描写，称得上是一篇“诗歌的《活着》① ”。如果说余华的《活着》是从福贵老人孤独的遭际来回望中国百姓的生与死，反思命运的不可把握，那么西渡的诗歌不过是借助另一种文体，来描写另一个当时底层人物福喜的不幸一生。与余华数万字的作品相比，西渡用了不到十分之一的篇幅来描述这福喜家庭生活的几个片段：“定亲”“结婚”“吵架”“打架”“闹离婚”“带孙子”“患病”等，表现福喜这个北京打工仔一辈子在矛盾中生活的状态。与余华小说同样采用倒叙的方式，但不是写亲人的死，而是写福喜老人得癌症即将死去。诗歌回顾他的家庭，他的成长：他是一个寡妇的儿子，在北京打工。为了拴住儿子，他的母亲为儿子包办婚姻，可是婆媳关系不好，夫妻关系也不好，妻子另有心上人，自己的儿女在别人面前表示不愿活在这样的家庭中。就在这样一个缺少温情的家庭，福喜孤独地带着自己的孙女

① 余华的小说《活着》，写于1993年。

和外孙。直到因癌症去世时，他的妻子才为他滴了两行眼泪。在诗歌的最后一节，诗人先后两次向读者发问：“我们的一生并无胜利可言，但有谁/像福喜失败得这样彻底?”“人生的大结局面前/谁又是胜利者？谁又敢嘲笑这个人呢?”可以看出，作者以福喜的经历作为隐喻，引导读者们思考：人世的悲欢成败并非为自己所能料到的，人与人互相折磨，足以导致一生的失败。

由于有了对人生的关注，现代诗歌中的叙事性与当代诗歌中的叙事性存在着明显的差异：现代诗歌中的叙事是表达诗歌内容的一种手段，隐藏或在场的叙事者直接参与叙事，以一个讲述者的身份出现。叙事与抒情成分结合在一起，借事来抒情，如卞之琳《距离的组织》中的“灰色的天。灰色的海。灰色的路”既是事件发生的场景描写，也是借景抒情，表达内心的“灰色”的孤寂。闻一多的《飞毛腿》中那些反问号与感叹号，都是讲述者试图与听众达成共鸣的一种策略。他们要说的“事”是为了表达一种心境或立场。当代叙事性的诗中即便直接出现第一人称“我”，也不一定直接代表作者本身，它只是一个观察的角度，因为近距离的观察能给读者更多的真实感。诗歌中并不直接出现旁观者应有的情感，尽量以解剖者的冷静表现出客观的特性。此外，现代诗歌中的叙事性成分服从于情感需要。在诗歌的叙事中使用跳跃、留白的方式，诗歌作者重视诗歌内容的剪裁，在“隐藏自己和表现自己”（戴望舒语）之间颇费心思。他们往往在突出事件的原因与结果的同时，会流露自己的情感。如卞之琳的《距离的组织》在空间与时间的转换中表现现场的孤独和寂寞。闻一多的《飞毛腿》中，通过写飞毛腿的精神追求与现实惨遇来表现飞毛腿的命运悲剧，流露作者对底层群众的同情。当代诗歌的叙事性更注意描摹事件的原生状态及其发展过程，镜像般呈现，结果往往留给读者去想象，把解释权交给读者。最为不同的是，当代诗歌中的叙事，不是为讲述，而是作为一种隐喻式的修辞策略。

三、当代诗歌叙事性特征：日常生活化、情感隐蔽化、对象小不点化

一般说来，叙事作品要素有时间、地点、人物、事件。这些要素可以给阅读者提供一个现实的镜像，才可能有正常的逻辑推理。具体的空间和时间给读者以真实感，让读者感到文本的虚拟世界与现实世界存在一种切实的关系。纳博科夫曾经在《文学讲稿》中讲到过城市居民、植物学家、无知的旅游者和当地农民走过同一个风景区会有不同的感受，其中在无知的旅游者眼里，风景区是一个想象的、模糊的、梦一般的、并不存在的世界。在本地农民那里则会有强烈的感情色彩，那里的每一棵树和每一条路，都同他的日常生活、孩提时代，以及许许多多的琐事和习惯紧密相关。① 如果把抒情诗比作旅游者的梦，那么使用叙事策略创作的当代诗人，更像那个当地的农民。在写事的时候，顺便带出一种感情，或是记忆。

对具体日常生活的关注，是叙事性诗歌的一个显著的特点。诗歌对日常的关注表现在对时间和具体地点的设计上，表现在事件的重要性与否上。如雷平阳有一首诗《杀狗的过程》，写的是

---

①［美］纳博科夫：《文学讲稿》，申慧辉等译，三联书店，2005，第218页。

一件看上去不足挂齿的小事。诗歌就像一份法院或医院描写死亡的报告一样，写明了具体时间“今天早上 10 点 25 分”，狗被杀后的“11 点 20 分”、地点“金鼎山农贸市场 3 单元”、参与者“主人”与“狗”。这给诗歌提供了一个真实性的前提。诗意隐现在“主人”与“狗”的活动场景中：“一条狗依偎在主人的脚边，它抬着头/望着繁忙的交易区，偶尔，伸出/长长的舌头，舔一下主人的裤管/主人也用手抚摸着它的头/仿佛在为远行的孩子理顺衣领。”就在主人“温情”的时候，“一张长长的刀叶就送进了/它的脖子”。狗的“忠实”与主人出其不意的“谋杀”，在诗歌中构成一组矛盾性的情节。“主人向它招了招手，它又爬了回来”，这样“重复了 5 次”，狗回到主人身边，“依偎在主人的脚边”。这种忠实和欺骗的表演，直到狗“体味到了消亡的魔力”。死亡本来是一件悲壮的事情，临刃而亡尤其让人齿寒。因为是狗，在许多人眼里，它几乎就不是一条生命，它的死或生与人类无关。而一旦我们忽略它死亡的具体时间地点（具体的时间地点在某个时候不过是一个假托），让它生存在历史的某一个空间当中，它会唤醒我们的生存体验，那是历史弹拨出的某个瞬间。主人视为隐喻，那只一直在付出信任和生命的狗，看上去像是“受伤的孩子”“像一个奔丧的游子”，作为一个弱者，一条失去独立生命意志的狗，一条被主人抛弃，被视之为商品的狗，它最终死在爬向主人的路上。它或许就是我，就是我们。诗歌中的叙事由此成为一个事件，使诗歌获得隐喻特性而产生了提升的空间，即脱离事件的本身而具有象征的含义。

在中国传统诗歌体系中，自然意象被赋予人文性含义，如山水日月，梅兰竹菊，可生发出思乡、怀人、言志的情怀。在叙事性的当代诗歌中，突破传统的作为，首先就是将文化生成的含义去除。如潘维的《立春》，写的是中国的一个农业节气。按照传统的写作范式，他本应写出春天蓬勃的生机、春天的欢喜，类似于朱自清的散文《春》那份欣欣然的喜悦，而潘维表现的仅仅是立春那天，一个普通家庭的平凡生活，“祖母在谈论邻家女孩的‘一颗蛀牙’，/声带布满了褶皱//我的书法没什么长进，/笔端的墨经常走神，滴落在宣纸上”“我给你捎去了一条火腿，半匹绸缎和几筐年糕，/还有家书一封。那首小诗”。诗歌就似一个人在对另一个人讲起自己在立春那天的生活琐事，蛀牙、火腿、年糕这些普通的事物，在普通的日子中出现，让普通的读者产生亲切的如同与作者在一起生活的踏实感受。

叙事性的诗也会涉及历史，一般不是大事件、大运动，作者放弃追求史诗性效应。特别是在当下，个人视角的重新调整，对人与人，本我与自我的关注，使人与世界、人与政治的关系有所淡化。互文性写作是当下涉及历史的一种方式，一直以思考和抒情见长的柏桦，于 2008 年 5 月出版了一部诗稿《水绘仙侣》①，就转向了叙事性写作。由于这部作品由冒辟疆的文本与新诗文本以及注解组成，因此被学术界指认为是一部很难定义的诗歌，但是从诗歌采用明末清初文人冒辟疆与名妓董小宛的故事来看，诗人是在写历史，可是他并非要还原历史档案，而是从冒辟疆的原始文稿中截取片段文字，描写古代人的日常生活，“女红、饮食、财务及管理”，饮食就有如何做火肉、风鱼、腌菜，如何品茶，还有绘画、排戏等生活细节，宛若古代“白领休闲指南”。由生

---

① 柏桦：《水绘仙侣》，东方出版社，2008。

活细节来组成诗歌情节，穿插当代诗人对于命运、死亡、古典诗学、现代文化等大命题的思考，古代人物与现代场景互相呼应，完成了这部具有互文性特征的叙事文本。

20 世纪 90 年代以来的叙事性诗篇，一方面热衷于对日常生活的描写，一方面却在情感上加以控制，叙事者的情感隐蔽在作品中。如于坚的《啤酒瓶盖》，诗人参与诗歌情境，做一名解说者，不带有情感成分地说着啤酒瓶盖脱离酒瓶的遭遇——“位居宴会的高处”“有它的身份”而成为一个“废品”。事件叙事几乎结束的时候，诗人进行了戏剧性的拓展，将“我”与“啤酒瓶”进行了一次类比，“我忽然也想象它那样‘嘭’的一声　跳出去　但我不能”，诗歌的含义在显露：如果是一个人，是否也会因为这么一跳而走出人们的视线，成为一个不引人注意的小人物呢？“但我不能”，因为“我”身为一本诗集的作者，“我”存在，“我”不能没有身份，于是“我仅仅是弯下腰　把这个白色的小尤物拾起来”，宁愿妥协，只是“它那坚硬的　齿状的边缘　划破了我的手指/使我感受到某种与刀子无关的锋利”。在这种表态和行为中，诗歌才完成对“啤酒瓶盖事件”的全部叙述。在叙事中，我们看到的“啤酒瓶盖”不过是一个喻体，“锋利”一词应该饱含情思，它在暗示着做人的原则。

袁可嘉在《新诗的戏剧化》中指出诗歌戏剧化的类型，没有涉及写作对象，这却正是观察 20 世纪 90 年代以来叙事性诗歌所不能忽略之处。叙事性诗歌的另一特点，即诗中的描写对象，可能是凡人，普通或卑微，也可能是小物件，甚至事件也颇为琐屑。我们中国人把不起眼的东西称之为“小不点”。那么，我们可以说，中国当代叙事性诗歌所表现的对象就是“小不点”。

从叙事文学的人物关系历史来看，“五四”时期的叙事文学，多形成专制/反专制，传统/反传统的二元对立人物范式；20 世纪三四十年代人物形象之间则为侵略/反侵略、压迫/反压迫为主的人物构成模式；50 年代至 70 年代中期，叙事作品中的人物除了继续上一个时期的人物构成模式，还增加有先进/落后、正确/错误、革命/反革命的矛盾性人物立场。斗争性的社会背景使作品的主要人物被塑造成“高大全”的模范，道德伦理的高低成为判断作品人物形象成功与否的标准，实际上这是一个非文学非美学的判断标准。20 世纪 90 年代社会思潮与美学观念发生变化，叙事性诗歌在人物的取向上发生了较大的改变。这一点也因为叙事性诗歌的缘起与新写实小说的发生背景非常相似。对宏大叙述摒弃，对伟大、崇高美学观的解构，对全知全能的叙事角度的革新，都成为当代诗作者的尝试。原来执掌一切的抒情主人公从诗歌中隐退，隐含的作者仅仅作为一个旁观者，在诗歌中时隐时现，用他的视角引导读者从某一个方面进行观察。选择普通平民视角，意味着诗人放弃了救世主的身份，也放弃了被救的感恩者的身份，诗歌可以从道德伦理角度书写，也可以从民间观念角度深入，所以诗歌不再有政治抒情诗时期的仰视与俯视，也没有新时期的广场上精英们的呼声，诗人纯粹以一个自然人的身份，自我言说。与新写实小说相同的是，作品中的虚构的“高大全”的完美人物由普通的有烦恼的小人物替代。人物的普通、生活的平常给诗歌带来了全新的面目。于坚是开当代诗歌叙事之先河的一位探索性诗人。在他的《尚义街六号》《罗家生》《女同学》《在诗人的范围以外对一个雨点一生的观察》等一系列诗中，确立了当代诗歌叙事性的基本特征：小人物、小事件，与宏大历史叙事走向了背道而驰之路。在他的诗中，看不到战争硝烟，看不到大人物，只有小人物、啤酒瓶盖、小雨点等让读者看到生活的普通、庸常、变化与细微的意象。雷平阳用以比人更卑微的“狗”的命运来象征一种生活窘况，良心、忠实、愚昧与恶毒、欺骗、精明等形成无言的对照。

四、叙事性诗歌的表达与潮流走向

新时期以来，自诗人北岛在《回答》中发出“我不相信”的宣告后，中国当代诗歌从“大我”抒情转向“小我”抒情。正是在这种新的潮流之下，中国当代诗歌发生了第一次真正意义上的转折。到20世纪80年代中期，朦胧诗成为一个新的传统时，一批更年轻的，被文学史称为第三代诗人的诗人群开始了自觉的创新。在这种新潮诗歌的追逐中，以西川、海子、王家新等为代表的诗人们保持了一贯的抒情态势，他们期待诗歌中不仅仅贯穿了自我意识，更渴望在诗歌语言中融进更多的中国人乃至世界人的意识，达到艾略特在《传统与个人才能》中所说的“诗不是情感的放纵，而是逃避情感；诗不是个性的表述，而是逃避个性”①。同时他们开始了叙事性的尝试。西川的《虚构的家谱》中多了对前辈的历史的想象，海子的《弥赛亚》就是一部有情节故事的诗剧，王家新的长诗《回答》是自我的心路探视。还有于坚、韩东、伊沙等认为诗歌从语言上开始革新，他们主张“诗到语言为

① [英] 塞尔登等编《文学批评理论》，刘象愚、陈永国等译，北京大学出版社，2003，第313页。

止”（韩东语），于是他们选择了与纯然抒情诗语言性质不同的口语进行诗歌写作，对节奏、分行、韵脚等诗歌形式有意地忽视，提出“反崇高”“反文化”“反诗”，竭力从朦胧诗所描绘的伟大崇高意境中挣脱出来。在后现代主义解构思潮的影响下，大力脱去诗歌中的文化传统的外壳，用现实的砖瓦重新打造，使平实土地上涌动着民生民意。叙事就成为这股诗歌实验潮流中的重要写作方式，一个校正传统与先锋的调整器。这些诗人看上去像小报的新闻记者，他们热衷不起眼的同学、邻人，关注车厢里的乘客，对他们的吃喝拉撒、喜怒哀乐，甚至小狗的生存，啤酒瓶盖子的脱离等微小的事件饶有兴趣，这其实就像朱光潜先生所说到的诗歌境界，是“在微尘中显大千，在有限中寓无限”①。诗人们在大千世界中试图看到人生的全真图景。

这样一种从写作对象到审美风格都发生转变的叙事性诗歌，在一段时间内使习惯中国传统诗歌的读者感到震惊与无语。在今天看来，它已经强迫性地激活了读者渐近麻木的阅读审美体验，为诗歌向前发展探索出一条可能途径。传统诗歌依靠意象托物抒情，借景言志，而叙事性诗歌的基本元素可以包含意象，可能需要的却不止意象，或许还需要一个为读者设计被读者理解的情境。与抒情诗重视诗人主体感情相比，叙事性诗歌相对重视读者的参与。在传统诗歌中，情感或志向的指向一般较为明确，而处在多元化价值观的当下，叙事性的诗歌一般不会由写作者直接进行道德伦理或文化上的主观性阐述，它只是把故事通过诗歌的语言和排列形式传达给读者。在传统诗歌中，自然意象成为隐喻系

① 朱光潜：《朱光潜全集》第三卷，安徽教育出版社，1987，第50页。

统中的一个组成部分，它具有象征的功能。在叙事性的诗歌中，叙述所完成的事件整个具有隐喻的修辞效果。迷恋传统诗歌的作者对于传统的态度是继承，叙事性的诗歌作者更愿选择“为我所用”，他们着重强调当前社会现实，立足日常，关注普遍，在对民生琐事的观察中达到对生命哲学的认同。

从20世纪20年代开始试验，40年代借助西方现代诗人的影响推进，90年代重新起步的叙事性的诗歌写作策略，会有着怎样的写作前景？纵观诗歌历史，当写作的单一格局被突破，抒情风过于强大时，叙事往往作为另类的补充写作方式，从高度张扬夸张的气氛中逐渐显露真挚朴实的面容，与主流时尚写作形成一种对峙。只是当叙事取代抒情，成为一种新的时尚时，革新的焦虑又常常会从新一代诗人们的心底涌出。时值当下，我们看到历经了20年的叙事性诗歌创作已经有了较为稳定的造型，艺术均衡与创新规则正使当代诗人忙着调整方向盘，新的一轮审美期待意欲扬帆。

（本文与陈茜合作，原载于《江西师范大学学报》2009年第6期）

音乐性与中国当代诗歌

当前有不少研究者在探讨诗歌音乐性的问题，音乐性到底指什么？中国当代诗歌是否需要音乐性？本文将围绕诗歌音乐性的问题展开历史的回顾，并站在今天诗歌发展的角度来具体分析诗歌音乐性是不是一种重要或必要的诗歌特性。

一、 歌诗、 诗歌与歌词

中国最早称之为“诗”的概念指的是“诗三百”——《诗经》。《诗经》是一部与音乐联系在一起的诗篇，文学史上称之为“诗歌总集”，一种说法是“风”“雅”“颂”，分别指地方民谣、官方政治歌曲和祭祀仪典歌曲。按照本文笔者要展开的定义，这一类作为歌词有过配乐，但现在只留下文本的去乐曲的诗篇，可称为歌诗，屈原的《九歌》等也属此类。

或许正是因为诗的早期定义来自《诗经》，在中国诗歌史上，诗与音乐就成为一对天生的双胞胎。诗歌的音乐性在读者眼里成为天成的观念。我们也看到，中国古典诗歌中，无论是古体诗还是近体诗，或词或曲，诗歌都与节奏韵律、平仄、音调等相关的音乐性成分关系密切，古人制定了不少音乐性规范，并有书籍说明，如格律避免“四声八病”，押韵依据“十三韵”，作诗参考

《笠翁对韵》（李渔）、《汉语诗律学》（王力）等。于是，在传统定义当中，诗歌就成为有一定的韵律和节奏，并且能够传情言志的文学作品。

诗歌是相对散文文类而言的一种韵文，了解现代文本形式的读者可能也不会忘记，古代诗歌写作时，并非有整齐的排行。读者往往从字数、字尺、句读、节奏等方面的把握上，区分出诗与词、诗与文的差别。例如，《诗经》与屈原的《离骚》和《九歌》皆借助“兮”字来形成节奏感。

诗歌的分行形式是20世纪从西方排版中借鉴而来的。在今天看来，诗歌的分行形式使诗歌定义发生了新的变化。因为诗歌的分行不需要按照字尺节奏，而是关联到诗歌意象是否要突出，诗歌语言的停歇或继续，语调的高与低、语气的快与慢等变化都是为了表现诗歌意象或情感，强化诗歌意义。也就是说，古典诗歌中用来区分诗歌与其他文体的标准有所改变，不光是听觉上的音节字尺、节奏，也是视觉上的分行，在现代诗歌作者和读者眼里，这成为区分诗与文的一种最为直接的方式。

我们可以对杜牧的《清明》来一次尝试。

清明时节雨纷纷路上行人欲断魂借问酒家何处有牧童遥指杏花村

按照古代格律诗规范，这是一首平起式的七言绝句，四句，每句由一个三字尺，一个四字尺组成。平仄规律：平平平仄仄平平　仄仄平平仄仄平　仄仄仄平平仄仄　仄平平仄仄平平，平仄相间对应排列整齐。

第一种，按照字尺划分，加上现在的标点符号，是现代读者眼中非常整齐并符合格律规范的古诗：

清明时节/雨纷纷，
路上行人/欲断魂。
借问酒家/何处有？
牧童遥指/杏花村。

第二种，如果去除有平仄和押韵要求的格律形式，我们进行三字式修改：

清明时，雨纷纷；
路上人，欲断魂。
问酒家，何处有？
牧童指，杏花村。

三字格式类似民谣的形式。意思虽然变化不大，但是一些修饰性词被删除，使新文本的叙事性增强，如“行”字缺失，丧失人物身份意识与动作感；“借”的缺失，省略了行人对环境的陌生感、孤独感、寂寞感，结合上下文，可看作路上人因为酒瘾发作，问人找酒家。“遥”字的缺失，使空间感顿失。而一个“遥”字，可以增添距离的美，增添一种想象的乐趣。这时，我们可以称此种形式的文本为民谣。

第三种，去掉古诗的分行和字尺形式，进行散文式的改写：

清明时节，路上雨纷纷，行人欲断魂，借问，酒家何处有？牧童遥指：杏花村。

在散文改写过程中，字尺不一，韵脚缺失，词语组接无序，原诗丧失了节奏感，模糊了意象或画面，同时也给记忆带来了难度。

在三种方式中，第一种和第二种因为字数整齐和尾字押韵，文本有明显的节奏感和韵律感，表现出音乐性特色。与第三种相比，可以看出，音乐性表现出的长处是便于记忆。第二种民间歌谣式的改写，节奏单一，容易在吟诵中形成心理惯性，滑向顺口溜式的讲说，而冲淡内容发生的背景，忽视氛围与情境的营造。其实在这时候我们不免会想：现代诗歌，即使用分行的形式，就能算是判断诗歌与其他文类的特征吗？第二种方式虽然也具有音乐性，但它更像一首歌谣歌词。

因此，节奏不是区分诗歌的唯一的因素，分行也不一定是现代诗歌与其他文类的显著区分特点。我们所认为的诗最根本的判断特征还是意象或意境，现代诗歌的定义是：文字通过分行的形式，通过象征性的意象或意境，表达出人类对于生命的感悟。而歌诗或歌词最基本的特征还是形式上的朗朗上口。

在当今，随着诗歌体式创新的不断变化，而歌曲创作相对规范，诗歌与歌曲（歌词）的差别日益明显：

1. 时间长度。诗歌无时间限制，可长可短，长诗短诗皆可，长至史诗，短至一个字。阅读允许停顿。歌曲（歌词）一般来说有一定限度的时间规定。一般的歌曲（歌词）不超过 10 分钟，不能太短，太短无法形成旋律，缺少旋律就无法表达歌中情感。

2. 表现力。诗歌通过文字表达情与理，具象与抽象，包罗喜怒哀乐、生老病死，人间万象。歌曲偏重外在旋律，歌词依靠音乐，在词的分段上，重视意义的平行排列或反复，歌词意义求直接，忌隐晦，感官性强。题材相对集中在情感方面。

3. 意蕴。诗歌意蕴多重，有无限的想象。歌曲的主题相对单一，意义力图容易理解。

4. 受众。诗歌读者分布于各年龄层次，歌曲也当有各年龄层次的听众。但是流行歌曲听众集中在青少年到 30 岁左右的人群中。

5. 表达方式。诗歌通过阅读或朗诵的方式，表演性相对不强。流行歌曲的推出需要策划包装，演出需要气氛，较为强调听众与歌者的互动。

因此，作为歌曲一部分的歌词，有长度的限制，表现主题相对集中，表现力相对单一，在与乐曲结合在一起时，就有了丰富的表现力。

陆正兰专门对诗歌与歌词有过辨析，她的观点是：第一个区别是符号学的，歌词的基本结构是呼唤和应答，抒情主体出场是歌词的重要特征。第二个区别是阐释语境不同，歌词的语句要求明显，“乌托邦解释”的接受者会从善的、美的、理想的色彩来理解。第三个不同是结构期待不同，歌词强化节奏期待。第四个不同是歌词向无意识靠近，有下潜的能力，歌词本质上是欲望的①。

在苏珊·朗格看来，歌词配上音乐以后，就被曲子给吞并

① 陆正兰：《歌词学》，中国社会科学出版社，2007，第 44—53 页。

了，不再是诗歌本身了，而是音乐的一个部分。①

诗歌与歌词固然有差别，但我们还可以反过来问：歌词是否可以也算诗歌？毋庸置疑，好的歌词就是诗。1971 年，余光中曾经说过美国的摇滚乐“迫使现代诗处于负隅困守的窘境”，何以为然？因为“国内的流行音乐，从写词、配曲、伴奏，直到演唱，一向呈分工状态。英美的摇滚乐，多的是一以贯之的全才”②。20 世纪 80 年代后期的中国，也出现了摇滚乐歌手，他们多数也是全才，其歌词就是可以吟唱的诗。试以摇滚歌手张楚的《姐姐》为例。这是一首倾诉型带有叙事性的歌曲，在叙事中，我们看到了一位女性——姐姐的形象。父亲是混球，姐姐流眼泪，“那污辱你的男人”却“告诉我女人很温柔很爱流泪　说这很美”，抒情者弟弟“我”呢？“你说我看起来挺嘎　我知道我站在人群里　挺傻”。傻弟弟于是呼唤着：

哦！姐姐！我想回家　牵着我的手　我有些困了
哦！姐姐！我想回家　牵着我的手　你不用害怕

哦！姐姐！带我回家　牵着我的手　你不用害怕
哦！姐姐！我想回家　牵着我的手　我有些困了

歌词充满了戏剧性的张力与想象，对姐姐的呼唤和弟弟想回家的心绪，传达出亲情的渴望和无家可归的苦闷。特别是“困

---

①［美］朗格：《情感与形式》，刘大基等译，中国社会科学出版社，1986，第172 页。

② 余光中：《余光中谈诗》，江西高校出版社，2003，第 36—37 页。

了”“你不用害怕”在两节中的变换，因果关系随之生变。“困了”指的是一个孩子精力的不足还是对现实的厌倦？“你不用害怕”指的是担心来自亲情的伤害、金钱的伤害，还是弟弟的傻？或者这仅仅是一个傻弟弟无力空洞的安慰？歌词运用了诗歌常用的含混手法，使歌词出现多重意味。所以，这首并非男女爱情的爱情歌曲，因其表达了现实中的苦难、无奈及悲哀，震撼并深入听众内心，唤醒温情与良知。

当歌词通过意象暗示情感，通过排比、复沓的形式来抒发绵长的情感时，歌词往往具有诗的含义。只不过歌词的游戏性质到底更强些，如“对面的姑娘看过来，看过来，这里的世界真精彩”“达坂城的姑娘，辫子长呀，两只眼睛真漂亮”等民谣性的歌词，虽然也有比喻，有反复，有衬词，但直白性强，含蓄性不足，情感无起伏，意义无回味，这样的歌词一般不当作诗歌。但我们也不否认，当配上活泼的旋律时，它们都是生动的歌。还有一种RAP，从美国黑人的说唱型流行艺术而来，它有韵律、有强烈的节奏，因其表演时的吐词快速，含混不清，并不期待听众完全听懂，带有游戏性质，听众迷恋它的语言节奏，虽然文本多为口语的形式，也不乏生活的感悟或诗意，但因为它基本上属于口头文学，即兴色彩强，不能简单地认为它就是音乐性的诗。

而我们关注当代诗歌时，往往发现：当代诗人在写作上很少关注歌词和格律诗所规定的节奏、韵辙、格律、平仄等要素。诗人的写作与词人写作有本质的区分。在笔者看来，歌词更侧重于表达情绪，以求引起共鸣。诗歌更多地表达个人的情思，不一定寻求大众理解的渠道。朗诵诗和歌词有相似的地方，但是朗诵诗更多起到的是励志作用，宣传公众意识。歌词更多的是抒发个人的感情，采取倾诉的方式。“中国当代流行歌曲中最受欢迎的一部分着力于表现都市生活中个人具有普遍性的内心体验——哀怨、忧愁、孤独，咏叹爱情的悲伤、无助或者渴望等”①。诗歌的了解方式是阅读，因而更注重由文字进入意象，由情感抵达思考；歌曲侧重由听觉启发美感，由悦耳的声音产生情感共鸣。

二、 诗歌与音乐： 音乐性与音乐美

苏珊·朗格在《情感与形式》中说：“我们叫作‘音乐’的音调结构，与人类的情感形式——增强与减弱，流动与休止，冲突与解决，以及加速、抑制、极度兴奋、平缓和微妙的激发，梦的消失等形式——在逻辑上有着惊人的一致。”② 如果按照苏珊·朗格所说的，音乐是情感生活的音调摹写，那么，诗歌便是情感生活的文字摹写。

在美感上，诗歌的官能性要低于音乐的听觉，诗歌的意象强化会凸显诗歌的造型上的美感，甚至将色、象、音等因素结合在一起。郭沫若在《论节奏》中说：“情调偏重的，便成为诗，音调偏重的，便成为歌。”③ 诗歌与音乐也有相通之处，李怡主编的《中国现代诗歌欣赏》中指出：诗歌与音乐有密切关系，“在诗歌

---

① 殷莹：《孤独在一起：当代流行歌曲与都市青年的自我认同》，《上海文化》2006 年第 2 期。

② [美] 朗格：《情感与形式》，第 36 页。

③ 郭沫若：《论节奏》，载杨匡汉、刘福春编《中国现代诗论》上编，第 117 页。

一方来说，音乐的体现便是韵律节奏”①。

基于诗歌与音乐的差异，音乐性与音乐美同样不可混为一谈。音乐性并非音乐的调性，一方面，它包含诗歌本身词语在吟诵时所带来的声响，包括声调显示出的音值高低，停顿与否导致音长音短、发音的轻重而形成音的强弱；另一方面，它还指诗歌具有与音乐相同或类似的技巧特性，如音乐调位的交替、音色的变化、旋律的反复等，诗歌相对有反复、押韵、排比等技巧。音乐美是一个诗歌术语，闻一多在《诗的格律》中提出，音乐美即“三美”之一，指节奏的美。它可以包括吟诵者本身的声音给诗歌带来一种音乐的美，这种美是非乐器的音乐美。如旋律的流动感，音节的整齐，轻重缓急的协调，情感的完美抒发，使听觉上诗歌产生与音乐欣赏时的类似或共同的美感，及超越文字本体和语言指向而产生的心灵的愉悦或精神的净化。如《礼记·乐记》中记载的“故歌者，上如抗，下如队，曲如折，止如槁木，倨中矩，句中钩，累累乎端如贯珠”② 的声音美。

朱光潜的《诗论》③ 中指出诗原来与舞蹈、音乐同源，其痕迹就是重叠、迭句、衬字、韵等的保留。我们在现代诗歌中可以看到这种音乐性。例如朱湘的《采莲曲》：

小船呀/轻飘，　　　　三二
杨柳呀/风里颠摇；　　三四
荷叶呀/翠盖，　　　　三二

① 李怡主编《中国现代诗歌欣赏》，高等教育出版社，2004，第 158 页。
② 转引自钱钟书《七缀集》，上海古籍出版社，1994，第 66 页。
③ 朱光潜：《朱光潜全集》第三卷。

荷花呀/人样娇娆。 三四
日落， 二
微波， 二
金丝闪动/过小河。 四三
左行， 二
右撑， 二
莲舟上/扬起歌声。 三四
菡萏呀/半开， 三二
蜂蝶呀/不许轻来， 三四
绿水呀/相伴， 三二
清净呀/不染尘埃， 三四
溪间， 二
采莲， 二
水珠滑走/过荷钱。 四三

诗歌采用了民间歌谣的形式，用衬词辅助，形成类似于音乐的相应交错的小节，再由小节组成相对整齐的节奏。尾字用平声，尾韵交错押韵，叠韵、衬词的加入增强了节奏感，使诗歌具有一种轻柔飘荡式的旋律美感和相应整齐的节奏。

王昌龄的《采莲曲》表现同样题材：

荷叶罗裙/一色裁，芙蓉向脸/两边开。
乱入池中/看不见，闻歌始觉/有人来。

从形式上看，王昌龄的《采莲曲》非常整齐，一韵到底，每句为两个二字尺和一个三字尺。相比之下，朱湘的诗歌因为字尺的交替变化、韵脚的交错、长短句结合，按照现代汉语方式划分，我们可以在吟诵中感觉到其中音调高低有序，具有流动的旋律感，诗歌的音乐性增强了。现代汉语研究者对韵律的研究显示①：字组（即笔者所指的字尺）之间的时长不一，如存在多音节（三音节以上），韵律词内部的音节时长两头长，中间短，最长的音节为末字，其次为首字；四字以上的韵律短语中间可能会有一个不明显的停顿。不同长度韵律短语的语速，因字的增加而递减，轻声音节对字长也有一定的影响。轻声前的字要长于轻声字；韵律短语中重音时长随着字组的增多而递减，重音音高上，女性高于男性。因此，用以上观点来朗读《采莲曲》，三字尺的语速要比二字尺快，比四字尺慢，重音时长也是前长后短，从其中几句我们可以看到以"均速"为参照标准，不同字尺的不同节拍。可见下表②：

均速　　时长（快、长）
小 船 呀/ 轻 飘 ，　　　三二
均速　　时长（慢、短）
杨 柳 呀/ 风 里 颠 摇 ；　三四
均速　　时长（快、长）

① 叶军：《现代汉语节奏研究》，上海世纪出版集团，2008，第119—121页。

② 该表里，"快、长""慢、短"指二字尺和四字尺朗读时的节拍，二字尺，第一个字快，第二个字拉长；四字尺，前二字慢，后二字短；三字尺则均速。

荷 叶 呀 /翠 盖 ，　　　　三二

均速　　时长（慢、短）

荷 花 呀 /人 样 娇 娆 。　三四

诗歌在吟诵时，长短、快慢、轻重有序，形成节奏感。此外，排比、对仗也有助于加强节奏。衬字增强轻重的对比，同时强化节奏。朱光潜曾指出过“四声不但含有节奏性，还有调质（即音质）上的分别”①，因为“诗讲究声音，一方面在节奏，在长短、高低、轻重的起伏；一方面也在调质，在字音本身的和谐以及音与义的调协”②。“音律的技巧就在选择富于暗示性或象征性的调质……形容水流，宜多用圆滑轻快的字音”③，在朱湘的《采莲曲》中，我们也看到他采用双声叠韵、句内反复、平仄协调、音值高低起伏、押韵，特别是“轻滑圆快”的词，来促成韵律感。节奏感和韵律感的强化，使诗歌的音乐性得到加强。

现代诗人谈论自由体诗歌与格律诗的不同时，常常会提到内在律与外在律。按照郭沫若的说法，有着明显节奏感的诗歌就是外在律的音乐性诗歌，而内在律不同。“诗之精神在其内在的韵律，内在的韵律并不是什么平上去入，高下抑扬，强弱长短，宫商徵羽；也并不是什么双声叠韵，什么押在句中的韵文，这些都是外在的韵律或有形律。内在的韵律便是‘情绪的自然消涨’。”④

---

① 朱光潜：《朱光潜全集》第三卷，第 167 页。

② 同上书，第 168 页。

③ 同上书，第 169 页。

④ 郭沫若：《论诗三札》，载杨匡汉、刘福春编《中国现代诗论》上编，第 51 页。

外在律一般认为具有音乐的形式，那么内在律是否也具有音乐性？内在律既然是情绪的自然消长，它就有和音乐一致的地方。郭沫若的这一观点，是以后自由体诗歌远离音乐形式的一个理论基础。戴望舒20世纪40年代的诗歌创作，艾青等人的诗歌创作，都在强调散文美，其实就是形式上对诗歌外在音乐性的放弃。

中国现代诗人对音乐性的注意，在20世纪20年代的王独清和穆木天那里得到了较好的表现，他们想用诗歌作月光曲，“表现月光的运动与心的交响乐”（穆木天《谭诗》），王独清的《再谭诗》里也讲到“色”与“音”在语言中的运用，举了一首诗《我从cafe中出来》做例子：“把语句分开，用不齐的韵脚来表作者后续的，起伏的思想，我怕在现在中国底文坛，还难得到能了解的人。”他还谈到“色的听觉”，即色和音的感觉交错①，“叠字叠句”的写法，“长短断续的写法”，是“一种力的表现”②。刘半农、刘大白、朱湘等诗人模仿民间歌谣，创作了《教我如何不想她》《卖布谣》《采莲曲》等。郭沫若的《凤凰涅槃》被认为是具有交响乐的形式，从多声部，独唱、合唱多种形式的借鉴，到情感的强化，由快到慢到快的旋律流动，都有类似交响乐的方式。

新诗的格律化，自从20世纪20年代中期以来就成为中国诗歌界一直在摸索的写作方向。闻一多提出诗歌的“三美”之后，孙大雨、卞之琳、林庚、何其芳等人都先后提出“音顿”“顿法”

---

① 王独清：《再谭诗》，载杨匡汉、刘福春编《中国现代诗论》上编，第107页。

② 同上书，第108页。

“半逗律”等形式，试图使中国的新诗有一定的音律规范。这种音乐性的尝试一直持续到现在。20世纪50年代的民歌运动，使诗歌创作出现一种民谣化创作趋势。但是内容的政治性改变了传统民歌的道情、调情模式，只是从形式上对民歌进行了借鉴：一是节奏，二是押韵。

至于诗歌的音乐美，现代诗歌中主要有以下几种类型：1. 节奏整齐的美。2. 仿乐器的美。3. 主旋律的反复烘托情感营造意境。

闻一多的《死水》是诗歌“三美”的经典范例，它的音乐美主要是音尺整齐，语言轻重协调，诗歌具有节奏上的美，这也是新格律诗的特征。政治抒情诗和民歌运动中的诗歌，多是强调节奏上的整齐。沈尹默的《三弦》在当时被评论者指出，是模拟了三弦的音乐声，也是具有音乐美的尝试。闻一多的《大鼓师》有鼓点的节奏，郭沫若的《凤凰涅槃》被人们评价为具有交响乐般的美感，从诗歌的多声部、主旋律、诗歌的气势营造方面可以看出。戴望舒的《雨巷》在采用了双声、叠韵、长短句交错、排比、复沓等一些表现技巧的基础上，重复着“撑着油纸伞，独自彷徨，在悠长悠长的雨巷，希望逢着一位丁香一样的姑娘”的旋律，造成一种含蓄而惆怅的音乐情调，这首诗因为音乐上的成功，被叶圣陶评价为“开中国新诗音节的纪元”。余光中自己曾说他在《越洋电话》中试用爵士乐中的切分法，违反节奏常态，让弱拍或不在强拍开端的音，因时值延伸而成重音。在《大度山》和《森林之死》中，用两种声音交错叙说，以营造节奏的立体感。在《公无渡河》里，把古乐府《箜篌引》变为今调，今古并列成为双重变奏曲加二重奏①。这些音乐手段的尝试，都是为了实现诗歌潜在的听觉美感。

三、 音乐性与20世纪90年代以来的诗歌

20世纪90年代以后的中国诗歌，在音乐性方面发生了较大的变化，其原因为：1. 摆脱前代诗人的影响，用自己的诗歌形式来彰显新时代赋予的创新精神。2. 诗歌边缘化之后，不再承担公共话语功能，它不要求大众参与，动员大众情绪的手段被淡化。3. 当代诗歌的口语化特征，使诗歌的音乐性成为一个难题。首先，口语并非韵语。口语具有随意性、生活化，通俗化、易于理解的特征，音乐性语言则需要在韵辙、格律、音调、节奏、平仄等方面进行一定的规范。歌曲的写作方式之一是重复，这是强化情感的一种方式，而口语化的诗歌如果采用反复的方式会有碍流畅。诗歌的省略方式，在歌曲中用得比较少。歌曲较多运用直白的方式表达或强化情绪，比较程式化。4. 诗歌作为文人化创作的一种文体，诗人试图为所欲为，反诗，反意象，自然也反音乐，反音乐的方式就是运用大量的口语进行诗歌创作，破坏用来修饰音节的押韵文字。然而口语本身有一定的节奏感，有轻重缓急，所以有的口语诗并不乏音乐性。

20世纪90年代以来的诗人中，不乏有人进行音乐性尝试，大致有以下几种类型：

第一种是意象暗示音乐型。陈东东是当代诗人中注重音乐性

① 余光中：《余光中谈诗》，第63页。

的诗人，他的《雨中的马》是用文字表达音乐的诗篇。

黑暗里顺手拿起一件乐器。黑暗里稳坐
马的声音自尽头而来
雨中的马。

这乐器陈旧，点点闪亮
像马鼻子上的红色雀斑，闪亮
像树的尽头
木芙蓉初放，惊起了几只灰知更雀

雨中的马也注定要奔出我的记忆
像乐器在手
像木芙蓉开放在温馨的夜晚
走廊尽头
我稳坐有如雨下了一天
我稳坐有如花开了一夜
雨中的马。雨中的马也注定要奔出我的记忆
我拿过乐器
顺手奏出了想唱的歌

诗歌类似白居易的《琵琶行》，写乐器的演奏，通过文字描述音乐的感性效果。这首诗主要用画面来表现音乐的节奏，“自尽头而来雨中的马”，文字里有一种由远及近的规律性的节奏显现。第二节中“惊起几只灰知更雀”，是音乐想象的意象化表现，可以由文字判断出音乐的紧凑、跳跃。第三节中的“马也注定要奔出我的记忆”，暗示音乐的缥缈，记忆的离去。诗歌的音乐性表现在三个方面，叠词和长短句交织，排比与反复并用，字句并不齐整，用意象和画面来描述音乐的感受，尾部也不求押韵，而是表现出一种语言的流畅，慢与快、重与轻、由远及近、由近至远的声音感受。

第二种为格律型。现代格律诗创作的方式比较多样，有长篇叙事的，也有短篇的。有在古代格律诗的基础上创新的，如歌词作者方文山提出“素文韵脚诗”概念，强调的就是诗词的节奏，他的《菊花台》《青花瓷》等都是以现代格律诗的形式写成的歌词，一韵到底。也有借鉴西方十四行体，采用换韵方式建构格律的。如西川的《秋天的十四行》，在借鉴西方十四行体的形式上，寻求汉字的音节和韵脚的协调。他采用的两种方式是，一为句内反复，“大地上的秋天，成熟的秋天”“出于幻觉的太阳、出于幻觉的灯”“预感到什么，就把什么承当”；二为尾韵押韵交错变化。

大地上的秋天，成熟的秋天
丝毫也不残暴，更多的是温暖
鸟儿坠落，天空还在飞行
沉甸甸的果实在把最后的时间计算

大地上每天失踪一个人
而星星暗地里成倍地增加

出于幻觉的太阳、出于幻觉的灯
成了活着的人们行路的指南

甚至悲伤也是美丽的，当泪水
流下面庞，当风把一片
孤独的树叶热情地吹响

然而在风中这些低矮的房屋
多么寂静：屋顶连成一片
预感到什么，就把什么承当

第三种是因音节变化促成旋律反复型。田禾的《喊故乡》让他一举成名。这首诗感动人的地方应该在一个“喊”字上，“喊”，并非一个文雅的动作，而正是这种举止的粗犷，促成了诗歌的一个关键的动作。在这首短诗中，“喊”字出现了 17 次。诗歌对字的要求很高，重复意味着啰唆，同时，重复又意味着情感浓郁，情真意切。从音乐性的角度来说，“喊”是反复，成为全诗的韵，节奏的标志，以第一节为例：1. 在第二、第三行中形成顶针；2. 第五、第六行中的“喊”，都在句子的尾端，在主谓词组中，第六行的“喊”字为动宾词组的一部分，通过排比的方式，形成类似音乐的小节，由此构成作品的主旋律：

别人唱故乡，我不会唱
我只能写，写不出来，就喊

喊我的故乡
我的故乡在江南
我对着江南喊
用心喊，用笔喊，用我的破嗓子喊
只有喊出声、喊出泪、喊出血
故乡才能听见我颤抖的声音

第四种为摇滚型。如伊沙的口语诗《结结巴巴》曾被当作摇滚乐歌词。摇滚乐与我们所说的传统音乐有一定区别。作为20世纪中期在美国出现的一种新型流行音乐，以年轻人为创作主体和听众，这一音乐表现出叛逆和极端的情绪化，并非按照传统音乐的写作范式制作。当然伊沙的这首词不是为摇滚乐而作，却因有摇滚乐的情绪而被采用。

诗歌共五节，每节四行，尾韵一韵到底。四行中的前两句中都会有一个到两个字重叠，模拟口吃病患者的说话方式，而形成词（字）的反复，以成为重音，产生出受阻的语气，使诗歌在整体上有不和谐之感。这种形式的采用，是因诗人逆反传统的流畅诗歌而为，通过语言的反流畅来表达出自嘲和抗争，倒与追求个性的摇滚乐有着一致之处。

结结巴巴我的嘴
二二二等残废
咬不住我狂狂狂奔的思维
还有我的腿

你们四处流流流淌的口水
散着霉味
我我我的肺
多么劳累

我要突突突围
你们莫莫莫名其妙
的节奏
急待突围

我我我的
我的机枪点点点射般
的语言
充满快慰

结结巴巴我的命
我的命里没没没有鬼
你们瞧瞧瞧我
一脸无所谓

第五种为仿音乐体。当代诗歌中也有直接以音乐为题目的。吕德安有一首《吉他曲》，诗歌一共五节，可分成三个乐段。每节的开始都是一个主旋律“那是很久以前”，第一节与第二节都是四句，中间部分是另一个曲调“不能说是什么时候/在什么地方”及变调“不能说出具体的时间和地点”，末句再次呼应“那是很久以前”，类似作曲中的“逆行对位”①，诗歌中的反复与变化就仿佛在讲述一段模糊的记忆。诗歌在第三和第四节是一个乐段，第二句“你不能说出风和信约”和第四节的“你不能说出/林中的风和泥土的信约”互相呼应，节奏和节拍发生变化，最后一节中，还是强调“就像美好的来由/谁也说不出”，揭示前面四节“说不出”“来由”的原因。最后表达朋友式的祝愿，“让快乐陪伴你/让痛苦陪伴你”是一对对仗的句子。

有的诗歌，如小引的《西藏组诗》被认为是有着交响乐式的构架的诗篇②。也有诗人取了音乐的题目，如《××叙事曲》，名为叙事曲，但是只取了叙事之意，并无曲的形式或结构。所谓的叙事曲是音乐中的一种带有戏剧性的叙事的独唱或独奏曲，内容一般取材于民间故事或史诗。而诗人只把叙事曲当作叙述个人生活与感受的一种表现方式，诗歌语言缺少张力，也没有戏剧性效果。当代诗人在诗歌音乐性方面的尝试还有待于音乐修养的加深。

总的来看，20 世纪 90 年代以来的诗歌中音乐性探索相对 20 世纪 20 年代的试验，并没有表现出总体的突破，仍集中在民谣体、十四行体、格律体等体式和仿交响乐结构、仿乐器等方面。面对艰难的音乐性尝试，我们不妨冷静地反观这一源头问题，诗歌是否一定需要表现音乐，一定要有音乐性呢？诗歌的音乐性朝向哪个方向行进？

从理论上讲，我们不否认诗歌与音乐有一定的关联。从文学

---

① 马清编《音乐理论与作曲基础》，北京大学出版社，2002，第 170 页。

② 萧映：《形式与变式——论小引〈西藏组诗〉》，《江汉论坛》2007 年第 11 期。

发展史可见，古代诗歌就已与音乐联姻。无论是古体诗还是近体诗，或词，或赋，或曲，都沿袭了《诗经》中歌的写作习惯，只不过在节奏上有不同变化。在当代，诗人自觉强烈的革新意识表现在他们对传统范式的反叛上，首先是对语言本身的反叛，韩东提出“诗到语言为止”，用日常性词语的俗对抗书面语言的雅，对音乐性并无特意反叛，因为口语本身有轻重、快慢形成的节奏，他们主要是对朗诵诗常用的技巧进行舍弃，于坚所谓“朗诵是诗歌的断头台”，即是强调诗歌情感的非表演性，而要恢复到日常本真状态。朗诵诗惯用的高昂基调，紧张节奏和张弛有序的韵律，重复迭唱的手法，如果运用在表现日常生活的口语化诗中相对就显出非艺术性的啰唆、唠叨、不自然。艺术的修辞与生活中的表达方式终究有区别，在这反朗诵修辞的有意识行为中，我们看到韩东的《你见过大海》，故意用绕口令般的语言，避开常规突出意象意蕴的范式，于坚的《〇档案》用冗长的物象排列和动作的惯性强化制度的强硬，通过非情感性的客观呈现牵动公众的公共记忆。关于语言，还有另一个原因。现代社会的高速发展、丰富的生活使现代汉语具有极强的再生性，古代汉语中的象形、会意，以及多义字在现代社会中更加细化，如钱钟书在《周易正义》中提到：“易”有三名①。在现代汉语中，就需要区分“易”指的是简单还是变化，或是不变。具体的解释会使汉语的暗示性弱化。现代汉语还受到外来语冲击，音译词的汉语本身无意义，街头的“星巴克”“华伦天奴”等词如无人解释，我们并不知它们的所指，这些词语进入诗歌中可能就会带来歌曲中的新

① 钱钟书：《管锥编》第一卷，第1页。

问题：因为歌词可以为音乐旋律修饰，乐曲能够提示词语的复现，而外来语与新词组增加，使诗歌语言的简约性被制约，字尺、节奏、轻重、平仄的控制不太容易，这样就会导致诗歌的节奏紊乱，也相应增加诗歌理解和记忆的难度。还有，因为歌词具有取代诗歌的可能性，某些诗人反而会认为诗歌如果过分强调节奏、音韵，就成了大众化歌词，诗歌价值贬低了。再加上电视台、电台、网站、录音磁带、MP3 等都成为音乐传播的渠道和方式，歌曲更容易为大众接受，诗歌相对受到时空和接受者文化素质的制约，不容易传播，所以音乐的普及与现代传播媒体的多样化反而促使诗歌功能片面化，有的诗人为区分歌词，有意趋向非视听化的诗歌写作。

时代在导引诗歌的创作。音乐性的有无不应该成为影响诗歌创新的根本性问题，也非判断诗歌好坏的基本标准。虽然有诗人说“缺乏意象则诗盲，不成音调则诗哑”①，也有诗人表示“口耳相传并不是诗歌的最高标准”②，古典德国音乐评论家舒曼在成为成熟作曲家之后发现：一首真正有魅力的诗歌却总是与所有的音乐相抵触③。

（本文与陈茜合作，原载于《江汉论坛》2010 年第 7 期）

---

① 余光中：《余光中谈诗》，第 64 页。

② 于坚：《海子：时代的青春代言人，或者更多?》，《文学报》2009 年 4 月 2 日。

③［美］朗格：《情感与形式》，第 175 页。

诗以言存：现代汉诗的语言魔方

1917年，胡适的白话文写作主张开启了现代文学语言的多样性，20世纪20年代中期闻一多所提倡的“新诗的格律化”特别强调现代汉诗语言形式上的革新，20世纪90年代韩东所提出的“诗从语言开始”使诗人们再次关注到诗歌的表现形式。这回，韩东们的主张不是针对古文，也不是针对诗的外在形式（格律、音韵、文法），而是强调现代汉诗语言形式与内容上的日常性，摈弃面向公众的宣传话语形式，从个人（非政治、非道德）或本土（非西方性）意识出发，通过大众使用的口语表现现代普通人的日常性生活。由此，日常性、平民化、口语写作，成为20世纪90年代以来汉诗的重要特征。又一个二十余年过去，这一提倡是否使现代汉诗重获了活力？现在的诗歌语言又以何种形式出现？

一

中国古代文论中不少关涉文学语言的论说都与诗歌有关。南北朝的刘勰在《文心雕龙》中多篇探讨声律、章句、修辞等语言的外部问题，如说到用字，“四字密而不促，六字格而非缓……至于诗颂大体，以四言为正”①，他重视文字本身给文学带来的

① 刘勰：《章句三十四》，载《文心雕龙》，万卷出版公司，2008，第324页。

美感。晚唐具有佛学意识的司空图在《诗品》中以为情不一定要通过文字直接揭示，他提出“不着一字，尽得风流，语不涉难，已不堪忧”①，以无字胜有字，提倡含蓄诗风；北宋时期的王安石认为诗人的“诗家语”，强调诗歌语言与散文语言有所区别；同期以黄庭坚为代表的江西诗派却在语言上追求“好奇尚硬”“夺胎换骨”“点铁为金”②；南宋诗论家严羽《沧浪诗话》中的语言主张近似司空图，“不涉理路，不落言筌”③，他反对“以文字为诗，以才学为诗，以议论为诗”“以骂詈为诗”④。对严羽来说，黄庭坚所标榜的写作不是最理想的诗歌写作。欧洲文论史上谈论诗歌语言的篇章不少，例如古罗马的朗吉努斯在《论崇高》中讨论文学语言，他认为通用的词汇有时比高雅的措辞更具表现力，“因为选自日常生活，通用词汇可以一眼就被大家所识别”⑤。他反对用词不当，主张语言的纯洁，“如果有哪位敢用美好庄严的词汇来描述鸡毛蒜皮的小事，就好像给天真无邪的小孩带上了巨大的悲剧面罩”。⑥ 他不追求语言过分的陌生，“在所有的文学作品中，可鄙的毛病都归咎于对标新立异的盲目追求。当下作家已

---

① 司空图：《诗品·含蓄》，载何文焕辑《历代诗话》上，中华书局，1981，第40页。

② 严羽《沧浪诗话》，转引自陈伯海《严羽与沧浪诗话》，上海古籍出版社，1987，第12—13页。

③ 严羽著，郭绍虞校释：《沧浪诗话校释》，人民文学出版社，1961，第24页。

④ 同上。

⑤［古希腊］朗吉努斯：《论崇高》，载《美学三论》，马文婷，宫雪译，光明日报出版社，2009，第53页。

⑥ 同上书，第52页。

经为此而狂热了”①。

虽然不同时代的理论家对文学（诗歌）语言的要求各有不同，但我们可以看到：时代主潮导向下的创作风气与诗人的修养、性格结合，最终决定诗歌所使用的语言和方式。我们知道，文学语言由声音、词汇、句子和语调四种要素组成。为论述集中，本文将专注于诗歌词汇的探讨。

现代诗歌采用何种词汇创作？这一问题貌似简单，事实上，我们常常热心探讨的诸如诗歌是否为大众接受，诗歌何以衰微这些话题都与诗歌语言，尤其是词汇的使用有关。语言是一把立在作者与读者之间的双刃剑，相对于造型、表演等其他艺术形态而言，文学更是语言的艺术、文字的艺术。刘勰有言，“言以文远”②，我以为，诗以言存。

将近花了一百年的时间，我们已经习惯用现代汉语写诗，用书面语之外的口语写诗，诗歌的许多语言规范被破除：诗歌可以用文言雅语，也可以用白话俗语写作，句子可长可短，可分行也可不分行，可用韵，也可自由表达。随着诗歌写作实践的深入，诗人们还认识到：一是现代汉诗语言无法完全摆脱历史的承袭。20世纪30年代的施蛰存在《关于〈现代〉的诗》一文中解释过文言词进入现代诗歌文本的现象：“《现代》诗中有许多诗的作者曾经在他们的诗篇中采用一些比较生疏的古字，或甚至是所谓‘文言文’中的虚字，但他们并不是有意地在‘搜扬古董’。对于这些字，他们并没有‘古’的或‘文言’的观念。只要适宜于表

①［古希腊］朗吉努斯：《论崇高》，载《美学三论》，马文婷，宫雪译，第11页。

②刘勰：《章句三十四》，载《文心雕龙》，第304页。

达一个意义、一种情绪，甚至是完成一个音节，他们就采用了这些字。所以我说它们是现代的辞藻。”① 二是旧词也能碰撞出新意。诗人梁宗岱在《谈诗》中说到大诗人在用词上的特别，“一个大诗人底绝技，便在于运用几个音义本无关系的字，造成一句富于暗示的词气凑泊、音义浑成的诗。马拉美所谓‘一句诗是有几个字组成的一个新字’，并不单指意义一方面”②。诗人们的看法与18世纪的德国哲学家黑格尔的认识如此一致。黑格尔认为诗所特有的一些单词和称谓语，“可用古字，即日常生活中不常用的字；有时也可以铸新词，从而显出大胆的创造，只要不违反民族语言的特性”③。

阅读现代汉诗作品，我们发现，有的诗有韵且自然，有的诗用韵偏颇，有的诗是新词，制造出新的意义，也有的新词令人费解，读者不太捧场。有的旧词让人看上去像读口号标语，无美感可言，而有的旧词经过作者充满智慧的排列组合，面目一新。

从现代汉诗的词汇使用功能分析，组成现代汉诗的词语在表达内容上可分为景语、情语、术语；从韵律上可分为韵语与非韵语，从使用范围上可分为书面语与日常用语，从读者的熟悉程度上可分为熟语与新词。这些词语组合构成现代汉诗的各种风格，与其他现代文学类型的语言有所不同，并决定着汉诗接受范围的大小与成就的高低。

---

① 许霆：《中国现代诗歌理论经典》，苏州大学出版社，2008，第233页。

② 同上书，第236页。

③［德］黑格尔：《美学·第三卷》下，载《朱光潜全集》第十六卷，第59页。

"景语"与"情语"古已有之，因王国维所说"一切景语皆情语"① 而流传广泛。"景语"不等同于现代汉语中所说的指代物体的"名词"，它应指视觉之内所见到的事物，可以是天空大地、自然山水。置于诗歌的意象系统，它是呈现自然意象②的语言。"情语"是表达情感的词语，含抒情性语言，也包括情绪化词语，如"喜""怒""哀""乐""爱"惧及相关的表情词语。语气词辅助情感抒发，可视作情语的一部分。情语还当包括某些具有情感故事的典故，在诗中起到提示情感作用。如"化蝶"，它暗含了梁山伯与祝英台那种生死不渝的情感。现代汉诗中的情语多出现在抒情诗与议论性的诗中。王国维认为景语和情语并无多大区别，也不尽然。只是当景语被赋予象征功能时，景语才可以成为情语。

随着现代学术和现代科技的发展，专业术语被来自各行各业的诗人带进诗歌，丰富了诗歌词汇。常见的有宗教语言、哲学语言、文化语言、社会学语言，近些年来生物学、金融学等也可以在诗歌中看到。因为电脑、网络、博客、微博等成为大众交流的主要工具，网络中所使用的术语也逐渐写入诗歌，如淘宝体中的

---

① 王国维著，滕咸惠校：《人间词话新注》，齐鲁书社，1986，第 47 页。

② 有关的景语为描写自然景物的词汇，如山水、日月等。广义地说，也应包括指示物体的词语，以及相关颜色和形状的描述词。首先，景语在文字中表现出功能性作用，一为地域或时间的纯粹指代，如"日出江花红似火"。这里的"日"与"江""花"都可视为景语；其次，景语在作品中体现出比喻性功能，这时它多与文化或历史积淀缠绕在一起，"沧海月明珠有泪，蓝田日暖玉生烟"，在李商隐借景言情的诗文中，我们看到景语"月""珠""日""烟"在与地名结合的诗句中，产生特殊的情感含义。

“亲”，常常成为网络诗歌的抒情对象；还有一部分日常用语，被谐音后进入诗歌①。这一类语言因写作者知识的扩展而有扩充的趋势。

韵语指押韵的文字，它是诗歌语言最外显的形式。在古代诗歌中，它常常成为评判诗歌好坏的重要标准之一。现代汉诗是否用韵已完全交由诗人决定。在富有乐感的现代诗歌中，韵不一定是押尾韵，也可以是行间押韵，或叠韵、随韵、抱韵、交韵形式等。如徐志摩的《再别康桥》用的就是隔行押韵，也有随韵等形式，戴望舒的《雨巷》用了行间韵、叠韵等形式。方文山的素颜韵脚诗，一般采用长短句，尾韵押韵，一韵到底。相对来论，韵语已不是现代汉诗必定的要求，非韵语的诗歌数量更多，凭借口语的自然节奏（语气的急缓、停顿的长短、节奏快慢），穆旦的《诗八首》、卞之琳的《断章》、于坚的《〇档案》并未被韵限制，但同样被认为是好诗。

书面语指纸质印刷品上供阅读的文字或公文交流中使用的语言，读者对书面语的要求基本是：用词是否妥当，文法是否准确无误。狭义的书面语指具有文采，使用修辞的语言，偏向古朴典雅的文人语，也被称为“文艺腔”。其特点是，句子基本有完整的语法结构，为了情绪的表达使用复句、长短句等方式。形容词和副词，也就是定语与状语等用来修饰形象与心理的词汇相对较多，景语和情语使用密集。日常用语是生活当中使用的语言，属交际性语言，非正式场合使用的口语，也含对日常用品的命名。印刷术发达之后，口语也可能被当成书写文字、被印刷，但那并

---

① 如“同学”被谐音为“童鞋”，“什么”被谐音为“神马”。

不会使它成为书面语。诗歌中的日常用语，或口语写作，方便生活的表面形态描绘，语言简短明白。在抒情诗中，书面语是主要语言，叙事性诗歌中，日常用语以口语为主，也与熟语有交集，随着语言的社会化趋势，它还包含标语、网络语等公众在日常交际中使用的语言。

从语言使用的熟悉度来说，熟语是人所皆知并形成套话的语言，它起先来自口耳相传，是口语的一部分，后经印刷也成为书面语而流传。它有着稳固的语言结构和特定使用范围，有典故、成语、谚语，还有广为人知的标语、道德与政治领域中使用的大词。熟语有着稳定的词语联盟，一些比喻性的词语，如“黄河—母亲”这类本体与喻体组成的对应性比喻，通过传播，在一定时间之后因为使用频率高，也成为熟语。

新词中有一类是随着新事物产生的新词语，还有一类指词语的陌生化组合，它可以是熟语，也可以是现有公众话语系统之外，读者不太熟悉的词语，随着诗人的拼贴组合进入读者视野中。另外还有已从生活中消失的古语，在现实中复活，正如前面所引到的施蛰存、黑格尔们对诗歌新词的描述。例如当前新媒体和新的生活当中诞生的词汇，如“囧”字，来源于古代的生僻字，后被网民们当作网络表情符号传播开来。

以上所论的词语尽管不是按照统一的逻辑划分，但在笔者看来，词语的多样性能够让我们从多角度观察诗歌与语言文字的关系。与其他文类中的词语有所不同的是，在诗歌写作中，某种特殊的语境之下，无论口语还是术语、熟语等都可能发生奇特的性质转换，大致情况如下：

1. 景语=情语←术语

2. 熟语→新词→熟语

3. 韵语≠非韵语

4. 书面语⊆日常用语

需做解释的是，王国维在《人间词话》中有关景语和情语的原话是，“昔人论诗词，有景语、情语之别。不知一切景语皆情语”①，王国维是肯定有景语与情语的，他所强调的是，景语和情语在某种语境下可以转换并等同。的确，凡是以景寓情、借景抒情类的诗大多是景语同情语，如“枯藤”“老树”“昏鸦”等景语（意象）叠加后，读者很容易感悟到意象中的悲情。

从语言的功能划分，术语和日常用语一样，皆归为功能性语言。术语为所指较强的抽象性语言，日常语言是交流性语言，而熟语和情语多为所指丰富的语言。最为流行的术语应是日常用语中的一部分，也有可能由新词向熟语发展，小范围进入诗歌。某一时候，术语可转化成与情感相关的语言，如于坚的《○档案》，诗中出现大量的专业术语，有档案类、教育类、医学类等术语，诗人借助它们表达了对人的现实性存在以及被现成规制所束缚的反讽。

日常用语、专业术语在诗歌情境、语境的作用下，常常改变原有的语言性质，经过比喻、反复等修辞，脱离原始语言的生产基地而成为具有象征性的诗歌语言。

诗歌风格的形成与采用何种语言有密切关系。比如用通俗易

---

① 王国维著，滕咸惠校：《人间词话新注》，第 47 页。

懂的口语写诗，诗歌再现生活场景和日常人情；使用典雅书面语言，诗歌相对唯美、艺术化，诗句有脱俗超凡之感。用韵语写诗，诗歌朗朗上口，便于诵读；用非韵语写诗，诗歌可能更注重事件的描述。用熟语写诗，如没有创意，诗意流俗，很难唤起读者的激动与美感；用新词汇写诗，如果只顾自说自话，完全不考虑读者的理解力，不搭桥不暗示，诗歌易被读者拒绝。

就内容而言，偏向表现现实生活的诗歌常用口语、情语、非韵语、熟语，而偏向浪漫或理想型的诗歌多用景语、情语、书面语、韵语、熟语，思考型的诗歌多使用景语、术语、新词、书面语，情语少，对韵语无特别要求。

二

一首现代汉诗由哪些语言成分组成？可以徐志摩的《偶然》为例进行分析：

我是天空里的一片云，
偶尔投影在你的波心——
你不必讶异，
更无须欢喜——
在转瞬间消灭了踪影。

你我相逢在黑夜的海上，
你有你的，我有我的，方向；
你记得也好，

最好你忘掉
在这交会时互放的光亮！

这是一首抒情诗，表达抒情主人公对邂逅后又失落的情感的眷恋。诗歌使用的主要词汇有景语、情语，通过“比”（暗喻）发生意义的转换，“我”转换成“云”，“你”为“波心”，而自然意象“云”与“波心”的关系就比喻成人类意象“我”与“你”互相映照的关系。这首诗既写自然也写情感，因此，景语即情语。

从韵式上看，这是一首押韵的诗，一、二、三句押同韵或邻韵，四、五句押同韵。两节字数基本相同。

从语言的使用范围来看，诗题为书面语，诗歌语言有的是书面语，如“偶尔”“踪影”等；有部分近似口语，在诗行中为了押韵的需要语言倒置，如“讶异”，虽不属口语，但这种情况在语言中是可行的。再如“你有你的，我有我的，方向”为流畅的口语，诗歌省略了一个宾语，并没有为读者带来障碍。

徐志摩的这首诗具有 20 世纪二三十年代抒情诗的特点：文白相间，形式自由，略带韵律，借景语说情事，体现含蓄抒情的风格。

当下汉诗的语言表达更加多样化，非抒情类的，比较晦涩的大概要属余怒的一类诗：

怪石，在花坛的中央，空的
首先是石，它后面紧跟着
比喻，花蕊，孩子的玩偶

在花坛的周围，在意义被注入
花中的血，唾液，被排净之后
一个石匠盯着，怪石，他惊讶
第一次，回到山中他隐而不出

——余怒《圆满》

这首诗没有遵循严格的现代汉语规范，最明显的是诗人偏好用词组而非完整的句子表达，诗中有景语“怪石”，但它是不是情语呢？这需要在语境中进行判断。第二行的“石”是术语；第三行写“怪石”的功能，用了术语“比喻”、景语“花蕊”、日常语“孩子的玩偶”；第四行为说明性语言，表现情绪，用了日常语“花坛”和术语“意义”；第五行两个名词“血”“唾液”做术语用，诗人不是从它们的色彩或形状等视觉角度进行描写；第六行，“怪石”由景语回到术语状态，石匠面对假石头，没有工作的机会。这首诗借“怪石”（人造石）这一物体来揭示我们所见许多现象的虚假，它们与本质脱离。这首诗少情语，而具有反讽效果。

这诗与徐志摩的诗相比，人们更容易接受后者，因为徐诗中的景语就是情语，情语容易唤起读者的内心感受。余怒的诗，语句破碎，景语无情，术语较多，所指费解。虽然这首诗的意义比徐志摩表达的更富有哲理性，但语言的不确定性会影响到读者的喜欢程度。

为了印证公众化视野中当代诗歌的词语魔方的玩转，笔者随机抽取了李轻松的一首新作《梅》（《诗刊》2012 年 4 期上半月）进行语汇分析。这首诗不从姿态和颜色上写梅花，它以梅花为抒情载体，通过写梅的经历和文化意蕴表现对梅的偏爱。诗中用的是情语和术语，熟词典故、新词，书面语等。以我个人的阅读经历和对词语的感受力，不揣谫陋，以重要词语和短句为单位分析（斜字体与下划线和括号中的说明文字为笔者所加）：

1. 梅（熟语、景语）是我的病爱（情语、新词陌生化搭配，不是错爱，也不是偏爱）

2. 我在腊月（熟语、农业术语、日常用语）里煎熬（书面语、情语）

3. 雪花（熟语、景语、日常用语）总比我来得更早（短句陌生搭配）

4. 丹青（美术术语）有着你的眉目（书面语、熟语、短句陌生搭配）。在悬崖的上边（熟语、书面语）

5. 有我够不到（口语）的凛冽或清高（书面语、熟语、情语、短语陌生搭配）

6. 我在月下煮酒（典故、熟语），煮（日常用语、熟语）这一世的傲骨（短语陌生化搭配，情语、书面语）

7. 英雄比黄昏更寂寞（短语陌生化搭配，情语、书面语）

8. 何况（熟语、书面语）在我的驿外（熟语、书面语）、境外（术语、熟语）和心外（书面语、术语）

9. 那些被扭曲的枝节，被摧残的精神（熟语、情语、书面语）

10. 都在倾斜与疏朗间流传（短语陌生化搭配，熟语、书面语）

11. 谁的意义在旁枝与末节之上（短语陌生化搭配，熟语、书面语）

12. 谁的妙笔（熟语、书面语）专注（熟语、书面语）于我的境遇（情语、熟语、书面语、短语陌生化搭配）

13. 我要填上一笔（日常用语，口语），尽管（书面语）尤喜长短句（诗学术语）

14. 但我还要填（日常用语，口语）七绝或五绝（诗学术语）

15. 尤其（书面语）是私藏的那一朵（书面语、情语）

16. 带着行将崩溃的字（书面语、短语陌生化搭配，情语）

17. 在我的手帕或扇面上（熟语、日常用语）

18. 留下我的墨迹、血和天真（术语、短语陌生化搭配、情语）

19. 而那些冷僻的今生被悬于崖上（书面语、短语陌生化搭配、情语）

20. 我不上不下（口语），正好怒放（情语、熟语、书面语，短语陌生搭配）

这首诗由20个分行诗句组成。描写日常事物，日常用语出现6次，口语4次，熟语19次，情语12次，书面语21次，专业术语7次——来自美术、农业和诗学属常识性的术语，不至于造成理解障碍，中等文化以上的读者基本可以接受。诗意的产生多在新词和熟语短语的陌生化搭配中，短语搭配的陌生化形式出现13次之多，新词1个。且不论这首诗的艺术水准是否超越了陆游的《卜算子·咏梅》，单从词语的组合以及陌生化搭配的比例上看，使用频率高的书面语、情语、熟语显示出诗歌的抒情性特点，陌生搭配表现出诗人有创新意识，且考虑到诗歌能为一般文化程度的读者接受，这足以说明该诗的水准不低。

三

不同的语言表达方式衍生不同的诗歌风格，也会让诗歌素养不同的读者接受或拒绝。一首诗要获得不同文化层次的大众认同，有相当的难度。为此，笔者想以纳兰容若的一首脍炙人口的词《长相思》为例，进行多种风格的改写，期望探索新的分析思路，使读者能够清晰地看到景语、情语、熟语、新词间的词语转换，也了解到不同风格的诗（词）用语会影响到诗意的增失。

纳兰原词如下：

长相思

山一程，水一程，身向榆关那畔行，夜深千帐灯。

风一更，雪一更，聒碎乡心梦不成，故园无此声。

这首词分上下阕，字数相同，头两个短句词性相对，用同韵，后两句尾韵同韵。从词的内容看，“山”和“水”，“风”和“雪”为景语，与量词搭配后词性发生转变。按照现代汉语的语言成分剖析，诗歌缺主语和谓语，“山”“水”为宾语，而且是一对互文性词组，作者为了暗示路远，分开后加量词做补语；“风”和“雪”的用法也是如此。作者突出景语意象，为暗示气候不佳，两对词组在上下文形成互文，由景语转为在恶劣的环境中离乡久远，而倍加思乡的情语。“千帐灯”暗示着战事之宏大，参与人数众多。这首词的词眼应是“聒碎乡心梦不成”，为倒装句式的情语，有陌生化组合成分，“乡心”为新名词。“聒碎乡心”指风雪之夜，思念家乡的心情在长途行军之后的短暂休息中，不断被打碎，以表现离家愈远，心情愈复杂的情绪，因此最后一句，虽是熟词熟句，为直接性的情语，但有解开后进行陌生搭配之点题之用。这首词意象清晰，意境清冷，明白易懂。

如果要修改成同样通俗易懂，又带有韵律感的现代文字，可参考歌词的形式。现代歌词与古代诗词不同在于，前者可以是自由形式，只需在韵律与节奏上有所加强，原词中的某些自然意象（景语）在歌词中可为直接的情语替代，歌词写作不避熟语、韵语，按常规方式可如此：

跨千山，
渡万水，
沿着榆关那边走，
夜深处处亮着灯。

风刮来，
雨打来，
想起故乡难入梦，
故乡此时无声息。

歌曲的美感发生于歌唱者与听众之间的共鸣中，因此歌词化写作中，熟语和情语是最佳选择，熟悉的意象有助于提示读者体会“未着一字，尽得风流”的情感。原词中的第一句“山一程，水一程”，省略了主语与谓语，“山”和“水”为景语，拟人化后使读者的关注点在人与自然的关系上，因而对战争的破坏产生厌恶感。歌词版中，主语依然没有在文字中显现，但是谓语加入之后与宾语有关系，帮助听众想象抒情主体的行动。这种改写侧重叙述思乡者的情感经历，便于感情的倾吐，但主题过于明确，诗意有所淡化。

此词还可以修改成去音乐性的抒情朗诵诗，同样采用熟语，与歌词略有不同。歌词版重旋律，通过句子对应、押韵而形成曲调，产生节奏，朗诵诗更重视情感的抒发与节奏快慢的关系。促成朗诵诗的节奏可以考虑情语附加语气词，强化或减缓情绪的抒发，从而控制节奏。公众化的抒情诗较多采用情语。因此，“山”“水”等本为写景词语（景语），在朗诵诗改写中可以去除象征作用，而只指代路程遥远，还可以增加一些议论性的熟语、口语，以调动听众的情绪：

走过一座山啊，又有一座山，
趟过一条河啊，还有一条河。
我们向榆关前行，直至天黑
点亮千万盏营灯。

风一阵阵啊，雪一阵阵
吹得思乡的心点点碎
梦也做不成！

故乡哪里有这些声音！

也可以运用新的组合方式，将词修改成具有现代主义风格的诗歌。所谓现代主义风格诗歌，主要通过比喻、象征、暗示等表现方法，表达人的渺小，流露出冷静的人生态度。在此诗中，“山”和“水”完全可以转换成拟人性与象征性语言，它既保留景语功能，又被拟人化，作为士兵的象征。这时的景语可为情语。

又一座高山
沉沉睡了
水哗哗
流进梦里
微弱的火闪着刀光
和星星点燃
榆关的夜

风拍开
紧闭的帐门
雪飘下
无声的悲伤

送来破碎的故乡
和故乡的寂
静

在这一次改写中，景语经过拟人化，与行路的战士（抒情主体）融为一体，景语即情语。陌生化搭配中的熟语“故乡”不再是一个功能性的名词，而是具象化的，被赋予形状与声音的一个意象，在战士心中被破坏，这才引出思念的悲痛。也就是说，景语、情语、日常用语、口头语在陌生化搭配之后，景语和意境的象征性功能得到强化，诗意才会增强。

当然，一首好诗如郭沫若所说“不是作出来的”①，那来自灵魂与性灵中的诗应浑然天成。不可否认的是每一时期诗歌有其特殊的表现形式，写作者性情与文学素养各有不同，诗歌写作方式当有所变化。作者如果能用创作时所受的感动感染读者，与读者形成共鸣，让诗意得到最大程度的阐发，诗歌才算圆满完成。假若作者只顾自话自说，设置过多的隐秘机关，让读者进入一个看不到出口的迷魂阵，超出了其所能理解的限度，诗歌可能就变成高原堆积千年的白雪，成冰，看上去很美，但难以化成灌溉大地的水。

四

曾有一段时期，人们对诗人进行专业诗人和民间诗人的区分。专业诗人所作文人诗，多用书面语、景语、情语、陌生语，诗多歌颂道德品质、人间情怀，也思考终极问题；民间诗人相对偏爱用口语、情语、熟语，景语并非追求象征意义，为起兴而

---

① 郭沫若：《论诗三札》，载许霆编《中国现代诗歌理论经典》，第124页。

用，来自民间生活的语言更适合描写田间劳作、世俗爱恨，诗句无一定规范，结构随意，言到意到。也有过文人向民间诗学习，其结果表现为语言变化和题材转向，最显著的变化是口语、熟语、日常用语增加，陌生语减少，目的是为了使诗歌能够为大众所理解。艾青就是一个最典型的代表。他早期诗歌的用语，多为“土地”“太阳”“黎明”“乡村”“手推车”等一类景语，有颜色，有造型和画面感，而后，他也创作了《吴满有》这一类直接写民众的诗篇，用民间口语而弃文人修辞。政治抒情诗是专业文人与民间诗人共同的写作类型。在这类诗中，写作者普遍用熟语、情语、政治术语，景语是相对固定化的，如“苏区”象征革命圣地，“红太阳”象征领袖，“星星”象征群众等。

若从语言的使用习惯上论新时期以来的重要诗人，北岛的诗多熟词、书面语、情语和能够转化成情语的景语，语言节奏有力，《回答》《日子》以高密度的景语意象加以陌生化的语法组接见长；而舒婷的《致橡树》《惠安女》中的景语具有表意性和象征性，向情语转换；海子喜欢用熟语、景语、情语、书面语，且他在诗歌中会设置文化而非政治意义范畴的语境；于坚的诗歌将口语与术语结合，兼与书面化描写的细节一同组成日常化生活场景，以达到委婉的讽刺效果，情语轻易不出现；伊沙的诗歌多用日常性的口语、情语和熟语，他要批判的正是滥俗。相对而言，王家新、西川、柏桦等诗人，更少用熟语和口语、术语，多用情语、书面语，保持着诗歌的典雅传统。

从时间来论，20 世纪 80 年代初期的诗人相对喜欢用景语、情语、书面语、熟语、韵语或半韵语（为朗诵而用）。20 世纪 90 年代，由于现代汉诗叙事性与议论性增强，诗歌中转化成情语的景语相对减少，描述性、职能性、抽象性的日常用语、术语、熟语相对增加。现代诗歌美学对古典诗歌美学的颠覆，以及现代诗歌读者的文化程度不一，致使诗歌在接受上出现以下现象：一是读者对抽象性语言（含术语）的理解程度有限。二是议论性的熟语与情语过多使用，诗歌失去含蓄与陌生化美感，新词的使用缺少形象性或创造性。因为反韵语的关系，非韵语的一些用词变成了口语的无序化，缺少诗歌外在的韵味。这使20世纪90年代的诗有过较长的沉寂期。

相对其他文类的写作，有文体意识的诗歌作者，语言创新相对自觉。写诗的北岛曾在《蓝房子》的后记中说过这样的经历："写诗写久了，和语言的关系会相当紧张，就像琴弦越拧越紧，一断，诗人就疯了。而写散文不同，很放松，尤其是在语言上如闲云野鹤，到哪儿算哪儿，用不着跟自己过不去。"① 可以看到诗人在追求诗歌"陌生"时竭尽全力，他把语言当作搏斗的"敌人"。这关涉到诗人所理解的诗是什么，为什么写诗。如果诗歌只是表达个人情思，引起读者的喜爱，大可不必在语言上追求难度和高度，而具有文体意识的诗人往往认为只有革新语言才可扬起诗歌的旗帜，这也是诗歌和诗人为什么总是处在争议当中的原因。

散文语言接近自由诗语言，与自由诗稍有不同的是，散文语言一般有完整且准确的语法结构，逻辑相对严密，它的用词可以是书面语，也可以是日常用语。书面语使散文更具有文艺性，日常用语更多用于叙事。与此相同，使用口语、熟语、非韵语的小说，其语言多具有叙事特征，较多使用日常语言和熟语，即使是写景的文字，也是为营造人物性格或故事环境而设，并不一定是

---

① 北岛：《蓝房子》，江苏文艺出版社，2009，第182页。

景语或情语，这些由景语组成的文字是功能性的景物描写。写实型的戏剧，对话语言中常为日常性语言，用熟语，不用韵语。而抒情性的诗剧中，特别是独白，表现内心感受的，多为文艺性诗化语言，采用书面语，至于是否用新词、韵语，这要看创作者的兴趣爱好（如郭沫若的《屈原》中的部分台词用了诗语）。

与其他文类语言相较，诗歌语言相对纯粹。比如新时期初期的文学作品，无论是当时流行的小说——刘心武的《班主任》、卢新华的《伤痕》，还是戏剧——宗福先的《于无声处》、崔德志的《报春花》，乃至稍后出现的高行健的小剧场话剧《绝对信号》等，文本通常出现两套话语系统：一套是在公开媒体中传播的正统的公众性话语，由政治术语、社会领域类的道德、伦理词语组成的对话，用以教育读者；另一套是非政治化话语，偏文艺性，具有抒情特征。凡涉及人性或爱情的文字，常常都用抒情语言，但很少出现景语。20 世纪 90 年代以来的戏剧探索中，语言又发生一定程度的转向，孟京辉、赖声川等编导的戏剧里，仍然有两套基本话语，一套是文艺抒情语言，另一套是世俗性的插科打诨，这或许与传统戏曲中不同角色有不同腔调的念白和唱腔有关。比如京剧中才子佳人用情语、书面语，老旦和小丑类角色常用口语，以显各自身份。然而诗歌中基本没有这类角色和话语系统的区分，尽管一些诗人有过的此类创作，如柏桦的《水绘仙侣》曾在语言方式上有过尝试，但多为古代汉语与现代汉诗拼贴。叶匡政的一首长诗将政治术语与民间口语进行组合，表现出一种解构。由此，我们也看到诗歌与其他文类在语言上最大的不同是，诗歌语言除了是表现内容的外壳，还是方式、手段、风格。景语是汉诗中的构造意境的基本方法，采用口语或书面语表现诗人行事的态度，新词或熟语的陌生化搭配显示诗人对文体的自觉。这种自觉使他们常常处于北岛所说的作为诗人的“紧张”中，而这正是诗歌通过语言带来的不同于其他文类的魅力。

我还认为诗歌语言与表述形式的关系大致如下：叙事性诗歌中的语言在描述事件时表达相对完整，具有清晰的时间线索；抒情性诗歌更富有旋律感，情感起伏是作品的主线；戏剧性诗歌的语言更强调对比，意象、色彩、情感的描绘具有张力与弹性，语言强调暗示。因此，叙事性诗歌可用口语、日常用语、情语、术语；抒情性诗歌多用景语、情语、书面语、韵语；戏剧性诗歌可以二者兼用，新词与熟语的陌生化是制造戏剧性的主要手段。

如果我们对诗歌进行简单的公众性与私人性区分，公众性的诗歌显然要求明朗，诗歌语言可以是来自日常生活中的熟语、术语，在共通领域中通用的词语。而在私人性的诗歌中，诗歌不妨适当陌生化，以表现诗人对语言的更高技巧的运用。尽管语言来自熟语、术语，但经过陌生搭配，运用特殊的隐喻、思维跳跃等，它可以体现出个人的智慧之美。

不少人希望给诗一个确切的定义和一套常规标准，多少年过去了，未能如愿。这是因为诗歌在不同时代和地域，有文体、风格、表现方式、接受对象（性别、素养）等多方面的差异，这些差异无不关联着诗歌语言的变化。具有个性和文体意识的诗人总是带着天生的好奇去寻找与众不同的语言和表达方式，以展现独一无二的内在生命与才情，使诗歌像春天的河床，卵石乱布，因有来自不同方向的水（富有灵性的语言）的滋润而变得充盈，丰满。

（原载于《南京理工大学学报》2013年第1期）

现代汉诗语言探索途径及反思

语言是一个魔术师，既可以将盎然的世界打磨得平淡无奇，也能将灰暗的世界擦亮。自黄遵宪倡议“我手写我口”①、胡适提出“新文学的语言是白话的，新文学的问题是自由的，是不拘韵律的”② 之后，自由体白话诗成为中国新诗的肇始。至今近百年，现代诗歌走上了语言探索之路。不管是否有人把新诗当成欧化诗、口水诗，或是指责“现代诗不如古代诗”，现代诗歌依旧奇迹般地存在着，拥有一批知名诗人和一批读者喜爱的作品，写诗队伍虽有过扩展也有过萎缩，但至今相对稳定。那么，是什么支撑着现代诗歌的生命？有人认为是现代生活，有人认为是现代诗中的智性和巧构，也有人认为是语言，并提出“诗歌从语言开始”。总而言之，现代诗贴近现代人的情智，容易为现代读者感应；奇妙的诗歌构思，使诗歌具有新鲜感；这一切，都需要语言作为载体加以表现。因此从根本上论，如果说现代诗成功的话，它的成功就是语言的成功；如果说现代诗存在问题，那么一部分

---

① 黄遵宪：《杂感·二》，载黄遵宪《人境庐诗草笺注》卷一，钱仲联笺注，中国青年出版社，2000，第 33 页。

② 胡适：《谈新诗——八年来一件大事》，杨匡汉、刘福春编，《中国现代诗论》上编，第 2 页。

的问题必然来自语言。

综观新诗发展历史，新诗语言有四条借鉴路径：一是古典诗文；二是外文语汇；三是公文术语；四是民间语言（包括方言、俚语、谚语和网络语言）。这四个取向，丰富了现代诗歌词汇，增加了表达方式，拓展了诗歌表现的时空领域。在借鉴创新当中是否存在着转换规律？其中又出现了哪些问题？本文将结合具体诗例，分别对四个取向进行探讨。

一、 从古典诗文中借鉴

弃古文用白话，就像说方言的人改说普通话一样，不可能完全忘记方言中的词语、语法、表现方式。自然，“五四”以前一直受着古典文学教育的诗人们，当他们顺应时代潮流，改用白话写自由诗时，他们的诗歌印象中仍存有古诗文的种种规范。古典诗文中的文体规范、意象含义、词语表达方式和语法规则，不可避免地会投影于初试的新诗中。“五四”时期的著名诗人胡适、康白情、俞平伯、冰心等，20 世纪 20 年代创作颇丰的闻一多、徐志摩、戴望舒、卞之琳等，这些受过严格古典文学教育的诗人们，他们在白话文运动中成长，无师自通地写新诗，他们早期的诗作无一例外都存留着古典诗文映像。即使当代诗歌也没有割断与古典诗文的关联。杨景龙的《古典诗词曲与现当代新诗》中就谈到过余光中赋李（白）诗姜（夔）词与屈（原）、舒婷，与唐宋婉约词、新边塞诗，与盛唐边塞诗、元散曲，与新生代诗、白话小诗与绝句小令等之间的相应关系。现代汉诗与古诗文之间的血脉无可斩断，但就语言来说，假若处理不当，会带来令人诟病的问题。

不妨以刘大白1921年创作的《秋江的晚上》《秋夜湖心独坐》为例，具体探讨古诗文与现代汉诗的语言关联。

> 《秋江的晚上》："归巢的鸟儿，/尽管是倦了，/还驮着斜阳回去。/双翅一翻，/把斜阳掉在江上；/头白的芦苇，/也妆成一瞬的红颜了。"
>
> 《秋夜湖心独坐》："被秋光唤起，/孤舟独出，/向湖心亭上凭栏坐。/到三更，无数游船散了，/剩天心一月，/湖心一我。/此时此际，/密密相思，/此意更无人窥破。——/除是疏星几点，/残灯几闪，/流萤几颗。/蓦地一声萧，/挟露冲烟，/当头飞堕。/打动心湖，/从湖心里，/陡起一丝风，一翦波。/仿佛耳边低叫，道'深深心事，/要瞒人也瞒不过。/不信呵，/看明明如月，/照见你心中有她一个。"

诗中最为明显的特征就是有一部分词语来自古诗文，如名词"归鸟""斜阳""秋夜""残灯""流萤""湖心""孤舟"等，这些词语组成诗歌的主要意象；还有一部分动词，如"倦""妆""挟""堕"等也来自古代汉语。这些古汉语中常用的名词和动词直接可以把诗中描写的情景与事件还原成古诗：

> 归鸟倦斜阳
> 白苇妆红颜
> 孤舟湖心坐
> 相思夜空堕

这首诗的主题也是古诗词中的——日落秋思。如同杜甫的《月夜》、苏轼的《水调歌头·明月几时有》等诗词所表现的那样。因为作者意识到他写的是新诗，因此语言构成上还夹入大量的现代汉语词汇。这首20个字便可以表现主题的诗，却使用了180个字的庞大阵容来描写。由词性分析，有多种人称代词“我”“你”“她”，还有丰富的动词“看”“掉”“不信”“照见”，以及各种助词，如结构助词“的”，动态助词“了”，语气助词“呵”，介词“从”“把”，副词“尽管”“还”“也”“被”等，这些现代汉语的常用词从表面上把诗歌拉近了现代，可是诗歌题材却很古老。显而易见的是：使用现代汉语完成的新诗并没有增强诗意，语法虽然完整无误，可是无韵无节奏，意象散乱，表达冗长无序。与简约的五言诗相比，这首白话诗了无新意，甚至可以说较为平庸。

这种现代汉语夹古汉语写新诗的方式，在20世纪二三十年代诗人诗作中较为普遍。李金发的诗被公认为文白夹杂①，冰心表示过自己追求“白话文言化，中文西文化”，其中“白话文言化”就是这种方式，乃至废名说“打开《冰心诗集》一看，好像触目尽旧诗词的气氛”②。戴望舒较早发现白话文中稀释古文的问题，他曾对林庚的某些四行诗进行批评，说林庚拿白话写着古

① 陆耀东在《中国新诗史（1916—1949）》第一卷中指出他使用的重复用词：“沉寂”“孤寂”“静寂”“凄寂”和“痛哭”“恸哭”“悲哭”，并有夹杂文言倾向。（陆耀东：《中国新诗史（1916—1949）》，长江文艺出版社，2005，第222—224页。）

② 废名：《新诗十二讲》，第128页。

诗①。然而这种方式在那个时期的新诗写作中，被认为是新的写作方式。但是否为理想的新诗写作方式？显然值得深究。

笔者认为，古代诗文中确有不少质素值得现代诗人借鉴。一是构词方式。古汉语构成的诗歌意象常常是由动词或形容词加上一个名词组成的偏正词组，动词多为形容词、副词与动词的结合，因此我们感受到古诗词中的形象感与动作感相对很强。如刘长卿的《逢雪宿芙蓉山主人》："日暮苍山远，天寒白屋贫。柴门闻犬吠，风雪夜归人。"这四句诗中，名词、形容词和动词都极为简练，在对仗中省略了辅助性的词语。第一句诗除了交代时间，还显示了山的颜色、形态以及与说话者的距离，是一幅含有时间与空间信息的画面。第二句诗表现季节、主人的生活习惯和经济状况，写景及人。第三、第四句诗在表现时间气候的变化之外，形成一个可以意会的故事。这就是古诗于简约中求丰富的特色。古诗词的用词方式常为现代诗人借用。如戴望舒《山行》中，就有很多来自古诗中的意象，如"山径""落月""啼鸟""凝露""梦香""征衣"，动词有"低泣"等。现代诗人选择这些词的原因往往是欣赏古代汉语词汇的高度凝练。在大白话语言盛行的现代诗歌中，可约束语言向日常性语言滑落，借此保持诗（古诗）味。

除了词语向古诗文借用，古诗词中的语法与形式也为现代诗人的兴趣所在。戴望舒 1928 年写的《夕阳下》中有四句：

晚云在暮天上散锦，

---

① 戴望舒：《谈林庚的诗见和"四行诗"》，《新诗》1936 年第 2 期。

溪水在残日里流金；
我瘦长的影子飘在地上，
像山间古树底寂寞的幽灵。

古代律诗多为四句一节，此诗也采用四句一节的形式。在第一、第二句中明显袭承古代诗歌中的语言对仗方式，晚云对溪水，暮天对残日，散锦对流金；除了词性对，还有平仄对。后面两句戴望舒本也可以用对仗方式，类似“瘦影飘大地，古树照幽灵”，但从现有的句子看来，诗人为了表现出现代性，凸破了古代诗歌，特别是格律诗的字数限定，用了人称代词“我”和动词“像”等来辅助表现诗歌的现代性，突显类似象征主义风格（“瘦影”“幽灵”）的现代感。

由于“五四”文学革命的影响，我们批判古诗，多认为它无法表现现代生活，它的写作规范较多，其实古代诗文中有很多可以让现代诗借鉴的东西。古诗文有“言简意赅”“言不尽意”的要求，在尽可能经济的文字中，表达最充沛的含意。苦“炼”、苦吟是古人作诗的优点，如果现代诗人用心揣摩，完全可以把这种打造诗味的诗歌行为传承下去。我们只是在戴望舒、卞之琳、臧克家、何其芳等人早期的诗歌中看到过他们用词的精练。当“大众化”写作提出之后，通俗易懂等主张使诗歌近于大白话。当代诗歌朝口语化方向写作后，句子流畅性增强，精致的“拗”劲少了，是不争的事实。

在当代词人方文山的歌词中，能看到古典诗文（意象）与现代汉语结合的成功。如《菊花台》中：

菊花残　满地伤
你的笑容已泛黄
花落人断肠
我心事静静淌

北风乱　夜未央
你的影子剪不断
徒留我孤单
在湖面　成双
花已向晚
飘落了灿烂
凋谢的世道上
命运不堪

从词类看，歌词中有两类名词，一类是现代汉语中常用的人称代词“你”“我”①；另一类名词“花”“湖”“影子”“悲风”“湖面”等多为古代诗词中的主要意象，虽在现代诗歌中也属通用，但“笑容”“世道”“命运”等词更具现代感。在动词的处理上，动词的单性化正是古代诗词的一大特点，如“残”“伤”“剪”“断”“淌”等都遗留了古诗词中动词单性化构词的方式。句式上，方文山化用古诗词，如“你的影子剪不断”，借了李煜

---

①“我”在《论语》中已用，但与“吾”有区分，高本汉（Karlgren）认为前者属目的格，后者属主格。（王力：《中国文法学初探》，载《王力文集》第三卷，山东教育出版社 1985 年出版，第 90 页。）另：王力认为现代中国口语中，人称代词只有“我”“你”“他”。（王力：《中国语法理论》，载《王力文集》第一卷，第 262 页。）

《相见欢》中的“剪不断，理还乱”；“花落人断肠”化用晏几道《临江仙》中的“落花人独立”等句子，“夜未央”来自《诗·小雅·庭燎》等。可以说，这首歌词是由现代白话与古代汉语共同组成的。从听众、读者喜欢的程度看，古代语言在现代诗歌（词）中还能够产生共鸣，还有生存的土壤。

值得补充的是，方文山的歌词中还保留着古代诗歌的音韵，虽然歌词没有平仄和字数的要求，押尾韵（与它为歌词不无关联）一韵到底外，句子一般都由二、三字尺组成，有很强烈的节奏感。笔者还认为，现代诗借鉴古诗文，可以不借鉴意象、语法，甚至无韵，但节奏是最值得参考的一项。陆志韦、闻一多等人在20世纪20年代提出的新格律理论，就是注意到了汉语节奏的特性，闻一多提出的“音尺”概念，不无道理。以古诗为例，如五言诗节奏多为二、三字尺，七言诗多为三、二、二（或四、三）字尺。闻一多的《死水》虽不是古诗，字尺、行数、节数也比古代律诗都多，但他借鉴了古诗的节奏，多由二、三字尺组成。这一观点，我们可以扩大化分析，特别是适合朗诵的诗（阅读诗除外）。从徐志摩的《再别康桥》、戴望舒的《雨巷》、闻一多的《死水》、何其芳的《预言》，到余光中的《乡愁》、席慕蓉《一棵开花的树》，包括贺敬之的《回延安》、臧克家的《有的人》、艾青的《光的赞歌》等这类朗朗上口的作品中可以看到，比较受大众欢迎的诗多为诗歌节奏上较有规律，轻重、快慢、高低有着协调的美感。这与古诗的音韵和节奏有着一致之处——在音尺（或顿）上基本采用二（四）、三字尺，基本符合五言或七言诗的音尺。假如说古诗因素在现代诗歌中逐渐减退，古诗语法基本消失，古诗意象偶尔存留，留住最久的，应属古诗字尺的影响，它是现代诗节奏和谐的前提。

二、 从外国诗歌中借鉴

外国诗歌进入中国，多以丧失原有节奏和韵律为代价，无论是莎士比亚，还是普希金、波德莱尔、魏尔仑，他们的韵律诗进入中国后，几乎都成为现代白话化和中国化的西方诗。

胡适曾翻译过美国诗人蒂斯黛尔的 *Over the roofs*（《关不住了!》），对比英文原诗，就可以看到外文诗的中国化和白话化的过程。

我说“我把心收起，	I said, “I have shut my heart,
像人家把门关了，	As one shuts an open door,
叫‘爱情’生生的饿死，	That ‘Love’ may starve therein
也许不再和我为难了。”	And trouble me no more.”
但是五月的湿风，	But over the roofs there came
时时从屋顶上吹来	The wet new wind of May,
还有那街心的琴调	And a tune blew up from the curb
一阵阵的飞来。	Where the street-pianos play.
一屋里都是太阳光，	My room was white with the sun
这时候“爱情”有点醉了	And “Love” cried out in me,
他说，“我是关不住的，	“I’ m strong, I will break your heart
我要把你的心打碎了!”	Unless you set me free.”

英文诗是有韵律的，一是单双句交叉的间韵，格式为ABABCDCDAEAE，二是第四句中“shut”“shut”“love”“trouble”都有同一个韵，第四到八行又有“over”“wet”“tune”“where”

四个词押同韵，第九行到十三行“white”“cried”“break”“set”四个词也押同韵。胡适译诗采用的是ABABCBDBEBFB偶句押韵形式，前面四句尾韵与原诗的一样用了间韵，但从第五句后，只做到了偶句押韵。例如在译诗第二节，为了押韵，他把诗句的顺序做了颠倒，原诗中单句为三个重音节，偶句为两个重音节。在胡适的译诗中，只能按照中国划分音尺的方式，第一、第二句为两个二字尺，一个三字尺，第三句可以是两个三字尺和一个二字尺，第四句就会出现二字尺、四字尺和三字尺。由于口语化的原因，以下两节的划分基本乱了。译诗的节奏如要完全做到中国化，可能就需要在一定程度上进行意译。

通过比较郭沫若和黄克孙翻译的波斯诗人莪默·伽亚谟（又译奥玛·珈音）的《鲁拜集》，可以更深入地看到意译虽可在节奏上加强，但又会出现另一问题。

第42首：

And if the Wine you drink, the Lip you press
End in what All begins and ends in-Yes;
Think then you are To-day what Yesterday
You were-To-morrow you shall not be less

郭沫若用现代汉语对应英文翻译：	黄克孙的译文：
倘若你把酒压唇，	绿酒朱唇空过眼，
融没在无始无终的梦境——	微尘原自化微尘。
你可知今日犹如昨日，	今朝我即明朝我，
明朝也是如今。	昨日身犹此日身。

同样一首英文诗，郭沫若用现代汉语进行自由体式翻译，偶句押韵。黄克孙的译文是用古汉语完成的古体诗，也是偶句押韵，每行有整齐的七字。两首译诗意义都近于英译诗，只是黄克孙显得“旧”（其实是“雅”）。在我们大多数人的观念中，整齐划一的诗就是旧诗，押韵的诗也是旧式的。就像人们认为新格律运动必然失败一样，多数人认为他们因为走了复古之路，所以会失败。在诗歌理念上，笔者认为中国读者受到太多进化论思想的影响，多数人的看法中都忽视了汉语本身具有的音、形、义之美，而是更看重诗人或译者是否为新诗人，诗歌是否为自由体，不押韵不讲节奏的自由体才是新的，才是与时代、与世界同步的。这就是译诗进入中国，几乎多为白话，多忽视韵律与节奏的缘故①。

现代汉语相对古汉语，文字散漫，特别是口语的随意性，使现代白话译诗必然带来节奏相对难以把握的弊端。这一问题，中国译诗家也有过争论、尝试，也还有待继续探究。

另外，从形式看，外来语言进入新诗，大致有以下几种方式：

一是外文单词入诗。外文进入新诗，有两种功能，一种是让读者感到好奇，对新诗产生新鲜感；第二种是外文使诗作产生时代感。特别是国门初开时，在诗歌中夹入英文是件新鲜时髦的事。郭沫若多首诗歌都夹入英文单词。如《无烟煤》《三个泛神论者》中提到的泛神论和外国人名都直接用外文，Pantheism，

---

① 黄克孙例外的原因是他一直生活在美国，并非职业文人。他将译诗当作兴趣爱好来做，摆脱了潮流的约束。

Spinoza, Kabir;《胜利的死》中的引文，直接采用外文诗；另一首 *Venus* 用英语作诗名；《上海印象》中写道：“我从梦中惊醒了！/*Disillusion* 的悲哀哟!”《雪朝》中有多处用英文，最后一节中四句有三句使用到：

> 哦哦！大自然的雄浑哟！
> 大自然的 symphony 哟！
> Hero-poet 哟！
> Proletarian poet 哟！

这些英文单词的写入并不是为国际化读者而写。在 20 世纪 20 年代，郭沫若的《女神》虽然以中国地名、中国传统故事作为背景，但是西文的插入，与同时期诗人诗作相比，它更显出西化色彩。类似的还有李金发、穆木天、冯乃超等人的现代诗中，特别是留学法国的诗人，夹入法语词，以营造外域气氛和音乐感。

二是借鉴外文语法①。中国古典诗文中，省略或语序、词性变异都是常用手法，但由于文人热衷的格律诗或词一般都有字数、平仄定规，因此无法在诗或词中无限制地重复某一个词或句，强化情感多通过意象与景物暗示。民间歌谣例外。民间歌谣一般采用口语表达，语言流畅，有些词语虽被省略或用谐音替代，但因为有曲调的配合，某些句子会不断反复，而类似倒装的

---

① 熊辉在《“五四”译诗与早期中国新诗》（人民出版社 2010 年版）中有专门章节“译诗与中国新诗语言表达方式的更新”，具体讨论译诗在词汇、词法和句法上对新诗的影响。

语法方式，民间歌谣中不常出现。“五四”时期的新诗中，语法在某种程度上受到来自西方语法的影响。如废名曾说，“中国（古）诗里简直不用主词”“西洋诗里的文字同散文里的文字是一个文法”①，他的发现是：“（新诗）是诗的内容，而写这个诗的文字要用散文的文字”②。具体表现在诗歌上，现代诗歌中主词增加，与其他文类比，词语的前置或倒装为现代汉诗的一大特征。如徐志摩的《再别康桥》：

轻轻的我走了，
正如我轻轻的来；
我轻轻的招手，
作别西天的云彩。

诗歌中有“我”，按照现代汉语规范和内容表述的流畅，主语“我”应该在最前，表达的顺序应为：

我轻轻的走了
就好像我来的时候一样；
然后我再这样招手，
跟西天的云彩告别。

可以对比英译诗中的句法：

---

① 废名：《新诗十二讲》，第 26 页。

② 同上书，第 25 页。

Very quietly take my leave
As quietly as I came here;
Quietly I wave good-bye
To the rosy clouds in the western sky.

英译诗中，句法大致与徐志摩原诗一样，状语可以离开动词行动，在句子前或句子后都可以。徐诗第一句中采用状语前置的方式，为的是与第二句的“轻轻的”形成反复。英译诗保持了“轻轻的”使用方式，词性也未发生变化，为了近似原诗的音乐性，译诗第四句采用动词前置的方式。

三是西方诗歌语言修辞对中国新诗有很大影响。王力在《汉语诗律学》中提到跨行是欧化诗的特征之一①。这种方式在20世纪二三十年代的戴望舒的《雨巷》、徐志摩《沙扬娜拉》、林徽因《你是人间的四月天》《笑》等诗中都普遍使用。如：

我说你是人间的四月天；
笑响点亮了四面风；轻灵
在春的光艳中交舞着变。

你是四月早天里的云烟，
黄昏吹着风的软，星子在
无意中闪，细雨点洒在花前。

---

① 王力认为跨行是欧化诗的特征之一。（王力：《汉语诗律学》，上海世纪出版集团，2005，第812页。）

那轻，那娉婷，你是，鲜妍
百花的冠冕你戴着，你是
天真，庄严，你是夜夜的月圆。

雪化后那篇鹅黄，你像；新鲜
初放芽的绿，你是；柔嫩喜悦
水光浮动着你梦期待中白莲。

你是一树一树的花开，是燕
在梁间呢喃，——你是爱，是暖，
是希望，你是人间的四月天！

——林徽因《你是人间的四月天》

跨行法的运用就是通过句子的中断突出部分词语的意象功能或音韵特色，并在前后语序的连贯中，加强意象在画面或动作上的感受能力。如诗中的三、四、五节的第一句，为了押韵，进行了词语的调整，有倒装，有跨行。

《你是人间的四月天》这首诗除了跨行是比较明显的特征，修辞方面还用了通感。通感虽中国古已有之，但是法国象征派波德莱尔的《应和》使中国读者重新认识了它的功能。如第四节，写对“你的感受”，三行中分别用了三种作用于视觉的颜色“鹅黄”“绿”“白”来表示人之美。

废名曾经指出卞之琳的诗歌语言欧化，“我敢担保卞之琳在写这一首《道旁》时，还在学英文”，因为他看到卞之琳诗中有这样的句子，“家驮在身上像一只蜗牛，/弓了背，弓了手杖，弓了腿”，他称赞这样的句子“欧化得有趣，欧化得自然”①。废名所说的欧化应该是指卞之琳在语言修辞上的欧化，将“家”这个概念形象化，在废名读到的古诗中不曾见，是一种陌生化的语言表达形式。卞之琳的诗的确受西方诗歌影响，《鱼化石》中一句“我要有你怀抱的形状”就是借用法国保尔·艾吕亚之诗“她有我的手掌的形状/她有我眸子的颜色”，诗句中的换位定型表现，暗示了双方在亲密接触当中所感触到的甜蜜。

借鉴西方的诗歌语言和修辞，可以说给现代汉诗打开了一个表现的仓库，比如“玫瑰”“乌鸦”“坟墓”“幽灵”等意象进入了“梅”“兰”“秋”“菊”“故乡”“日月”等中国传统的意象体系当中，暗示、博喻、象喻、隐喻、象征、含混等修辞也进入现代汉诗。意在言外，使现代汉诗蕴含日渐丰富，诗歌主题超越传统的思乡恋人而获得对存在、青春、时间的更多感悟。比如李金发的《弃妇》就不是《诗经》中被丈夫抛弃的弃妇，而是一个被人类抛弃的多余人。穆旦《诗八首》中的“你底眼睛看见这一场火灾”，“火灾”不是因行为不当或环境因素引起的火灾，而是一场由爱心引出的火灾。这些值得玩味的词语和句子，往往来自于西方较为成熟的现代诗滋养。

第四是借鉴西方音韵方式。中国古典诗歌注意平仄，对韵的要求甚严，“平水韵”就是近体诗韵式的总结。除尾韵要求外，王力在《汉语诗律学》中说到的韵还有多种，如首字韵、交韵、抱韵等。格律诗一般为五言或七言，音尺划分相对简单。西方诗歌的音尺较为复杂，有八字音、十字音等音尺。

---

① 废名：《新诗十二讲》，第 173 页。

戴望舒被誉为“替新诗底音节开了一个新的纪元”① 的《雨巷》，其音乐性形成，就在于诗歌用了参差交错的长短句，还使用了反复、排比、交韵、抱韵等形式，丰富了中文诗歌的韵律表现。以其中一、二节为例：

撑着/油纸伞/，独自
彷徨在/悠长/、悠长
又寂寥/的雨巷，
我希望/逢着
一个/丁香/一样的
结着/愁怨的/姑娘。

她是有/
丁香/一样的/颜色，
丁香/一样的/芬芳，
丁香/一样的/忧愁，
在雨中/哀怨，
哀怨/又彷徨；

诗歌基本采用二字尺和三字尺，韵的方式有多种，从诗的尾韵节律：ABBCABDCBDBB，可见这首诗为交叉韵，每个三行为一个固定韵式，句间又有双声（芬芳）、叠韵（彷徨、忧愁）、叠词

---

① 叶圣陶语，转引自陈绍伟编《中国新诗集序跋选（1918—1949）》，湖南文艺出版社，1986，第 240 页。）

(悠长、悠长)，另有排比(丁香一样的)和顶针(哀怨)方式的运用，加强诗的韵律感和节奏性。

再如，小诗、楼梯体、十四行诗体等形式多从日本或欧洲借鉴而来，补充了现代诗歌界的诗体。早期的冰心、宗白华等诗人对小诗体进行中国式创作。闻一多、林徽因、朱湘、卞之琳、冯至等诗人在十四行体上有过尝试，郭小川改造马雅可夫斯基的楼梯体为半楼梯体，在现代汉诗中都是可以称道的借鉴。

三、 公文语言入诗

最初的公文语言入诗选用的是政治词语和科学词语，近代黄遵宪、梁启超的诗歌中就已露端倪。1923 年，闻一多在《〈女神〉之时代精神》中评论郭沫若的《女神》时说道："《女神》底诗人本是一位医学专家。《女神》里富于科学底成分也是无足怪的。"① 他从《女神》中看到很多科学用语，如地球的"公转""自转""神经纤维"等词，《天狗》中也出现了"我是 X 光线底光，/我是全宇宙底 Energy 底总量!"等。我们还可以从郭沫若的《巨炮之教训》看到他写时政："可怜你们西比利亚的同胞/于今正血流漂杵"；还有文人与政治人物，"我刚垂下眼帘，/有两个奇异的人形前来相见：/一个好像托尔斯泰，/一个好像列宁"，他借这列宁提出政治主张："为阶级消灭而战哟！/为民族解放而战哟！/为社会改造而战哟!"

---

① 闻一多：《〈女神〉之时代精神》，载《闻一多全集　二》，湖北人民出版社，1993，第 112 页。

就公文语言借鉴而言，最大一部分词语来自政治，这跟中国的特殊国情有关。自梁启超开始，中国文人就重视文学的改造社会的功能，20 世纪 40 年代“文学为政治服务”的观念确立后，文学作品中有更多的政治内容、口号和标语。

政论语言分三类形态进入现代汉诗，产生截然相反的意味。第一类是改装式的，与诗歌抒情性语言结合在一起，第二类是与宗教语言结合，第三类是与日常语言结合。政论语言进入诗歌有它的特殊性，此类语言虽然私人情感不强，但它潜藏着强大的公众意识与权力意识，往往站在道德、阶级或政治立场进行光明与黑暗、伟大与渺小的对比，因为立场坚定、热情饱满、气势恢宏、义正词严，诗歌语言显得铿锵有力。这种“正气”语言有时也与日常语言中的“诙谐”结合在一起，这时不免产生相反的效果——修辞上称为反讽。

20 世纪 50—80 年代，只要有政治事件发生，一般都能在诗歌中听到其“正气”之声。以在诗坛颇为活跃的臧克家为例，20 世纪 30 年代的臧克家以表现民生为主，40 年代的臧克家反映社会生活，到了 1949 年之后，他和当时的多数主流诗人一样，都乐意成为政治和时代的歌手。金日成 1953 年率团来中国访问，臧克家发表了《我们珍惜这些时间》；1958 年国际政治紧张，他立刻写了《庄严的声明——听了周总理的声明以后》《我们高唱起反侵略的歌》等；领袖去世，有《伟大深厚的遗爱》（1977 年）；“工业学大庆”口号出来，便有《快快跨上大庆的骏马》（1977 年）。

政治入诗的另一个特征就是诗歌词汇中不仅增加政治口号，还有一些特殊的地名、历史人物，现代的政治领袖、英雄、公众人物等都成为诗歌的常用意象。臧克家 1977 年创作的《短歌唱给延安听》中，就有多个历史地名，如“井冈山”“延安”“宝塔山”“陕北”“南泥湾”“北京”等，这些地名都与共产党的活动地域有关；公众人物提到“毛主席”“鲁迅”等；提到的物象“陕北小米”“延河的水”“红色贺电”“秧歌舞”“镢和锨”等都有与革命、胜利相关的情绪色彩。

在当代，政治语言有时通过互文性修辞进入现代诗歌文本。如赵思运的《毛泽东语录》和叶匡政的《571 工程纪要样本》等都是这方面的例证。他们试图用政治性语言创造一种新的写作文本。

公文与讲究形象性、语言美的诗歌似乎毫无相关。但是 20 世纪 90 年代以来，诗歌观念发生变化之后，从日常中寻找诗意，导致诗人们不断更换诗歌的写作维度，不光为抒情而抒情，更为思考而写诗。公文语言入诗就是在这样一种情况下开始的。于坚 1994 年发表的《〇档案》可以看作公文体语言在现代汉诗中的一次重要尝试。其中一部分采用填写表格的公文格式，填写内容用了俗语、歌谣等语言替代，如下：

卷五　表格

1　履历表　登记表　会员表　录取通知书　申请表

照片　半寸免冠黑白照　姓名　横竖撇捺　笔名　11 个（略）

性别　在南为阳　在北为阴　出生年月　甲子秋　风雨大作

籍贯　有一个美丽的地方　年龄　三十功名尘与土

家庭出身　老子英雄儿好汉　老子反动儿混蛋

职业　天生我才必有用　工资　小菜一碟　何足挂齿
文化程度　少壮不努力　老大徒伤悲　本人成分
肌肉 30 公斤　血 5000CC　脂肪 20 公斤　骨头 10 公斤
毛 200 克眼球一对肝 2 叶手 2 只脚 2 只鼻子 1 个
婚否　说结婚也可以　说没结婚也可以　信不信由你
政治面目　横看成岭侧看成峰　远近高低各不同　民族
遥远的东方有一条龙　星座　八字　属相　手相　胎记
遗传　绰号　面部特征　口音　指纹　脚印　血型

诗歌中的公文术语提示着档案的正规性和严肃性，言说者将民间口语、俗话、谚语或古诗句、歌词插入后，拆解了公文中特有的正规与严肃风格，导致作品出现黑色幽默之味。也就是说，公文术语本身不带有诗性，如果能与诗性的语言环境结合，它可以产生独特的意味。这首诗发表之后，首先在语言上给诗歌读者以震动，当时有人认为此诗是“语言的巨大肿瘤”，也有人评论这首诗是“词语集中营”①。从诗歌的排列和长度看，它一改中国古代诗歌的简约形式，庞大的词语阵营建筑在汉语地基上，它本身就象征着复杂僵化的规制，为此读者在读过之后很容易发生感慨。诗歌拓展了借助公文体写作的非抒情化形式。

四、 民间语言入诗

黄遵宪在发出“我手写我口，古岂能拘牵”之呼声后，还有

---

① 张柠《〈O档案〉：词语集中营》，《作家》1999 年第 9 期。

过设想："即今流俗语，我若登简编；/五千年后人/惊为古斓斑。"① 他认为语言的特性会因时间改变，今天的民间俗语在五千年后就被当成古文。黄遵宪的语言时代感对现代汉诗写作有很大影响。

入诗的民间语言一般指日常交流中使用的语言，包括方言、口语、俚语，还有网络时代特殊的网络语言等，如现在流行的"神马"（即"什么"）、"杯具"（即"悲剧"）、"浮云"（即"一场空"）、"亲"（对网络购物者的称呼）等都取谐音或象征意义，打破语言环境中的一些约束或禁忌。民间语言鲜活、生动、亲切，口语化、形象化为其特点。民间口语入诗来自《诗经》《乐府》传统。

现代诗歌引进民间语言起初是因为它的节奏感和韵律感，仿民谣形式的现代汉诗有"五四"时期刘大白的《卖布谣》："嫂嫂织布，/哥哥卖布。/卖布买米，/有饭落肚。//嫂嫂织布，/哥哥卖布。/弟弟裤破，/没布补裤。//嫂嫂织布，/哥哥卖布。/是谁买布，/前村财主与地主。//土布粗，/洋布细。/洋布便宜，/财主欢喜。/土布没人要，/饿倒哥哥嫂嫂！"

诗歌一、二节字数整饬，押尾韵，每节四行，每行四字，都为整齐的二二音尺，模拟织布机的节奏。采用民间口语，一般不讲求字字对仗，语言相对平实。诗人意在三、四节表达义愤主题，故采用对话方式，意义清楚。

还有一种情况，经过文人的手之后，仿民间歌谣趋向雅化。

---

① 黄遵宪：《杂感·二》，载黄遵宪《人境庐诗草笺注》卷一，钱仲联笺注，第 33 页。

如朱湘的《采莲曲》写的虽是江南水乡生活，但其中的用词“轻飘”“颠摇”“妖娆”“日落”“微波”等，都是古诗的构词方式。

20世纪50年代的民歌运动中，民间诗歌语言呈现出夸张化特色。《红旗歌谣》中有一首《照到哪里哪里好》① 可见一斑：“共产党比太阳明，/制定出总路线，/光芒日夜亮晶晶。/照得山来笑弯腰，/照得白云变红云，/照得田变聚宝盆，/照得百花怒放万里香，/照得百鸟鸣出凤凰声，/照得五谷变黄金，/照得棉花变白银，/照得车轮长翅膀，/照得黄河水变清，/照得万物四季青，/照得老人变年轻，/照得多快好省比先进，/照得万马奔腾不留停。/照到哪里哪里好，/照得人人力气增。”这是一首政治民谣，为民间语言与政治语言相结合的产物。“太阳”这一自然物象在政治语境中被政治化了，“共产党”这一政治词语却在诗歌中被物化（比喻）了，这种物化采用了民间诗歌中“兴”的方式。

20世纪90年代，民间语言再次引起诗人的注意。去韵律化、去精致化、去政治化的特色在当代诗歌中较为明显。尽管有的诗人还是喜欢用一些含有政治特征的语词（大词），但基本去除了政治含义。如海子的《祖国，或以梦为马》等诗中提到的“祖国”，不过是诗歌王国，“和所有以梦为马的诗人一样　我不得不和烈士和小丑走在同一道路上”，“烈士”在海子的词语体系中指为诗歌献身的诗人。

与此同时，民间语言的粗鄙化倾向在诗歌中有所突出。民间语言中涉及性的隐秘词语公开在“下半身”派的诗歌中运用。这

---

①《照到哪里哪里好》，载于郭沫若、周扬编《红旗歌谣》，第48—49页，是红旗杂志社1959出版的。

种方式一方面来自对传统诗歌、传统美学的颠覆，另一方面也与“诗歌回到语言”的观念有关，诗人们更力图给语言的象征性功能减负，用语言实现语言自身的功能，更亲切地表现现实生活。

采用民间语言完成的伊沙的《张常氏，你的保姆》也可以视作是对传统审美解构的一首诗。不妨将它与艾青的名篇《大堰河——我的保姆》进行对比。“我在一所外语学院任教/这你是知道的/我在我工作的地方/从不向教授们低头/这你也是知道的//我曾向一位老保姆致敬/闻名全校的张常氏/在我眼里/是一名真正的教授/系陕西省蓝田县下归乡农民/我一位同事的母亲//她的成就是/把一名美国专家的孩子/带了四年/并命名为狗蛋//那个金发碧眼/一把鼻涕的崽子/随其母离开中国时/满口地道秦腔/满腔中国农民式的/朴实与狡黠/真是可爱极了。”诗中的每一句话都是没有语法错误的口语，甚至有点啰唆拖沓，虽用了排比，并非突出情绪的强化，而是些说明性的话——“这你也是知道的”插入，打断语言表达的流畅性。在艾青的诗中，为了突出形象，他用了一系列动作描写表现大堰河的勤劳。在伊沙的诗中，还有用词上的特点，他所使用的一些不当的词语成就了诗中的诙谐。在大众眼中，保姆是底层人物，服务性职业的人往往不被人们尊重，而一位外语大学的老师，一位诗人要向一位保姆“致敬”，便显出此意不平常。其原因看上去不重要，美国专家在教育中国学生的同时，蓝田的农妇同样在教育美国专家的孩子，把这孩子改造成说着秦腔的狗蛋，她的改造行为不亚于大学教授。诗中的这种“致敬”与艾青诗中的“致敬”都出于诗人对保姆的尊重，但表现上可见到两者有着明显的不同。这种差异体现在诗歌反映事件的大小上。伊沙的诗歌发掘了口语中隐晦含义的一部分，激活了民间口语不动声色而嬉笑怒骂的特色，而《大堰河——我的保姆》延续的是正统的抒情诗写作方式。伊沙通过民间口语写作，改变了诗歌写作，也改变了中国读者的接受习惯，让读者看到的并非歌颂，而是对现状的反讽，叙述中的现状描写可上升到对外语教育、中国教育体制或是精神改造等重大问题的思考上。

民间语言入诗，容易被平铺直叙的口水淹没，如果多一点巧构，诗意就会灿烂起来。如非马的一首诗《无性繁殖恋歌》仅由两句简单的日常性语言组成：“我爱你”“你别繁殖得那么快好不好”。他的巧构表现在排列上，如下：

我
爱
你

我 我
爱 爱
你 你

我 我 我 我
爱 爱 爱 爱
你 你 你 你 你 你 你 你 你 你 ……

你 别 繁 殖 得 那 么 快 好 不 好

此诗由文字的增加或递减构成图式，揭示诗题，表现现实社会中爱的主体缺失。诗歌在排列中显示了汉语的节奏性，三行三个字形成一个节拍，第二节字数与节拍复制，第三节在第二节的基础上再次复制，紧接着“我”“爱”两字丢失，破坏节奏均衡，从而显示出爱的主体与客体之间关系的极度不平衡，由此引出第四节的意义。从诗歌的音的方面看，口语经过复沓或排比，容易形成自然的诗歌节奏和韵律。从义的方面看，只要诗人巧用修辞，就可使普通的日常语言焕发诗意：表层是真实本色的声音；深层潜藏着意义——这就是用日常语言写诗的人的智慧体现。

五、 语言探索规律与诗歌写作的反思

一首现代诗歌的好坏，与诗歌的构思、表达方式、修辞策略都有密切关系，语言是表达载体，如何恰当使用语言，使诗行在有限的文字中建构最丰富的想象空间，获得充足的诗歌意蕴，成为现代诗歌创作成功与否的关键。就像音符是音乐的生命，语言是诗歌的生命。上述四种语言探索路径，是通向茂密的语言森林还是陷入烂泥沼泽？在当下，这四种探索是否还有必要继续？

杨仲义曾在《汉语诗体学》① 一书中说到中国古诗词有六个文质特点，“重在抒情、声韵和谐、讲究词采、语序变异、注重修辞、意象经营”，这六个特点都与汉语诗的语言相关。虽然现代汉诗在抒情道上另辟主智之路，但其他五种都可以视作现代诗语言的探索性目标。比如汉诗修辞，葛兆光曾在《汉字的魔力》专门提出古代诗歌有省略、少用虚字或不用虚字的习惯，他认为

① 杨仲义、梁葆莉：《汉语诗体学》，学苑出版社，2000 年。

语言形式的变化中，首先是“省略”，“副词、介词在诗中的逐渐消失，使时空位置模糊了”“主语性代词的逐渐消失，使诗句的视觉角度模糊了”①；其次是“词序”，“词汇互相易位，这种词序的错综，更使得本来就朦胧的诗境变得更加曲折多变，意蕴复杂，包容了多种组合的可能性与意义的互摄性”②。这些有关古诗语言的用法无疑也对现代汉诗写作产生启示作用。正因为这种消失或省略，古代诗歌语言才显出简约和凝练，才可能形式相对整饬，视觉上产生美感，才有了闻一多在自由体白话诗盛行之时提出“三美”主张，并引领众多诗人进行试验。的确，以自由体为主的现代诗歌无论是在外形还是在句子排列上，多数都忽视了诗歌形式上可能表现出的美感和语言在简单中蕴含的丰富。乃至发展到今天，葛兆光提到古诗有意避之的成分，现代诗歌却有意扩展。在笔者看来，现代汉诗的美感从“音”“形”“义”的结合逐渐蜕化为“音”“义”的结合，当下有“义”却无“音”、无“形”的现代诗是广泛存在的。这部分诗歌或许有诗意，却不一定有足够的诗味。这种做法不排除是“五四”时期知识分子普遍产生革新旧诗心态所致。正如前文所述，人们一般认为只有白话诗才是诗，才是革命的，才是符合文学前进潮流的，因此，白话诗才可以进入潮流之中。事实上，潮流也并不一定代表美的方向。潮流与时代思想的关系大于与审美的关系。少精致优美，少含蓄意蕴，这都是大量口语诗带来的问题，读者们也看到了诗歌中如只用白话而忽视更多关于技巧的关键问题。比如古典诗歌语言系统中表达情绪的词汇较多，类似“孤寂”“凄清”等雅词，

① 葛兆光：《汉字的魔力》，复旦大学出版社，2008，第 66 页。

② 同上书，第 67 页。

本身不具有形象性，也无暗示可言，但作为一种情绪或感觉它们又是永远存在的。在白话文运动过去将近百年的时候，已经不适应古文交际的读者往往也认为这些雅词半文不白，称它们为学生腔、掉书袋，这类词是否应直接在当代诗歌中使用删除键呢？也大可不必，通过修辞还能使这些与口语不协调的雅词产生新意，把这些形容词当名词用，借用动词，并使数量词与名词发生粘连，“举起一盏忧愁”“喝下一口朦胧”等这类用法还是会给读者带来一定的新鲜感。所以，在现代语境中激活古典雅语或书面语，是诗人们可以继续探索的一条路径①。

与古诗译成白话文相比，外文诗歌难译的程度非同一般。辜正坤对此现象有过数据统计，“用语音标准来衡量，也许译诗对原作达到的近似度只有 1%。但是用词法标准来衡量，可能达到 40%到 60%。用句法标准来衡量，可能达到了 50%。用语形标准（例如诗行长短排列形式）来衡量，有可能达到 85%。而用语义标准来衡量，可能达到 90%”②。外文诗歌中音韵丧失，用汉语的节奏、声律来弥补，一部分译诗者曾努力为之。但把现代诗写成译诗模样，已为读者诟病。如何借鉴西方诗歌写现代诗，笔者认为，当前已不是重要路径。原因是自 20 世纪二三十年代以来，诗人兼翻译家的郭沫若、卞之琳、戴望舒、闻一多、朱湘、艾青、朱生豪、陈敬容、孙大雨、查良铮、屠岸、飞白、北岛等诗人已经在自己的创作中有过对西方诗歌从语言修辞到文体上的多

---

① 笔者曾讨论过现代汉语中借助古代语言的歧义，参见《陈先发诗歌修辞》（《长沙理工大学学报》2011 年第 1 期）。

② 辜正坤：《中西诗比较鉴赏与翻译理论》，清华大学出版社，2010，第 323 页。

方借鉴。技巧上的探索，他们在原创诗中基本都有过尝试。况且现在的汉诗写作与世界同步，互相影响的因素更多，写得像西方诗不再是现代汉诗的发展目标。回到汉语本身的感觉上来，发掘出汉语音韵、意象、语义上的更多的特质，才是中国诗人需要重视的。

公文语言存在于公文模式当中，属程式化语言。它的功能在于能提供准确信息，力避感受或感悟型的形象与情思，如果不经过特别组合或使用某种艺术技巧，或不将它置于特殊的诗歌语境，公文化语言就依然回归其本位，成为程式化的信息。因此在各类语言探索中，引借公文语言应是难度最大的一种，只能偶然用，巧妙用，选情境用。最忌讳的就是反复用。

在这些路径的探索中，笔者认为，民间俗语是最丰富的矿藏。日常口语写作在政治抒情诗写作后有过蓬勃的发展，回到生活，回归语言本身。诗人们不断地减淡附加在意象上的文化或政治属性，使口语写作在 20 世纪 90 年代和新世纪初成为诗歌创作的主要语言。日常口语入诗最大的特点就是语言及物，破除文字本身的障碍，清楚透明，不晦涩，也不难解。但是最大的问题就是使某些诗歌流于生活表面，停留在流水账式的记录上面，掩盖了生活与艺术之间的距离，缺少陌生化手段，因此没有夸张变形，没有心灵的惊叹。只能看到“见山只是山”，看不到“见山不是山”，更看不到“见山仍是山”。而且还有读者发现：出于对传统的反叛，口语粗鄙化在某些诗歌中被有意夸大，降低了艺术发酵程度。

诗可以是情感的、理性的，可以是形式的、技巧的，从根本上看诗是语言的。诗歌无论是热抒情还是冷抒情，无论是传达情感还是阐明情智，无论有无明显音韵或节奏，语言方面最基本的要求是需要做到：有形象可言，有情绪可感，有思想可知。语言是石，它给意义铺路；语言又是玉，无论粗糙或精致，它必须是有蕴藉有质地的玉。

力避散漫的语言节奏，少用陈腐的旧词做常规性抒情，尽可能在现代生活中发现日常用语的新意，捕捉语词的细微变化，掌握汉语的凝练简约，改变古典词汇的发生语境，取法西诗的语言修辞和音韵表现方式，巧妙结合口语、术语，用语言创造出鲜活而富有深意的诗性空间，应为现代汉诗语言的探索方向。

（原载于《文学与文化》2012 年第 2 期）

传播方式与中国诗歌之变①

诗在变——人们常注意它与时代思潮、诗人性情有关系，传播也是不可忽略的一个重要因素②。作为古老文学样式的一种，中国诗歌曾从山林田间的歌声中来，在国家礼仪、文人唱和与风光胜景处出现。到了现代，它通过刊物发表，小圈子流行，舞台演出、广播、电视中朗诵以至网络互动而在大众中存在。不同时代的传播方式与传播过程，使诗歌发生着或隐或显的变化。

一

在古代，中国诗歌的传播方式有口耳相传、抄写刊印、私塾教育和题壁旅行传播等。

口耳相传时期的中国诗，与原生态的歌、舞、戏结合在一起，并无独立显著的文类特征，在活动中以唱词或台词的形式存

---

① 基金项目：国家社科基金项目“1980 年代新诗论者的诗学系列研究”（项目编号：13BZW119）。

② ［美］拉斯韦尔在《社会传播的结构与功能》中提出传播学中的“五 W”模式：who，what，whom，what channel，what effect。本文侧重于诗歌传播方式（即 what channel）和效果（what effect）的历史过程勾勒与分析。

在，不同的地域还有不同的流行版本。最早的一部诗歌选集《诗经》成书并被官方钦定为典籍时，才有了早期形态的中国诗歌：字数不确定，无完整的结构形式，诗歌内容与日常生活相关，有劳动号子、相思闺怨、思乡恋土、揶揄讽刺等普通人的诗，也有戍边征战、国家庆典等特殊场合的诗。《诗经》原本是用来演唱、诵读的文字脚本，由于传播广泛，它被文人引经据典地运用在各种场合，有的诗句成了民间谚语。朝代更替，中原文化统一，文字标准化推行，特别是印刷术发明后①，出现在公众视野中的书籍《诗经》逐渐脱离了原初的表演形态，成为被历代学者去阐释内容、考证字句、梳理修辞的一部原典，此时的诗看上去与演出无甚关联，只是无声的文字②。

口耳相传的诗还有乐府诗（歌），它也由国家专门设立的音乐机构搜集整理而来，为全国各地的民间歌词，由于没有被官方定为典籍③，它的形态相对自由，而且有文人参与加工，出现大量拟作。胡适曾指出乐府诗有三种情形，一种是民间乐歌，收在乐府中的，其他两类是文人模仿民歌做的乐歌和文人模仿古乐府

---

① 纸质文本传播最初从唐代印经书开始，后来话本、诗歌等也开始这样传播。诗人们也采用刻板印刷的方式，于是有了刊印本的诗人诗集和同仁诗选。

②《〈诗经〉在春秋战国间的地位》一文中谈到，“唐开元时，因为要行乡饮酒礼，所以替已经亡了乐谱的《鹿鸣》《四牡》……十二首诗重新制了乐谱”。（顾颉刚：《名家品诗经》，中国华侨出版社，2009，第36页。）现阶段中国流行乐坛也有将《诗经》中的《蒹葭》《子衿》等章配乐演唱。另当别论。

③ 据余冠英编选的《乐府诗选》（人民文学出版社1957年版），以朝代分，附录中有歌谣和文人乐府。

作的不能入乐的诗歌，都称作“乐府”或“新乐府”①。乐府歌谣中，多有同名诗（似宋代词牌名），如《长歌行》《短歌行》《从军行》《战城南》等，这些诗题为文人所喜用，魏晋三曹父子，唐代李白、白居易等都作了不少乐府诗。民间乐府诗内容集中于老百姓的生老病死及健康纯美的爱情上。口语浅白，倾吐瞬间情绪，描绘场景，或完整地叙说故事，音乐性强。文人拟作，用词相对典雅，有的表达帝王气概，有的展现演出情景，也有的表达对生命存在的沉思。形式上，民间诗歌形式不一，文人有形式的自觉。如流传于民间的《薤露》就是一首出殡的歌词，共四个单句。曹操所作《薤露歌》整齐合一，为五言诗。

口耳传播的诗近于今天的通俗歌曲，可诵可吟可唱可演，这种诗歌实为表演性文字，具有应景的特点：无固定文字形式，字词可以因场地、时间以及听众及时调整表演的内容。表演者并非原创者，他要考虑演出效果，因而会更注意表演的形式、口述内容（诗）的音乐性和节奏感。

与口耳相传接近的还有诗人唱和，这是诗人间的一种娱乐或交流，文本的形式出现在书信传递中，口耳相传的多出现在酒肆、青楼、庙观、文人的聚会或宴席上，口占成诗，即兴而作。这类诗具有较强的娱乐性，文字、韵式不一定十分工整。

文字统一和印刷术发明后，口耳相传的诗歌，如果达到一定的标准（以《诗经》为范本），可能进入主流文化领域，诗歌基本转向了文本的传播形式，创作者与接受者之间的关系必然发生改变。一种仍旧是文人间的唱和，小圈子式；一种走向大众。这

① 胡适：《白话文学史》，岳麓书社，2010，第24页。

两种情形中，创作者的主体意识都比较强，前一种接受由于交流的存在问题不大，而后一种由于读者对创作者完全陌生，需要有评论者在其中搭建桥梁，使小圈子的诗歌得以走向大众。

“不学诗，无以言。”① 在西周至春秋时代，上层人士交流时喜寻章摘句以彰显才华，《诗经》后来成为文人的教科书②。诗歌鼎盛时期的唐朝，试律诗先于策问而成为重要的考试内容③。可见作诗不仅显示个人修养，更是成为谋取功利的手段。此外，从现存的古代诗歌研究论著看，除了一部分文字学家做字句的校勘、考证，另一部分评论家还注意诗歌意境的高下，情感是否感人，诗歌的美学功能和社会意义是否突出，更多的研究者会在诗的形式（音韵、音尺、平仄、格律、字的提炼等）上大做文章。

古代大众型的诗歌传播中，教育传播不可忽略。书院和私塾，是诗歌阅读和诗歌交流的主要场所。私塾以研习四书五经为主，包括了《诗经》：“《诗》可以兴，可以观，可以群，可以怨；迩之事父，远之事君；多识于鸟兽草木之名。”④ 可见在古人看来，《诗经》不仅是诗，还是认识自然世界、本国文化、人伦关系、思想观念的范本，是学习基础汉语文字的教科书。《诗经》之后，作为教材的还有乐府诗，《昭明文选》，《千家诗》，《唐诗三百首》（蘅塘退士编），钟惺、谭元春的《诗归》，沈德潜的《古诗源》，以及钟嵘的《诗品》，严羽的《沧浪诗话》，李渔的

---

① 杨伯峻：《论语译注》，中华书局，2011，第 176 页。

② 程俊英：《诗经译注 · 前言》，载《诗经译注》，上海古籍出版社，1995，第 2 页。

③ 王兆鹏：《唐代科举考试诗赋用韵研究》，齐鲁书社，2004，第 2—4 页。

④ 杨伯峻：《论语译注》，第 183 页。

《笠翁对韵》等。它们成为培养诗歌写作技巧和学习韵文的教材，使后学者系统接受古体诗、格律诗（含绝句）等文体的做法。古代的著名诗人李白、杜甫、苏轼等都是通过私塾教育为人所知，可见教育是传播诗歌最稳定的一种方式，它有组织地扩大了诗歌的读者群，使读者在潜移默化中传承诗歌，使诗走出写作——阅读的文人小圈子而扩展到普通学习者那里。

题壁诗也是大众传播范围内的一种形式。这一形式与古人“行千里路，读万卷书”的爱好有关。他们游息在驿站、寺庙、景点等处，这些地点都可能成为诗歌的发表地。诗人们兴致一到，有感而发，泼墨而作。有时为诗作画也是文人间习以为常的应酬，聊表对东道主的谢意。题壁诗基本可看成是面向大众的自我写作。这类诗以描写景物为主，不善教化而多抒发人生感受，与地点相得益彰，显出文化色彩。由于时间的缘故，题壁诗的保护存在一定问题，印刷术出来后，这类诗改为文本形式流传。现代科技又增加了传播的方式，如在庐山，李白的《望庐山瀑布》、白居易的《大林寺桃花》、苏轼的《题西林壁》等题壁诗，人们不一定会有意去寻找它们的出处，但是到达某个景点时，有不少录像、短片、景点介绍文字会提醒游客注意这些诗歌。题壁旅游诗现已成为旅游文化的一部分。与题壁诗相类似的有书法诗，通过书法作品传播。这类诗一般选择名家诗，不过读者侧重进行书法研究，对诗作本身不太重视。

在当下商业化的社会中，古诗仍在传播，它成为被反复利用的文化资源，大至建筑命名，小至商品包装、贺卡互赠，借古诗作为宣传词或应景文字，一些歌曲也采用古诗与现代词拼接的方式，使古诗在现代得以发展。

不同的传播方式决定了诗歌影响的大小和诗歌性质的变化以及内容取向。在书斋、文人小圈子范围进行的诗为狭义诗，这一类诗多抒发己志，重精神内涵，追求文字语言之美；在大众范围内的诗更多为道德教化或应景之诗；娱乐场所或商业化运用的诗偏向感官，属官能性的诗。

值得一提的是，其他门类的写作方式在传播过程中也会对诗歌写作产生影响。如汉赋促成了格律诗的对仗工整；绝句的形式，据宗教研究者考证，直接来自佛家的偈子①；宋词与元曲给白话诗的形成带来更多的借鉴。

二

民主观念、科学技术、政治制度、商业文化的发展促使现代诗歌传播方式增多。

胡适在《文学改良刍议》中提出“八事”②，不管他的观点是否违犯了诗歌的美学原则，毋庸置疑的是，白话文的提倡使更多初通文墨的读者拿起笔写作，更广泛地传播了民主的、平等的思想。

科学技术进步，交通条件改善，文人聚社成团，出版刊物，

---

① 李小荣、吴海勇：《佛经偈颂与中古绝句之得名》，《贵州社会科学》2000 年第 3 期。

② 胡适：《文学改良刍议》中的“八事”为：“一曰，须言之有物；二曰，不摹仿古人；三曰，须讲求文法；四曰，不作无病之呻吟；五曰，务去滥调套语；六曰，不用典；七曰，不讲对仗；八曰，不避俗字俗语。”（《新青年》1917 年 1 月 1 日第二卷第五号。）

借助发行机构，有更多的读者了解现代诗，诗歌不再是文人小范围的切磋交流，而是进入大众视野。除纸质传播（刊物和书籍）外，广播、电视、电影迅速发展，20 世纪 90 年代以降的网络媒体基本取替了远古时期的口耳相传与题壁方式①。从小范围观察，现代诗歌的传播，还与译诗、诗刊创办、诗歌争议、诗歌评奖、国家意志以及突发的大事件有一定关联。

译诗促进了中国现代诗歌的发生，扩展了现代汉诗写作的形式与内容。如 19 世纪末《圣经》中译本出版，有宗教信仰的现代诗人多借鉴其中的赞美诗和哲理诗样式；“五四”时期郭沫若的诗歌吸收了惠特曼诗歌的自由性和革命性因素；印度泰戈尔的散文体诗，日本松尾芭蕉的俳句引发中国小诗盛行。在翻译体诗歌的影响下，从古诗发展而来的现代诗有了分行、分节，这是与古代律诗不同的自由体形式。

有共同爱好的写诗同仁容易形成诗歌社团，他们创办刊物作为诗歌的传播阵地。如 20 世纪 20 年代，文学研究会有《诗》月刊（1922—1923 年），创造社有《创造周报》（1923—1924 年），新月社有《新月》月刊（1928 年）、《诗刊》周刊（1931 年）。20 世纪 30 年代，上海的施蛰存主编的《现代》杂志成为现代派诗歌的发源地。现代汉诗成规模地发展与这些现代刊物密切相关，由此形成相应的诗歌流派。比如文学研究会的诗歌被誉为现实主义诗派，创造社的诗歌为浪漫主义诗派，新月社在浪漫主义和象征主义中过渡，现代派以现代主义风格著称，这些流派的命

---

① 口头传播限时间和地点。抄写印刷的纸质文本限地域，而多媒体的方式超越了时间与地点的限制，大约只被语言和电源限制。题壁诗的公众化形式被广播、电视、公开发行的刊物和互联网所替代。

名，不论是否准确，都成了以后的现代诗歌风格的相应标准。

诗歌争议使新诗人处于诗坛的风口浪尖，也传播了新诗人的诗名。在“五四”时期，名不见经传的汪静之出版《蕙的风》，曾引起新旧两派文人的争议。争议之后，汪诗虽然幼稚，但引起了学者胡适、周作人、朱自清以及后来诗歌史家注意，使他成为现代诗歌史上的著名诗人。

名家诗歌选集和评论是传播现代诗的重要途径。现代诗人的成名多来源于重要的选本和重要的文学评论。如朱自清编选的《中国新诗大系》，推出了象征派、新月派和现代派诸诗人。新月的领袖人物闻一多推出了徐志摩、臧克家、陈梦家等人的诗；七月派的核心胡风推出了艾青和田间等人的诗。

20 世纪 50—70 年代的诗歌以国家意志所允许的形态出现，大题材、大事件、大人物是诗歌表现的内容，政治抒情诗为诗歌范本。贺敬之、郭小川等是这时期国家的代表性诗人，《雷锋之歌》《甘蔗林——青纱帐》为这时期的著名诗篇。50 年代最重要的事件是新民歌运动。这是政府引导下的诗歌大众化运动。在运动中提出“村村有诗社”等口号，国家发动了最大范围内的人进行诗歌创作，特别是所受教育不多的人尝试民歌写作。这些“民歌”并非有曲调的，而是文字化的顺口溜。从周扬、郭沫若主编的《红旗歌谣》中可以看到当时的诗歌要求是押韵、朗朗上口的，表现劳动者豪情的诗篇。在这一时期，诗歌成为公众性的，表现国家意志的文字。

20 世纪 80 年代前后发生的朦胧诗争议，是文艺与政治的一次对谈，引发了后来的诗歌突变，诗歌改抒情为叙事，去“大我”张“小我”，反对旧有规范，这种诗歌风潮波及现在。

现代诗歌的影响力通过团体、刊物，也通过政策、争论、运动传播开来。同样不能忽略的是，现代教育在传播中也起着相当重要的作用。

1917 年，现代自话诗正式发表，在人们的讥笑和讽刺中经历了从雏形到流行的过程。至 20 世纪 20 年代末，诗歌成为高校开设新文学课程中的一部分①，现代汉诗才逐渐有了合法性的存在。20 世纪 80 年代以后“中国新诗”成为一门独立的学科研究方向，培养硕、博研究生专事新诗。原西南师范大学最早设立中国新诗研究所，首都师范大学、北京大学、南京师范大学、南京理工大学、安徽师范大学、湛江师范学院等校也先后成立新诗研究所或研究中心，培养了一批专职诗歌研究者，并有专设的诗歌研究刊物，如专门研究新诗的《诗探索》《新诗评论》等，《西南大学学报》《江汉大学学报》《长沙理工大学学报》的人文社科版特设诗歌研究栏目，集合诗歌研究者共同探讨诗歌前沿问题，促进诗歌教育。现代诗歌教育一方面是使现代读者能够读到现代自由诗，另一方面由于受到意识形态的影响，教材一般选择一些符合主流意识形态的诗篇，或是对学生们起到励志作用的诗篇，诗歌艺术部分受到忽略。在这样的情况中，诗歌不是成为工具，就是技巧的组合分析，而诗歌中道出的各种人生的感受和艺术之美则被忽略。

以广播、电视、网络等媒体为载体进行的诗歌朗诵会、诗歌大奖赛扩大了诗歌的影响，使诗为更多的人群所注意，诗歌以声

---

① 朱自清率先于 1929 年在清华大学开设中国新文学研究课。1930 年沈从文也在武汉大学开设中国新文学课程，二人都做了普及新诗的工作。

音或文字的形式从书斋走向了大众，与歌曲、戏剧等艺术一样，成为大众化文艺的一部分。而面向大众的诗歌实际上是受限的。朗诵会需要挑选具有听觉效果和重大社会意义，能够引起读者共鸣的诗篇，诗歌大奖赛基本是由主办方确定获奖标准的，而这一标准并非艺术标准。因为好诗常常“言有尽而意无穷”，大众化过程中一定会有部分读者难以理解，若是诗人性格和做事张扬，诗歌被非议被娱乐的机会相对多，诗就非诗化传播了。

与古代诗歌传播方式最为显著的不同在于现代传播有时间和效率上的变化，这种效率使诗歌的发展目标更加明确。

三

《诗经》由民间歌谣变为典籍，诗与歌分家，题壁诗成为文化遗迹，吟诵成为表演、仪式……时间改变事物的性质，传播带来新变。没有新文化运动，就没有现代自由诗的产生；没有新民歌运动和政治、大事件的参与，就不可能有各种文化层次的大众参与诗歌创作；没有朦胧诗论争，就不会出现诗人对美学的强烈诉求和读者审美的觉醒；没有朦胧诗后的多元探索，就不会有人们对于诗本质的疑问和对诗歌标准的关注。

互联网时代的传播是多渠道的。有诗歌改编为话剧、歌剧在舞台演出，广播、电影、电视中的诗歌朗诵替代了古代的口耳相传方式，在克服地点与时间限制后，诗歌可在虚拟空间与任何时间内传播。电子刊物制作成本低，有取代传统杂志的趋势。有的电子版本不是以提供阅读文字的形式出现，而是采用多媒体方式，使诗歌变成有色彩和动感的视听阅读。诗歌仿佛回到口耳相传时期，但增加了文字。通过硬盘、U盘，诗歌视频不仅可以存留，还可以复制、流传，把远古时期的一次性消费变成了现在无数次和随时随地都可以欣赏的艺术。有了网络、博客和微博、微信之后，自媒体的快速发展使个人发表诗歌成为易事。鼠标移动便可轻而易举地把诗粘贴在博客、微博、微信等快捷网络媒体上，数秒钟内它便成为公众享用的作品。因此，写诗的人出名变得非常容易：可能与诗写得好有关，也可能无关，呼朋唤友，制造新闻热点，提高点击率，都有可能一夜变成享誉全球的“诗人”。

现在由于互联网与大众亲密接触，诗社活动和诗歌讨论借助它，得以从小圈子走向公众。之前的诗社活动大多受到地域限制，由本地区熟悉的诗歌爱好者形成。互联网的存在，不仅使诗歌团体以集团的形式出现，借助电子设备如电脑、手机、照相机等，还可使团体的每次活动都像新闻发布会一样出现在网络上，容易引起人们对某种诗歌现象或某首诗作的注意。只要点击率高，参与者众，立刻就形成热点话题或新中心，不再需要权威的指认。由于网络诗歌发展迅猛，无论民刊还是官方的诗歌编辑，现在也会在网络上选择诗歌。为了刊物能吸引读者，所选诗的表现维度相对宽泛。诗歌评论也出现了现实讨论与虚拟空间、专业评论者与民间评论者的结合。比如《星星》曾办过一个“诗歌虚拟讨论会”的专栏，主持人将一些具有代表性的诗歌放在网络论坛上让网友自由讨论，刊发时也向一些著名评论人组稿，这样使大家能够对同一首诗歌发表不同程度的见解，有助于使诗歌真正有人读，而不是曲高和寡。

科技给诗的发展提供了较大的舞台空间，诗歌的固有特征发生相应变化。诗歌风格多样化是互联网时代的特色。旧格律体、新格律体和古体、自由体同时存在，有韵与无韵的语言都被接受，俗语和雅语都进入文本，叙事和抒情结合。诗歌除了文类的跨界，还有艺术的跨界，文本与技术的结合，使当下汉诗呈现出多种面貌。互联网时代的诗歌不仅是读的，也可以听，还可以看；是文字的，也是形象的、色彩的。诗歌朗诵会、动画片诗、配乐诗等多种诗歌表现形式，可以在任何时间任何地点看到。诗歌有的是名家创作，有的是无名小卒的创作，还可以没有具体作者，由电脑软件完成的创作①。诗歌除了表现现实世界、自然世界，虚拟世界也成为强调想象力的诗歌的一大特色，于是，穿越时空成为当下年轻一代的诗歌写作时尚。

科技改变阅读方式，阅读方式又改变着读者对诗歌的要求。诗歌读者并不一定是文字符号的解读者，他可能读纸质文本，也可能是诗歌电影的欣赏者，朗诵会的听众，甚至还可能是诗歌接力写作中的参与者，同时还是常常在网上发表评论的读者。在这种互动性增强的情形下，对诗歌的要求就是通俗易懂，好玩好看。游戏性与诗性并存，是当下诗歌的状态。

诗歌翻译、出版、印刷数量都超越以往。在过去的现代诗歌翻译界，只有作家兼诗人如胡适、周作人、冰心、戴望舒、徐志摩、冯至、卞之琳、梁宗岱、穆旦等少数人翻译欧美和日本、印度的诗。近年来，出版技术提高，出书节奏加快，大型翻译丛书较多，英语、法语等之外的小语种诗歌也陆续被翻译出版。在欧美、拉丁美洲、非洲、亚洲等地有影响的著名现当代诗人如特罗

---

① 当然，电脑软件完成的所谓诗有待认定，权当游戏。

姆斯特朗姆、佩索阿、聂鲁达、博尔赫斯、谷川俊太郎等诗人的诗集，都有了新近的多个译本，给汉语读者带来更多的参照性诗歌。

纸质刊物有官方与民间之分。诗歌刊物从1957年的两份官方刊物发展到现在的多地的诗歌刊物，有《中国诗歌》《中国诗人》《诗选刊》《绿风》等，各地还有官方或民间刊物。官方认定的刊物受着意识形态的规约，以权威的面孔出现，诗歌表现的内容倾向大众化的内容，如国家、领袖、乡土、自然、环保、爱情等题材；民间刊物以小众化为主，内容相对自由，诗与非诗可能混杂在一起，多在相对小众的范围内流行。

诗歌教育仍然是最基本的传播方式，不过这种传播方式遭受到强烈的挑战。原因在选诗者那里。无论研究者如何展开讨论，我们所看到的小学、中学和大学的诗歌教材，仍然围绕着主流意识形态下的几位诗人，选读他们的诗作；与唐代科举考试需要做试帖诗所不同的是，高考作文不要求写诗，因此诗歌写作训练不在基本训练之内。近些年，广东等省市通过诗歌节或诗歌奖在中小学生当中进行诗歌普及工作，旨在续接诗歌的传播传统。

四

诗歌传播，不仅要传播好诗，还需要传播与变化中的诗歌相关的诗歌观念。

众口铄金的大众评说中，诗歌成了一位“千面女郎”：诗歌是难懂的；诗歌是口水化的；诗歌是高雅的；诗歌是垃圾；诗歌在边缘；诗歌没了诗味……这些陈见与新见模糊了诗歌的面目。

后现代文化思潮、缩短时空距离的科技、多样式的诗歌与某传播方式，的确改变着现代汉诗的某些特性和人们对诗的认识。

在科学技术的发展和人们兴趣的变化中，诗歌传播的方式应当还会更多元化。不管方式如何，我们确信，诗的传播应该是始终有关崇高与美好的传播，内核为真善美。一个时代有一个时代的诗歌观念，从中国诗歌的发展历史来看，诗歌不仅仅是缘情，也可以叙事；不仅可以用雅语，也可以用俗言，在不同时期会有所侧重，而且往往后一段时期可能是对前一段时期的矫正。以往诗歌中的小众化往往聚焦为私人性情感，如思人思乡、感时伤怀，大众化的诗更偏向国家、事业、终极理想。而现在，随着平等、民主、自由观念的深入人心，小众化与大众化的主题及表现范围有所改变，界限淡化。个人性写作中，潜意识内容显性化，私人化的情感公众化，隐私的，甚至是禁忌的内容，都成为公开的写作内容。写作的道德伦理淡化之后，诗歌的人伦诉求出现了娱乐性的写作困扰。

从整体看，由于多元意识存在和诗歌的边缘处境，诗人的社会责任意识明显减弱。更多的诗歌道出自我存在的矛盾，各种微妙的感觉，还有传统的亲情、友情主题，但对社会深度的观察和对未来的设想转换成了表面的浮光或悲观、嘲弄与讽刺的态度。虽然也有大量作品描写乡土，或表现底层命运的大众化题材，但诗歌的表现还是缺少新意和力量，就像空中的微风，仅仅能够让读者感觉，却无法看见。在小圈子中以诗质打动同仁，在大众中也能因思想深刻和品性宽厚感动更多读者，成为一个时代具有代表性的诗人的人，极其匮乏。

诗歌传播应该还包含着对诗歌历史的传播。了解诗歌历史，才会明白诗歌是动态发展的文体，一种在求创新的艺术形式。采用一成不变的诗歌观念去分析不同地域、不同种族，而且不同时代、不同语言的诗歌，过于僵化。若按诗歌本身规律概括中国新诗的发展，大致可以分成五个阶段：1. 1917年至20世纪30年代末，2. 20世纪40年代至70年代末，3. 1980年至1986年；4. 1986年至20世纪90年代末；5. 2000年至今。若要从诗歌的音乐性角度划分，1—3为第一个大的阶段，4—5为第二个大的阶段。诗歌从音乐性到去音乐性，到当下音乐性逐渐加强。若从诗歌中所表现的人与自然、社会的关系看，阶段1为天人合一，继承传统观念，从阶段2—3表现为人与天的不和谐。其中阶段2为人定胜天，人与天斗，阶段3表现为人的孤独性，人与天的疏离。阶段4—5中，这种人与自然的关系又表现为神性意识和环保意识。如果对各阶段诗歌的发展有总体的了解，那么诗歌在各个阶段的变化大体就可以把握到，也就不会随意并无学术性地把现代诗贬得一无是处。

近年诗歌传播过程中，出现多次诗人被恶搞的现象，需要客观分析。首先，当下诗歌在大众眼中无标准可言。无名草根与著名诗人的诗一同参加诗歌大奖，获奖的可能是名家，而读者除了知道名家的名气之外，并不一定能感觉到其诗歌优于草根，这种不满一定会引出话语权的争夺。其次，后现代思潮给我们带来言说的自由。传统的权威及其观点都遭到解构，与之相关的审美标准被颠覆，新的审美原则尚未确立，读者有任意评价的空间。最后，恶搞与炒作原本为当代社会中常用的商业策略，这种方式可使企业成名或倒闭，大众并无法做专业区分，照例把此方式运用到诗歌界，找一些具有代表性的（有权有名）诗人进行发泄。话语权争夺是一些评价尺度不平等带来的后果，商业化的促销手段不过吸引了读者的眼球，这使诗歌像个被包装的商品，只具热闹的外表而不问其实质。这种做法无异于诗歌杀手，通过网络蔓延，对诗歌生存造成严重威胁。

还有借助商业方式，以商业资本进入诗的传播领域，使诗歌与利益挂钩。一种是企业办诗刊，通过诗刊传播企业文化；另一种是企业家给诗歌刊物注入资本，作为回报，诗歌刊物的编辑相应采取一些方式，如刊登企业家照片，或者植入企业广告，这样的刊物组稿需要交版面费，使原先纸质刊物对诗歌的挑选成为有价的刊登。这样的情况也是导致诗歌标准难以确立的原因。

那么，互联网时代的诗歌该如何正常传播？应如何促进诗歌发展？

明确诗歌的特性。现代汉诗的传播与新闻传播的途径和性质有所不同。新闻传播是官方参与和监控的，影响社会舆论导向的行为，诗歌传播是非功利性的，旨在精神交流。新闻传播是单向性的，从政府到地方的报纸、电台、电视台的新闻传播则发出和声，受众广泛。作为艺术的诗歌的传播不一定是单向性、合唱式的，它要求互动。

一些传统的传播方式可以继续保存，但有必要对诗歌固有的美学标准进行一些调整。纸质文本仍然作为最重要的稳定的传播渠道，编辑者必须有专业选诗眼光，诗歌研究者需要参与诗歌建设，澄清一些混乱的诗歌观念，阶段性地总结诗歌特征，做作者和读者间的桥梁，使大众的阅读和审美水平能够有所提升，保持宽容、宽厚的态度欣赏好作品。诗歌创作跟科学实验有类似之处，一部分为基础研究（传统诗的延续），一部分为实验性摸索

（探索诗），还有一部分走向市场（大众化、通俗化的诗）。诗歌也应有不同的发展空间，既能发掘个人心灵，也能替大众代言。即使有一部分文字貌似诗歌，实为娱乐，也没必要强行指责。只要提高了鉴赏能力，区别诗与非诗，不是难事。

在公众当中传播的诗可要求：通俗易懂，题材相对大众化，有对社会的承担，表现道德意识、正义诉求，起励志作用。不同类型的诗歌在不同的场合有所不同，允许应景诗的存在。比如在灾难面前，诗歌需要发挥鼓劲励志作用，在节日里，诗歌要有节日的气氛。公众型诗歌偏重诗歌的听觉效果，注重诗歌的音乐性特点，关注诗歌语言之美，需要有崇高的特征。哲理与意象类诗，适合在小范围内传播。小范围包括文学刊物（公开发行的民刊），诗人的诗集、私人博客和微博。在小范围内，诗歌写作者可以自主展现内心，可以是私人化的梦境、小感想，或是胡思乱想，可以是性情的一种发泄，与社会话题无关。写作者内心要有界限，并且知道，真正意义上的大诗人是关怀一个时代、关注民众生活和个人生存价值的，他会倾听，也会倾诉。

在传播中要坚持对复制性和娱乐性的诗歌说“不”，强调原创，拒绝低俗，保持心灵的透彻、性情的真挚。写作圈子固然存在，但也要尽量与集团利益的争夺分开，竭力打破地域、阶层、性别、民族与文化偏见，确立宽容的诗歌观念，允许多种风格的尝试，多探讨、少攻击。自由而新鲜，应是现代诗在传播中始终保持的本色。

（本文与陈茜合作，原载于《长江学术》2016 年第 1 期，见人大复印资料《中国现当代文学》2016 年第 6 期）

后　记

从20世纪90年代末起，我开始关注中国现当代诗歌，将其作为专业研究已有不短的一段时间，但出版欠丰。谢谢素未谋面的诗人刘春发来邀请，使本书能成为“诗想者·学人文库”中的一部。

收录在书中的，为近年诗歌研究的一些相关论文。上篇是中国现代诗人诗歌研究。具体对象有卞之琳、何其芳、艾青、冯至、穆旦、食指、北岛等。论文从诗歌文本出发，关注时代思潮演变和中西方文化的影响，采用细读方式，辨析诗歌的具体内涵，对已有诗歌史的写作进行更为深入的补充。下篇侧重对中国当代诗歌发展的观照。以宏观视野描述诗歌的性质变化，语言探索的多种途径，传播方式给诗歌带来的影响等，针对一些现象及问题，提出未来的诗歌写作及研究方向。这些文章并非皆尽人意，如果能使诗歌爱好者对中国诗歌发展有切实的认识，得到一些启发，我就很满足了。若发现谬见，也欢迎继续探讨、指教。

我的诗歌研究道路，与师长、朋友的指导和帮助分不开。父亲陈良运，一位勤奋的中国诗学研究者，最早把我引入诗歌之道；江西师范大学的吴晟、邹水旺老师，给过我诗歌的启迪；广西师范大学的林焕标先生、武汉大学的陆耀东先生，是我尊敬如父的导师，他们虽然现在已离开了人间，但我时常能感受到导师们对我继续他们未竟事业的安慰。诗歌研究尽管不能给人们带来实际的利益与帮助，然而，它是一笔珍贵的精神财富，昭示人性的光辉。

在我的求学过程中，诗学专家吴思敬、谢冕、吕进、陈仲义、沈奇、古远清等教授都给了我很多支持和帮助。汪文顶、郑家建、郑纳新、李少君、王毅、王攸欣、罗振亚、吴投文、李润霞、易彬、张立群、荣光启、张桃洲、敬文东、王珂等，我们亦师亦友，互相切磋、争论、鼓励，使吾道不孤，行至今日。

感谢福建师范大学文学院，在我需要帮助的时候，总是伸出有力的手。

谢谢编辑闫丽女士。

最后，还要感谢各位师友，读者，以及每天关心着我的亲人、朋友。

2016年8月23日于福州芙蓉园